タッカー&ケイン
黙示録の種子

［上］

ジェームズ・ロリンズ
グラント・ブラックウッド

桑田 健［訳］

The Kill Switch

James Rollins
and
Grant Blackwood

シグマフォース外伝 タッカー&ケイン シリーズ①
竹書房文庫

THE KILL SWITCH

by James Rollins and Grant Blackwood

Japanese translation rights arrangement with
BAROR INTERNATIONAL
through Tuttle Mori Agency Inc., Tokyo Japan

目次

上巻

主な登場人物

タッカー・ウェイン……………元アメリカ陸軍レンジャー部隊の大尉
ケイン…………………………軍用犬。タッカーの相棒
ルース・ハーパー……………米国国防総省の秘密特殊部隊シグマの隊員
ペインター・クロウ…………シグマの司令官
フェリス・ニルソン…………スウェーデン人の傭兵
アブラム・ブコロフ…………ロシアの製薬王
アーニャ・マリノフ…………ブコロフの娘
スタニミール・ウトキン……ブコロフの助手
アルトゥール・ハルジン……ロシアの将軍
ミーシャ………………………潜水艇オルガの操縦士

黙示録の種子　上

シグマフォース外伝

タッカー＆ケイン シリーズ ①

戦場にいるすべての四本足の兵士たちと……その傍らに付き添う者たちに捧げる。

北極海
N
W
E
S
シベリア
ネルチンスク
チタ
ハバロフスク
ウラジオストク
中国
モンゴル

ロシア連邦

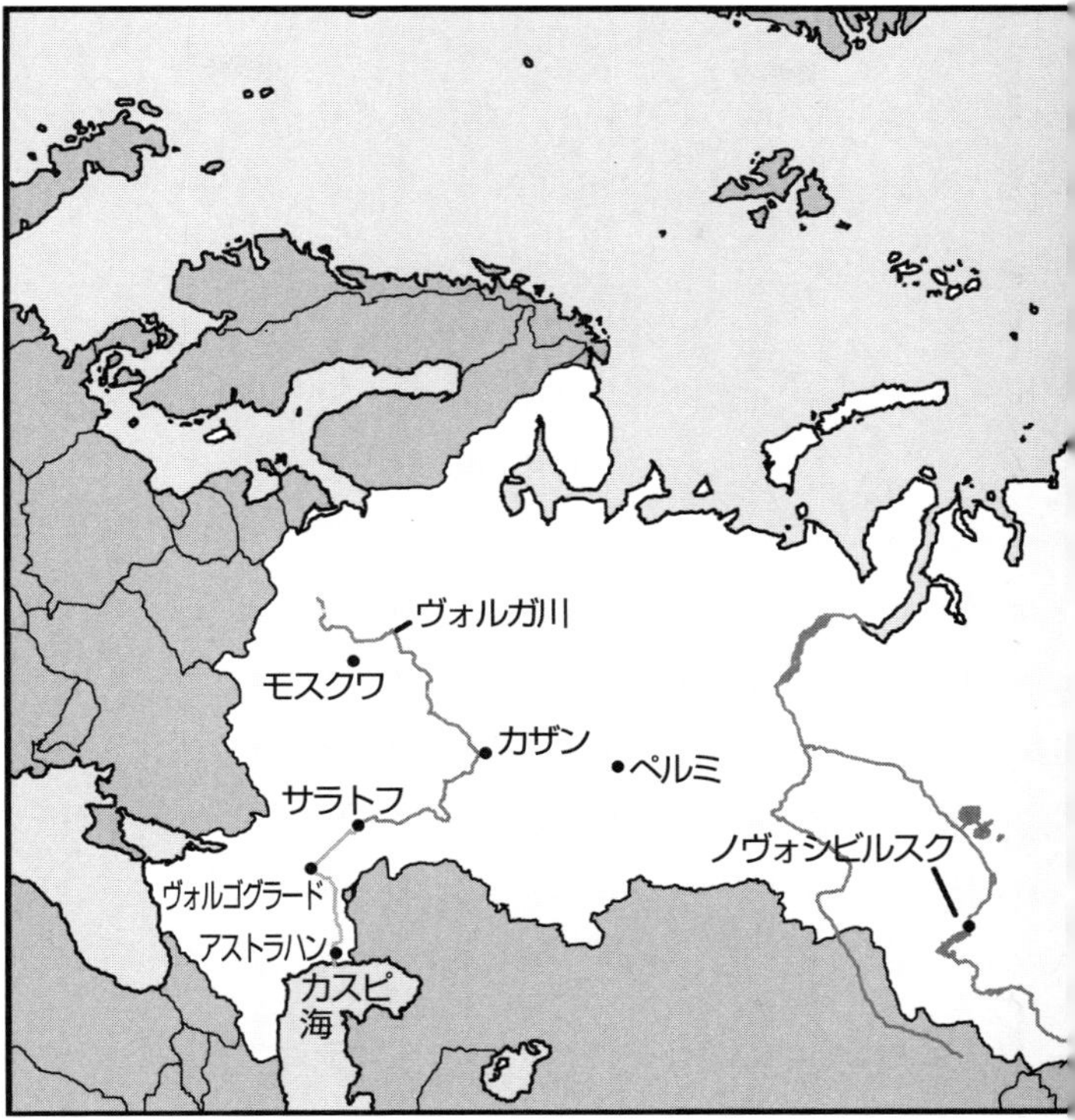

プロローグ

一九〇〇年春
アフリカ　ベチュアナランド

ドクター・パウロス・デクラークは残りの医療器具を木製のトランクに入れ、三つの真鍮(しんちゅう)製の掛け金を閉じた。掛け金を一つ閉じるたびに、小声で言葉をつぶやく。「アマト……ウィクトーリア……クーラム」

〈勝利は備えのある者に微笑む〉

そうであってほしいと願いながら。

「さて、先生、状況はどんな感じだい？」マニー・ルーサ将軍の大きな声が、砦(とりで)の見張り塔の上から響いてきた。

デクラークは強烈な日差しを手で遮(さえぎ)りながら、見張り塔の手すりから身を乗り出して大きな笑みを浮かべているひげ面の男性を見上げた。決してほかの人たちを圧するような体格の持ち主ではないのだが、ルーサには身長が二メートルを超える大男に匹敵するような存在感があふれている。何よりも印象的なのはその目だ。将軍はいつも戦いたくてうずうずしている。

北からもたらされた情報が正しければ、将軍の望みは間もなくかなうはずだ。

「準備はできたのか?」ルーサは重ねて訊ねた。

デクラークはほかのトランクや箱や麻袋に注意を戻した。将軍の言葉は問いかけの形を成していたものの、質問を投げかけられたのではないことくらい、デクラークにはわかっていた。この日は朝から何度となく、将軍は同じ「問いかけ」を、自らの指揮下にあるすべてのボーア人兵士に対して繰り返し行なっている。兵士たちは砦のある高台をせわしなく動き回りながら、武器を片付け、弾薬を数え、間もなく始まる行進の準備をしているところだ。

大げさにため息をつきながら、デクラークは返事をした。「いつものように、あなたよりも五分早く出発できるようにするつもりですよ、将軍殿」

ルーサは腹の底から響き渡るような大声で笑いながら、木製の手すりを手のひらで叩いた。

「あんたはいつも笑わせてくれるな、先生。これほどまでに腕のいい医者じゃなかったら、危険に巻き込むわけにはいかないと、あんたをここに残すことにしていたかもしれないな」

デクラークは兵士たちの動きがあわただしい砦を見回した。この安全な砦から離れたくはなかったが、自分がいちばん必要とされている場所がどこなのかも承知している。ここは先端のとがった杭(くい)でできた柵と粗末な建物があるだけの簡素な砦だが、これまで幾度となくイギリス軍の攻撃に持ちこたえ、ボーア人の部隊の要塞として機能していた。この安全な防護柵の外に出るからには、これから先、自分と助手たちの仕事が忙しくなることは必至だ。

だが、デクラークは戦争の恐ろしさを目の当たりにしたことがないわけではない。

まだ三十二歳という若さにもかかわらず、デクラークの従軍歴はこの十年間だけで五年を数える。第一次解放戦争が行なわれたのは一八八〇年のことだ。ありがたいことにわずか数カ月で終結したこの戦争は、アフリカーンス語で「農民」を意味する「boer（ブール）」という言葉をその呼び名の由来とするボーア人が勝利し、それによってトランスヴァール共和国はイギリスからの独立を獲得することができた。その十八年後、今度はトランスヴァール共和国だけでなく隣のオレンジ自由国をも巻き込んだ、第二次解放戦争が始まることになった。

〈戦争の原因は同じで、戦う兵士の数が増えただけだ〉デクラークは苦々しく思った。

イギリス側は植民地支配の名のもとにボーア人への締め付けを強化しようと目論（もくろ）んだ。一方、ボーア人たちはその方針に反発した。デクラークの先祖たちは自由を求めてアフリカのサバンナと山岳地帯にまでやってきたのに、今度はイギリス人どもがその自由を奪い取ろうとしている。第一次解放戦争とは異なり、イギリス軍が焦土作戦を採用したこの二回目の戦争は長引くことになりそうだ。デクラークも彼の仲間たちも、決して声に出すことはないものの、敗北が避けられない状況なのは覚悟している。ただ一人、そのことを認識していない人間がいるとすれば、それはルーサ将軍だろう。戦争に関わる諸事について、将軍以上に楽観的な考え方の持ち主はいない。

ルーサは手すりから離れ、荒削りの梯子（はしご）を伝って見張り塔から地上に下りると、デクラークが作業をしているところまで歩み寄った。慣れた手つきでカーキ色の軍服を整えながら近づいてくる。身長はほとんど変わらないものの、将軍の体格はデクラークより屈強で、顎ひげもかなり濃い。一方、デクラークは衛生面を考えてひげをきれいに剃っており、助手たちに対してもそうするように指示していた。

「包帯を十分に用意してくれたみたいだな」ルーサは声をかけた。「指揮官としての私の能力を過小評価しているのではないかな、先生？　それとも、イギリス軍兵士の能力を過大評価しているからかな？」

「少なくとも、後者ではありませんよ、将軍殿。それほど遠くないうちに、我が軍の銃弾を受けた大勢の敵の捕虜たちを治療することになるでしょう」

ルーサは顔をしかめ、顎ひげを指でさすった。「ああ、そのことなんだがな、先生……敵に援助の手を差し伸べることは……」

この点に関しては二人の間で意見が食い違っているが、デクラークは譲ろうとしなかった。

「私たちはキリスト教徒ですよね？　そうした援助を行なうことは、私たちの義務なのです。けれども、我が軍の兵士を優先するということも理解しています。イギリス軍の兵士に対しては、彼らの医師から手当てを受けるまでの間、どうにか生き延びられるだけの治療を施すつもりです。それすらもしないのであれば、我々はイギリス軍以下ということになりますよ」

ルーサはデクラークの肩をぽんと叩いた。必ずしも同意したわけではないが、心情は理解できるという意味の込められた仕草だ。

理由は定かではないが、ルーサはデクラークに何かと相談を持ちかけることが多い。医療の仕事には関係のない情報までも、将軍は頻繁に明かす。デクラークのことを、自らの良心の投影と見なしているかのようだ。

ルーサが医療業務の準備に関して並々ならぬ関心を抱いている理由は、デクラークにも理解できた。指揮下にある部下たちは、将軍にとって今や家族も同然の存在だ。妻、三人の娘、二人の息子に代わる、家族そのものなのだ。二年前、ルーサは妻と子供たち全員を天然痘で失った。家族の死に将軍は打ちのめされ、その心には癒えることのない傷跡が残っている。銃弾や銃剣による傷ならば、大したことはないと笑い飛ばすことができる彼も、病気に関しては誰にも増して気を配る。

微妙な話題を変えようとしたのか、ルーサはデクラークが肌身離さず持ち歩いている革製の日誌を指差した。「植物をもっと採取するつもりのようだな」

デクラークは日誌の表紙を大事そうに、守ろうとするかのようにさすった。「神の思し召しがあるならば、そのつもりです。私が思っている行き先にこれから向かうのであれば、今まで出会ったこともないような種がたくさんあると思います」

「その通り。我々が向かうのは北の方角、山々の奥深くだ。斥候からの報告によると、イギリス軍兵士の一個旅団がキンバリーから西に向かっているという。率いているのは新しい司令官で、ロンドンからやってきたばかりの大佐だ」

「つまり、自分の能力を証明したいと躍起になっているわけですね」

「人は誰でもそういうものではないかね？　我々が朝にここを発てば、イギリス軍の先遣隊は日暮れ時までに我々を発見するはずだ」

そこから追跡が始まる。軍隊の戦術に関しては素人同然のデクラークだが、ルーサと長く行動を共にするうちに、将軍が得意とする作戦を理解できるようになっていた。イギリス軍の斥候にあえて部隊を発見させ、敵を北の山間部におびき寄せ、険しい地形を利用した待ち伏せで叩く。

イギリス軍は広いサバンナでの戦闘を好む。整然とした隊列と圧倒的な火力で敵を一蹴できるからだ。敵の指揮官たちは丘陵や山や渓谷から成る地形を嫌っていた。ルーサ率いる田舎者の農民たちが、自分たちに優位な開けた場所で戦おうとしないことに腹を立てていた。そうした敵の怒りをあおる戦術により、ルーサはこれまでに幾度となくイギリス軍を山間部に誘い込み、大きな損害を与えてきた。それでも、敵はいまだに学習していない。

けれども、敵はいつまでも傲慢（ごうまん）な戦い方を続けるものなのだろうか？

研究用の日誌を手に取り、ポケットにしまったデクラークは、背筋に寒気が走るのを感じた。

部隊は夜が明けないうちに起床し、移動を開始した。太陽が地平線から姿を現し、次第に高く昇る中、特に何の問題もなく北に進み続ける。正午を迎えた頃、南からやってきたボーア人の斥候の一人が部隊に追いついた。駆け寄ってくる馬は激しく汗をかき、息遣いも荒い。斥候は部隊の先頭を歩むルーサの隣に並んだ。

デクラークは二人の会話を聞くまでもなく、斥候がもたらした情報の中身を理解した。敵が自分たちを発見したのだ。

斥候が再び馬を駆って離れると、将軍は鞍(くら)にまたがったまま医療用の荷馬車のもとに近づいた。「間もなくイギリス軍が追跡を始めることになりそうだよ、先生。乗り心地のいい先生の荷馬車も、多少揺れることになりそうだな」

「荷馬車はちょっとやそっとの揺れでも壊れないでしょうが、私の内臓はあまり丈夫ではないので、その方が心配ですよ。でも、いつものことですから、何とかなるでしょう」

「その意気だ、先生」

将軍が部隊を率いて北に進み続けるうちに、数時間が経過した。目的地との距離は着実に縮まっている。地平線の彼方(かなた)に黒いしみのような麓(ふもと)が見えてきたが、山々の輪郭はサバンナから立ち昇る熱気のせいでかすんでいる。

日没の二時間前、別の斥候が近づいてきた。医療用の荷馬車の脇を駆け抜ける斥候の表情と姿勢を目にしたデクラークは、異変を察知した。将軍と短く言葉を交わした後、斥候は再び走り去っていく。

ルーサは馬にまたがったまま後ろを振り返り、小隊の指揮官たちに向かって叫んだ。「荷馬車を高速での移動に備えよ。五分以内に！」指示を与えると、デクラークのもとに近づいてくる。「イギリス軍のこの新しい大佐は賢いところを見せようとしているらしい。旅団の規模を欺き、勢力を二手に分けた——一方が金槌、もう一方が鉄床というわけだ」

「私たちはその間にある銑鉄ですね」

「やつらはそう期待している」ルーサは満面に笑みを浮かべて応じた。「しかし、期待は日没とともに消え失せる運命にあるのだよ、先生。連中を山間部に誘い込むことができればなおさらだ」

さっそうと手を一振りすると、ルーサは馬の向きを変えて走り去った。

数分後、ボーア人の部隊全体に将軍の太い声が響き渡った。「高速での移動……開始！」デクラークの乗った荷馬車の御者が手綱を鳴らし、命令を発した。「はあっ……はあっ！」馬たちは少し体を揺さぶってから、ギャロップで駆け出した。デクラークは荷馬車の側面の板を握り締めた。視線は彼方に見えるグレートカラスベルグ山脈に向けられている。

〈遠すぎる〉デクラークは顔をしかめた。〈遠すぎるし、時間も足りない〉

一時間後、デクラークの予感は的中することになる。

前方に土煙が見える。ルーサの指示で北の方角へ偵察に向かった二名の斥候が帰還したのだ。だが、土煙が治まると、戻ってきた斥候は一人しかいない。斜めに傾いた姿勢で鞍にまたがっていた斥候は、部隊のもとに帰り着くと力尽きて馬から落ちた。背中にはライフルで撃たれた傷が二カ所ある。

ルーサは部隊に停止を命じてから、デクラークに向かってすぐに来るよう合図した。デクラークは医療器具の入った袋を持って荷馬車から降り、落馬した斥候のもとに駆け寄った。背中から入った銃弾は二発とも、重要臓器に損傷を与えた後、若い斥候の上半身を貫通している。

「肺がつぶれています」デクラークは斥候の頭を抱きかかえているルーサに伝えた。

斥候はまだ十八歳の少年で、メールという名前だ。少年はルーサの袖をつかみ、口を開こうとしたが、言葉より先に気泡の混じった血を吐き出した。ようやく声が漏れる。

「将軍殿」少年はかすれた声で伝えた。「イギリス軍の大隊が……我々の北に。重騎兵で……車輪付きの大砲を備えて……」

「距離はどのくらいだ?」

「十三キロです」

メールが激しく咳(せ)き込んだ。口から新たに大量の血が飛び散る。背中をそらし、死神への最後の抵抗を試みたものの、やがてその体から力が抜けた。

デクラークは脈を調べ、首を横に振った。

ルーサは少年のまぶたを閉じ、そっと髪をなでてやってから立ち上がった。二人の兵士がメールの遺体を運び去る。

デクラークも立ち上がり、将軍の隣に並んだ。

ルーサが小声でつぶやいた。「私はイギリス人どものことを傲慢だと言い続けていたが……傲慢だったのは私の方だ。イギリス軍のこの新しい大佐は、我々が山にまで到達するのを阻止しようとしている。この開けた地形で敵に遭遇したら……そんな事態になれば、あんたは一生かかっても対応しきれないほどの患者を相手にすることになるぞ、先生」

デクラークは返事をしなかった。だが、ルーサは目の前の顔から見る見るうちに血の気が引いていくことに気づいたようだ。

将軍はデクラークの肩を強く握り締めた。「今回のイギリス軍の大佐は賢い。しかし、彼のはさみはまだ大きく開いた状態だから、我々はその間をすり抜けることができる。それに間もなく、夜の闇が我々を覆い隠してくれる」

一時間後、激しく揺れる荷馬車の後部に座るデクラークは、太陽の上端が地平線の下に消えていくのを見守っていた。夜の帳が下りつつあるが、東の空に目を向けると、沈みゆく太陽の光を浴びて赤と金に輝く土煙が、空を四分の一ほど覆っている。あれだけの土煙を巻き上げるのにどれほどの数の馬が必要になるか、デクラークは頭の中で計算した。

少なくとも、二百人の騎兵がいる。

その背後には、無数の荷馬車や車輪付きの大砲が続いているに違いない。

〈神よ、我々を助けたまえ……〉

それでも、ルーサの率いる部隊は、挟み撃ちを狙った敵の間をすり抜け、グレートカラスベルグ山脈の麓にまで無事に到達することができた。ひときわ大きな揺れとともに、荷馬車は暗い渓谷に進入し、それとともにイギリス軍の姿も視界から見えなくなる。

デクラークは前方に向き直り、起伏の多い地形に目を向けた。急斜面、干上がった川、洞窟などが入り組んでいて、まさに迷路そのものだ。ルーサは山間部に隠された「防衛拠点」について、何度となく賞賛していた。イギリス軍のどんな包囲にも耐えることができる、ボーア人の要塞だと。

少なくとも、全員がそう信じている。

荷馬車の車輪が回転し、馬の蹄の音が響く中、時間は着実に経過していく。ルーサが南に向けて派遣した斥候の一人が、ようやく戻ってきた。短い報告を行なった後、斥候が再び出発する。ルーサは部隊に対して速度を落とすように命じた。

将軍は再びデクラークの荷馬車の横に並んだ。

「時間を稼ぐことができたみたいだよ、先生。しかし、このイギリス軍の大佐は、知恵が回るだけでなく、かなりしつこい性格のようだな。彼の率いる大隊はいまだに我々を追跡中とのことだ」

「それならば、私たちはどうするのですか？」

ルーサはため息をついた。上着のポケットから布きれを取り出し、顔に付着した土ぼこりをぬぐう。「シェイクスピアのフォルスタッフの台詞（せりふ）を借りれば、『慎重さこそが勇気の証（あかし）』ということだ。しばらくの間は身を潜めることになる。我々の秘密の砦の一つがこの近くにある。隠れた場所にあって、防御がしやすい。その中にこもり、イギリス人どもがこの山々にうんざりするまで待ち、やつらが引き返し始めたら背後から攻撃すればいい。あんたは違うといいのだが、その……あれは何と言ったかな？　狭い場所を怖がることだ」

「閉所恐怖症ですか？　私なら大丈夫です」

「それを聞いて安心したよ、先生。ほかの者たちも同じ気構えでいてもらいたいものだ」

さらに三十分ほど、ルーサの指揮で部隊は山奥深く分け入り、狭い峡谷を進んだ後、大きな洞窟の入口で停止した。すぐに兵士たちが装備を洞窟の中に運び込み始める。

デクラークは洞窟の入口に立つルーサに歩み寄り、質問を投げかけた。「馬と荷馬車はどうするのですか?」

「すべて中に入れるつもりだよ、先生。まあ、荷馬車は一部を分解しなければなるまいが、洞窟内にはちょっとした牧草地に匹敵するくらいの場所を確保できる広さがある」

「食料などの物資は?」

ルーサは自信に満ちた笑みを浮かべた。「かなり以前からこの洞窟には物資を蓄えている。それにまだいくつか秘策を持っているのでね。今度のイギリス軍の大佐が何カ月もこの山中をうろつくのも厭わないとなると話は別だが、そうでなければ我々には何も恐れることなどない。さあ、先生、部下を二人貸すから、装備を洞窟内に運び込んでもらうよ。一時間後には中でゆっくりとしたいものだな」


いつものように、ルーサの希望はかなった。揺れるカンテラの火に照らされながら最後の物資が洞窟内に運び込まれると、将軍自らが洞窟の入口に黒色火薬を設置する作業の指揮を取った。枝分かれした一本の洞窟内に診察室用の設備を整えてから、デクラークは作業を見物するために洞窟の入口に戻った。

「そうそう、それだ!」ルーサは工兵の一人に声をかけている。「その左の爆薬をもう数十センチ高いところに動かしてくれ。ああ、そこでいいぞ！」デクラークが近づくと、将軍は振り返った。「ああ、先生、もう落ち着けたかな？」

「ええ、将軍殿。ところで、一つお聞きしたいのですが……これは賢明な策なのでしょうか？この入口をふさいでしまうことについてなのですが」

「とてもじゃないが、賢明な策とは言えないな、先生。ここが唯一の出入口ならば、の話だが。この洞窟群は広大で、人目につかないような小さな入口がたくさん存在する。これは十分に考えたうえでの作戦なのだよ」

「なるほど」

洞窟の外から蹄の音が鳴り響く。イギリス軍の進軍を妨害するために派遣された狙撃兵たちが、一人、また一人と、洞窟に入ってきた。彼らがまたがる馬たちは、泡のような汗をかいて激しく息をしている。最後に戻ってきた狙撃兵が、ルーサの脇で馬を止めた。

「やつらをかなり足止めすることに成功しました、将軍殿。ただし、敵の斥候は一時間もしないうちにここまで到達するものと思われます。敵の勢力ですが、騎兵が約三百名、歩兵が約二百名、五キロの大砲が四十門といったところです」

報告を聞きながら、ルーサは顎をさすった。「かなりの大編成だな。イギリスは我々の首に多額の報奨金を懸けているに違いない。しかし、たとえ連中が我々を見つけられたとしても、戦場はこっちが勝手知ったる場所だ。そうなった場合には、イギリス人が自分たちのための墓を掘る腕前をとくと見物させてもらおうじゃないか」

洞窟の入口を爆破して崩落させた後、その夜は何事もなく過ぎていった——次の日も、その後の六日間も。新たな拠点に腰を落ち着けたボーア人の兵士たちは、洞窟を暮らしやすくするためだけでなく、守りを強化するための作業も怠らなかった。

その間、ルーサの放った斥候たちは、夜陰に乗じて秘密の出入口から洞窟を抜け出し、戻ってくると同じ報告を繰り返した——イギリス軍の大隊は山中にとどまり、徹底した捜索を続けているが、今までのところ秘密の砦の発見には至ってない。

一週間後、一人の斥候が夜明けに帰還すると、将軍は将校用の食堂にいた。洞窟内のやや広い場所に、分解した荷馬車の一部を利用したテーブルと長椅子が設置されている。ルーサとデクラークはテーブルの片側の長椅子に座り、天井から吊るされたカンテラの光で病人のカルテに目を通していた。

斥候は疲労の極みにある様子で、髪も軍服も乱れた状態のまま、ルーサの隣で立ち止まった。将軍は立ち上がり、水の入った皮袋を持ってこさせると、今まで自分が座っていた場所に斥候を座らせ、部下が喉の渇きを癒すのを待った。

「犬です」斥候は一言告げた。「猟犬です。こっちに近づいています」

「確かなのか？」ルーサは険しい目つきで問いただした。

「間違いありません、将軍殿。鳴き声が聞こえました。三キロと離れていません。ここに向かっているものと思われます」

「ジャッカルじゃないのか？」デクラークは訊ねた。「それともリカオンとか？」

「違います、先生。私が子供の頃、父が猟犬を飼っていました。鳴き声を聞けばすぐにわかります。どんな手を使ったのかはわかりませんが、やつらは――」

「三人の部下が敵の手にとらえられている」ルーサは説明を始めた。この知らせを予期していたかのような口調だ。「部下たちのにおいは我々のにおいと同じだ。この忌々しい洞窟内で身を寄せ合っているのだから……」将軍の言葉が途切れた。ルーサはテーブルの向かい側に視線を向け、不安げな表情を浮かべた部隊長たちに指示を与えた。「全員に告ぐ。城壁に守りの兵を配備せよ。まあ、本物の『城壁』とはほど遠いがな。どうやらイギリス人どもは、ここで紅茶を飲めるとでも思っているようだ」

イギリス軍が最初に発見した秘密の入口は、洞窟群の南側にある穴で、崩れた岩でカムフラージュしておいたところだった。

　こうして戦いの火ぶたが切って落とされることになった。

　ルーサを探していたデクラークは、土嚢の手前で両膝を突いている将軍を見つけた。その隣にいるのは部隊長の一人で、フォスという名前だ。土嚢の先に目を向けると、洞窟の天井は低くなり、その先の通路は肩の高さくらいまでしかない。通路の十五メートルほど先の突き当たりからは直角に別の通路が延びていて、そのさらに先は出口に通じている。洞窟の床にはライフルを手にした十二人の兵士が、石筍の陰に身を隠して配置に就いていた。

　そのままじっと待ちながら、デクラークは顔を上に向けた。広々とした洞窟の天井には指が一本入る程度の幅の亀裂があり、その隙間から明るい太陽の光が細い線となって石の床に差し込んでいる。

　ルーサが振り返り、人差し指を唇に当ててから、耳を指差した。

　デクラークはうなずき、無言で耳を澄ました。静まり返った洞窟内に、イギリス軍の猟犬の鳴き声がかすかに届く。数分後、鳴き声がぴたりとやんだ。

　全員が固唾をのむ。最前列の石筍の陰にいる一人の兵士が、土嚢の方に向かって合図を送った。

　ルーサがうなずいた。「声が聞こえたと言っている。複数の人間が洞窟内に進入してきたようだ。フォス、何をなすべきか、わかっているな？」

「はい、将軍殿」

フォスが銃剣で石の床をこすると、石筍の陰に隠れた部下たちがいっせいに振り返る。フォスは手だけを使って指示を伝えた。デクラークはこれから何が起こるのかわかっていたものの、恐怖心を振り払うことはできなかった。

カンテラのほのかな光を頼りに、最初のイギリス兵が通路の先に姿を現した。通路から這い出ると、左に折れてから立ち止まり、後続の兵士のために場所を空ける。イギリス軍の斥候は一人、また一人と這い出して、ついには六人が洞窟の奥に姿を現した。敵は無言のまま、カンテラの光で壁面や天井、床に点在する石筍を照らしている。

デクラークは息を潜めてその様子を見守った。

この洞窟に敵はいないと判断したのか、侵入者たちはカンテラをベルトに留め、ライフルを構えて前進を始めた。

相手との距離が七メートルを切ったところで、フォスが銃剣で石の床を二度叩いた。その音に合わせて、石筍の陰に隠れていた部下たちが立ち上がり、いっせいに発砲する。集中砲火が続いたのはほんの数秒だった。即死を免れたイギリス兵の斥候は一人だけだ。生き残ったイギリス兵は、うめき声をあげながら奥の通路に戻っていく。兵士が通り過ぎた床の上には、血がべっとりと付着している。

デクラークは治療器具の入ったかばんをつかみ、立ち上がった。だが、ルーサが前腕部をつかみ、首を左右に振る。

「しかし、将軍殿、彼は――」

「だめだ、先生。今回の件でイギリス人どもに強く恐怖心を植え付けることができれば、早々に立ち去ってくれる。フォス、あとは任せたぞ」

ルーサがうなずくと同時に、フォスは土嚢を飛び越え、ナイフを手に取り、這って逃げるイギリス兵に歩み寄った。フォスはひざまずき、ナイフで敵の喉をきれいに切り裂いた。

ルーサはデクラークの方に向き直った。「悪く思わないでくれ、先生。私だって好きこのんであんな命令を出しているわけではない。しかし、我々が生き延びようと思うなら、非情な決断も必要なのだ」

目の前でなされた残酷な行為に、デクラークは冷たい石をのみ込んだような気分がした。顔をそむけ、絶望感に包まれながら、ある一つの確信に至る。

神は決してあのような行為をお許しにならないだろう。


数日が経過したが、イギリス軍の攻撃はなおも続いた。やがてルーサの秘密の入口は、一カ所を除いてすべて敵に発見されてしまった。ルーサの好む言葉を借りれば、「城壁」では小規模ながらも激しい戦闘が行なわれている。イギリス軍の大佐はルーサが用意した「肉挽き器」にためらうことなく部隊を送り込んでくるばかりか、多大な犠牲を払うことも――ボーア人の兵士の死傷者一人に対して、味方の兵士が五人、六人、あるいは七人倒れようとも、意に介していない様子だ。

デクラークは負傷者や瀕死の兵の手当てに全力を尽くしたが、戦闘が数週間に及ぶ頃になると、ボーア人の死者数は増加の一途をたどるようになっていた。当初はイギリス軍の銃弾が原因だったが、そのうちに病死者が現れるようになる。最初の患者は、激しい腹痛を訴えて診察室を訪れた一人の兵士だった。医療班が薬草を与えたが、数時間もしないうちに患者は高熱を出し、苦痛にのたうち始めた。翌日には、別の二人の兵士が同じ症状を訴えた。さらにその翌日になると、新たに四人の患者が発生した。

デクラークの診察室は、意味を成さないわめき声と苦しみもだえる患者たちであふれる修羅場と化した。二十四日目の朝、いつもの日課で負傷者を見舞うために診察室を訪れたルーサに対して、デクラークは深刻な状況を報告しなければならなかった。

報告を聞き終えると、ルーサは顔をしかめた。「見せてくれたまえ」

カンテラを手にしたデクラークは、病人が隔離されている洞窟の奥に将軍を案内した。二人がひざまずいた前には、最初に症状の現れた患者が横たわっている。リンデンという名のブロンドの髪をした少年だ。仮設のベッドに寝かされた少年は激しくもがいていた。顔色は死人のように青ざめている。両腕は革製の紐でベッドの脇に固定されていた。

「こんなことまでする必要があるのかね？」ルーサが訊ねた。

「新たな症状です」デクラークは説明しながら手を伸ばした。

少年が着ている薄手の綿の上着を持ち上げ、上半身を将軍に見せる。患者の腹部はいぼのような結節で覆われていた。だが、腹部の皮膚が変化しているのではない。突起物は腹部の肉の下から突き出しているように見える。

「何ということだ。これはいったい何だね？」

デクラークはかぶりを振った。「わかりません、将軍殿。このように拘束していないと、彼は腹部を爪で切り裂いてしまうのです。ここをご覧ください」

将軍とともに少年の体の上に身を乗り出しながら、デクラークはメスの先端でやや大きな結節の一つを指し示した。エンドウ豆ほどの大きさがある。「皮膚のすぐ下にある、薄い緑色の部分がわかりますか？」

「ああ。彼の体内で何かが成長しているみたいだな」

「成長しているみたい、ではありません。彼の体内で何かが実際に成長しているのです。腹部にあるすべてがそうです。それが何なのかはわかりませんが、必死になって外に出ようとしていることは間違いありません。すべてにその兆候がうかがえます。ほら、ここです！」

ルーサがカンテラを近づけて少年の腹部を照らした。皮膚の下では、エンドウ豆ほどの大きさの結節が、まるで虫のようにもぞもぞと動いている。二人が見ている目の前で、結節の先端に赤い水疱のようなものができ、見る見るうちに熟したプラムくらいの大きさにふくらんでいく。

「こいつはいったい……？」ルーサが小声でつぶやいた。

「下がってください」

デクラークは近くにあった布きれをつかみ、結節の上にかぶせた。その布きれが数秒間、ふくらんだかと思うと、鈍い「ポン」という音が響く。黄色みを帯びた赤いしみが、布きれに広がっていく。患者が激しく体を上下させた。簡易ベッドの脚が石の床にぶつかって音を立てる。

助手の一人が駆け寄り、リンデンの体を押さえつけようとした。デクラークとルーサも手を貸す。それでも、少年は頭を枕に置いたまま、背中を大きくそらしている。突然、リンデンの喉と腹部の皮膚の下から、数十個の結節が現れた。三人の目の前で、先端の水疱がふくらみ始める。

「下がって、早く下がってください！」デクラークの叫び声に合わせて、ほかの二人も後ずさりする。

三人が恐怖に包まれたまま見守る中、水疱が次から次へと破裂し始めた。揺れるカンテラの光を浴びて、黄色っぽい霧が空中に飛散し、ゆっくりと少年の体に落下していく。

体が激しく痙攣したかと思うと、リンデンの背中が大きくそり返った。ベッドに接しているのはかかとと頭頂部だけだ。少年はまばたきをしながら目を開いた。だが、その目にはもはや何も映っていない。次の瞬間、少年の全身がベッドに崩れ落ち、そのまま動かなくなった。

デクラークが確認するまでもなかった。ルーサも確認を求めない。リンデンは死んだ。蝕まれた彼の体に、助手がそっと毛布をかぶせる。

「現時点で症状が現れた人数は？」ルーサが訊ねた。その声は震えている。

「七人です」

「彼らの見通しは？」

「原因と治療法を発見できない限り、全員が死ぬものと思われます。この少年のように。けれども、もっと悪い知らせがあります」

ルーサは毛布で覆われた少年の遺体からようやく目をそらした。

「これは始まりにすぎません。患者数がさらに増えることは確実です」

「感染が疑われるわけだな」

「疑わざるをえません。水疱が破裂して空中に何かが飛び散ったのはご覧になりましたね？ある種の仕組みのようなものだと考えるべきでしょう。この病原菌なりの拡散方法なのです」

「すでに何人が感染していると思うかね？」ルーサが訊ねた。

「理解していただきたいのですが、このような症状は今までに見たことも、本で読んだこともありません。しかも、潜伏期間が短いのです。少年は三日前までは健康でぴんぴんしていました。それなのに、もう死んでしまったのですから」

「何人だ？」ルーサは重ねて問いただした。「何人が感染すると予想されるのだ？」

デクラークは視線をそらすことなく将軍の目を見つめた。これから話す事実を、しっかりと受け止めてもらわなければならない。「全員です。この洞窟内の全員です」デクラークは手を伸ばし、ルーサの手首を握り締めた。「患者たちを苦しめているのが何であれ、強い感染力を持っています。そいつがこの洞窟内に、私たちとともに存在しているのです」

第一部　簡単な依頼

1

三月四日午前七時四十二分
ロシア　ウラジオストク

彼の仕事は、悪い状況がさらに悪化するのを防ぐこと。理想的な事業だとは言えないものの、それなりの報酬は約束される。

港湾施設の端にうずくまりながら、タッカー・ウェインは任務の重さを全身で感じていた。凍(い)てつくような風も、顔に叩きつけるみぞれも、ゆっくりと意識の外に消えていく。数台のクレーン、乱雑に積み上げられたコンテナ、桟橋(さんばし)につながれた船舶のぼんやりとした輪郭から成る、薄暗い静かな冬の光景に精神を集中させる。はるか彼方で、霧笛が短く鳴る。係留索がきしみ、うめくような音を立てる。

かつて米国陸軍のレンジャー部隊に所属していたタッカーは、訓練の成果をいつでも発揮できるが、今朝はその能力がいつにも増して必要とされている。そのおかげで、二つの極めて重要な事柄に焦点を合わせることができる。

一つ目は、港湾都市のウラジオストク。戦争で疲弊したアフガニスタンの砂漠と比べれば天国のような場所だが、この寒冷な気候は老後にのんびりとした生活を楽しむ候補地にはふさわしくない。

二つ目は、脅威となるリスクの把握。例えば、この日に自分の雇い主を暗殺しようと目論んでいるのが誰で、そいつがどこに隠れていて、どんな方法を用いようとしているのか？

タッカーがこの仕事を引き受けたのは三週間前のことだが、それ以前に雇い主であるロシアの実業家の暗殺未遂事件が、すでに二回発生していた。タッカーの直感は、三回目の試みが間近に迫っていることを告げている。

それに備えなければならない――だが、備えているのは一人だけではない。

タッカーの手のひらが、友人兼相棒にそっと触れる。雪に覆われた毛を通して、タッカーは小柄なベルジアン・シェパードの筋肉に力がみなぎるのを感じた。ケインは軍用犬で、マリノアという犬種だ。アフガニスタンでタッカーとペアを組んで以来、すでに何年もの月日が流れている。軍を除隊になった時、タッカーは無断でケインを連れ出した。二人はどんなリードよりも太い絆で結ばれている。互いに相手の心を読み、言葉や手による合図以上の意思を通わせることができる。

タッカーの隣に大人しく座るケインは、耳を立て、濃い色の瞳で周囲を警戒している。ブラックタンの毛がむき出しになった部分にうっすらと積もる雪のことなど、まったく気にかけていない様子だ。引き締まったケインの体のほとんどは、毛の色に合わせたＫ９ストームのタクティカルベストで覆われていた。ベストには防水加工とケブラーによる補強が施されている。ケインの首輪の革紐の間には、親指の爪ほどの大きさしかないワイヤレスのトランスミッターと、暗視機能付きのカメラが隠されており、一人と一頭は視覚と聴覚で常に連絡を取り合うことができる。

タッカーは再び周囲の情景に全神経を集中させた。

ウラジオストクはまだ夜明け前の早い時間なため、港は静かで、薄暗がりの中を時たま労働者が急ぎ足で通り過ぎていく程度だ。それでも、タッカーは人目につかないように注意していた。景色の中に溶け込み、港湾施設に勤務する一労働者になり切ろうとする。

〈それらしく見えていればいいんだが〉

タッカーの年齢は二十代後半で、身長は平均よりも高く、ブロンドの髪は無造作に伸ばしている。筋肉質の体は厚手のウールのコートを着ているので目立たないし、険しい眼差しはウシャンカと呼ばれるロシア帽の毛皮付きのつばが隠してくれる。

タッカーが親指でケインの頭を優しくなでる。ケインがしっぽを一回だけ振ってこたえる。

〈こんなところには住みたくないな、ケイン〉

そう思うものの、海があることを除けば、ウラジオストクはタッカーが生まれてから十七歳になるまでを過ごしたノースダコタ州ローラとそれほど違いはない。カナダとの国境に近いその小さな町は、アメリカ国内でも一、二を争うシベリアっぽい場所だろう。

子供の頃、タッカーは夏になると必ずウィロー湖でカヌーを漕ぎ、ノースウッズでハイキングを楽しんだ。冬はクロスカントリースキー、スノーシュー、穴釣りの日々だ。けれども、まるで絵葉書のようなそんな生活にも、目に見えない影の面が存在した。教師だった両親は、タッカーが三歳の時に酔っ払い運転の車にひかれて死亡する。その後、タッカーは父方の祖父に引き取られたが、その祖父もある寒さの厳しい冬の日、雪かき中に心臓麻痺（まひ）を起こしてこの世を去る。十三歳で天涯孤独の身となったタッカーは里親に引き取られたが、規定よりも早く独り立ちしたいとの要望書を提出し、十七歳で軍に入隊する。

タッカーはそんな暗い日々の思い出を心の奥深くに追いやった。

〈俺が人間より犬を好きなのも無理ないな〉

タッカーは目先の任務に意識を戻した。

今回の任務は、暗殺の阻止。

タッカーは港の様子をうかがった。

〈脅威はどこからやってくるのか？　どんな形で？〉

タッカーの忠告を無視して、雇い主――ロシア人の億万長者で実業家のボグダン・フェドセーエフは、今日の午前中に港を訪れるという予定を入れている。この数週間、港湾労働者たちが組合を結成しようとしているとの噂が流れており、フェドセーエフは指導者たちとの面会に合意していた。労働者たちを強引に抑え込もうと考えてのことだ。脅威となるのはそうした緊張関係だけではない。タッカーは労働者のかなりの人数が、ウラジカフカス分離主義者なのではないかとにらんでいた。この政治テロリストたちの主な攻撃対象は極東ロシアの高名な資本主義者で、ボグダン・フェドセーエフは彼らにとって格好の標的だ。

タッカーは政治にほとんど関心がないが、現地の社会的な情勢を理解することは、地理的な情勢の理解と同じく、仕事には不可欠だと認識している。

タッカーは腕時計を確認した。三時間もしないうちに、フェドセーエフが到着する。それまでの間に、この場所のことをくまなく頭に入れておく必要がある。

タッカーはケインの顔を見た。「どうだい、相棒？　仕事に取りかかる準備はいいか？」

その問いかけに対して、ケインは立ち上がり、全身をぶるっと震わせた。体から舞い上がった雪を、風が運び去っていく。

タッカーは歩き始めた。隣にケインを従えながら。

午前九時五十四分

午前も半ばに差しかかる頃までに、タッカーはウラジカフカス分離主義者ではないかと疑っていた八人の労働者のうち、六人の居場所を突き止めていた。残る二人からは、体調が悪いので休むとの電話が入っている。二人とも、これまで一度も病気で休んだことはない。

倉庫の入口脇に立ちながら、タッカーは港に目を配っていた。すでに港は活気にあふれており、作業の音、機械の音、指示を出す叫び声が入り混じる中、フォークリフトが何台も忙しく動き、クレーンが出港間近の船にコンテナを積み込んでいる。

タッカーは衛星電話を取り出し、報告書のＰＤＦデータをスクロールしながら、病欠の連絡を入れた二人の男の経歴に目を通した。二人とも元軍人で、ロシア海軍歩兵の下士官だ。そればかりか、どちらも狙撃兵としての訓練を受けているという。

以上の事実を考え合わせると、脅威が現実味を帯びてくる。

タッカーは二人の男の顔を記憶した。

フェドセーエフの身辺警護部隊の隊長を務めるユーリという男に連絡を入れようかとも考えたが、そんなことをしても無駄だと判断する。〈私は逃げない〉フェドセーエフはきっぱりと、繰り返し宣言していた。いちばんの問題は、タッカーがよそ者だという点だ。警護部隊の誰一人として、アメリカ人の存在を快く思っていない。

タッカーは考えを変え、フェドセーエフが港湾施設を訪れる際のルートを頭の中に思い描いた。ルートに面した窓の位置を、射撃角度を考慮する。狙撃者に都合のいい高い場所を探す。少なく見積もっても六カ所はある。

タッカーは空に目を向けた。すでに太陽は昇っているが、雲を通して白っぽい光がほのかに見えているにすぎない。風はやみ、みぞれは大きなぼたん雪に変わった。

まずい事態だ。遠距離から狙いやすい状況になってしまった。

タッカーはケインの姿を見下ろした。このままじっと待っているわけにはいかない。

「悪者を見つけにいくとするかな」

午前十時七分

狙撃者が潜む可能性のある六カ所は、倉庫、高所に設置された通路、建物間の狭い路地、タワークレーンなどから成る広さ八万平方メートル以上の港の中に点在している。タッカーとケインは急いでいる様子を見せずに、近道をできる限り利用し、一点をじろじろ見ないように注意しながら、港の敷地内を回った。

ある倉庫の前を通り過ぎた時、ケインが低いうなり声を発した。タッカーの体に緊張が走る。姿勢を低くしながら振り返ると、ケインは足を止め、積み上げられたコンテナの間の狭い通路に視線を向けている。

タッカーはその奥で視界から消える人影をかすかにとらえた。普通の人ならば気にもかけないような動きだが、タッカーにはケインがいる。相手の体の動き、あるいは体から発するにおいが、ケインの関心を引いたに違いない。緊張感か、態度か、あるいはほんのわずかな身のこなしか。アフガニスタンでの危険な年月を経て、ケインの本能は研ぎ澄まされている。

タッカーは頭の中に港の地図を思い浮かべ、一瞬だけ考えを巡らせた後、ケインの首輪に取り付けたカメラを起こした。

「偵察」短く指示を与える。

ケインは千種類の単語と百種類の手の動きを理解するため、タッカーの分身となって行動できる。

タッカーは前方を指差し、コンテナの間の通路を通らずに迂回（うかい）して反対側に向かうよう、ケインに指示を与えた。

躊躇（ちゅうちょ）することなく、ケインが走り出す。

タッカーは相棒が暗がりに消えるのを見届けてから、人影を目撃した巨大なコンテナの間の通路に入った。

小走りに進むと、通路が交差する地点に差しかかる。タッカーは立ち止まり、コンテナの陰からその先の様子を素早く確認した。

別の狭い通路が延びている。

誰もいない。

人影が消えた方向にその通路を駆け足で進むと、再び別の通路が左右に伸びている。巨大なコンテナの間はまるで迷路のようだ。

〈これではすぐに迷ってしまう〉タッカーは思った。〈それにターゲットも見失ってしまう〉

タッカーはケインの姿を思い浮かべた。反対側に回り込み、低い姿勢でコンテナの山を監視しているはずだ。自分がこの迷路内で追跡をしている間、外にはケインの目が必要になる。

タッカーは改造した衛星電話の画面にケインから送られてくるデータを呼び出した。小さな画面にちらちらと揺れるデジタル映像が表示される。ケインのカメラからのライブ映像だ。

突然、人影がコンテナの列の間から飛び出した。東に向かって走っていく。

〈うまくいった〉

タッカーも同じ方角に走った。画面を一瞥(いちべつ)すると、ケインも走り出したことがわかる。男の後を追い、与えられた「偵察」の指示に従っている。

一人と一頭は追跡に入った。これこそが陸軍のレンジャー部隊の仕事だ。極めてまれな場合を除いて、レンジャー部隊の隊員は巡回を行なったり人道支援を提供したりはしない。彼らの目的はただ一つ――敵を発見して倒すこと。

その簡単明瞭なところが、タッカーの性(しょう)に合っていた。

もちろん、危険で残酷だが、不思議な純粋さがある。

タッカーがコンテナでできた迷路の外に飛び出すと、ほぼ同時にコンテナの列の先からケインも姿を現した。合図を送ってシェパードを近くに呼び寄せる。駆け寄ってきたケインはタッカーの横に座った。舌を垂らし、目を輝かせながら、次の指示を待っている。

タッカーとケインがいるのは港の東の外れだ。砂利の敷かれた駐車場の先には何本もの線路があり、今では使用されていない錆びついた貨車が連なっている。獲物はその中に姿を消したのだ。

操車場の向こう側には敷地の境界を示す鉄条網のフェンスが高くそびえ、そのさらに先には深いマツ林が広がっている。

港の中心から聞こえるこもった音を除けば、周囲は静まり返っている。

不意にケインが頭を左に向けた。数秒間、鉄条網のフェンスが激しく揺れ、再び静かになる。マツ林に潜んでいたもう一人のターゲットが、フェンスの隙間をくぐり抜けて敷地内に侵入してきたに違いない。

〈なぜだ?〉

左手のさらに奥を見たタッカーの目は、高いタワークレーンをとらえた。かつて貨車に荷物を積み込む際に使用されていたクレーンだ。狙撃者が利用しそうな場所としてタッカーが心に留めておいた六カ所のうちの一つでもある。

タッカーは腕時計を確認した。フェドセーエフの到着予定は六分後。タッカーは上着のポケットから急いで小型の双眼鏡を取り出し、クレーンの最上部に焦点を合わせた。最初は降りしきる雪を通して骨組みが見えるだけで、特に異常があるようには思えなかった。しかし、次の瞬間、人影が双眼鏡の視界に入ってきた。ゆっくりと梯子を上りながら、運転室へと向かっている。

〈あいつはついさっき、フェンスをくぐり抜けたやつだ。だが、俺が後を追っていた男はどこにいる？〉

タッカーはユーリに連絡を入れ、予定を中止するように要請しようかと考えた。しかし、たとえ警備隊長がタッカーの意見を聞き入れてくれたとしても、命知らずなまでに無鉄砲なボスを翻意(ほんい)させることはできないだろう。フェドセーエフは脅しに背を向けたりしない。億万長者が引き返そうかと考えるよりも先に、銃弾が飛び交うことになるはずだ。

それがロシア人のやり方なのだから。

タッカーはその場でうつ伏せになり、貨車の下を探った。鋼鉄製の車輪の向こう側に見え隠れしながら、右に向かって動く二本の脚が確認できる。自分の追っていた男の脚とは断言できないが、その可能性は高い。

タッカーは背中に手を伸ばし、ウエストバンドに留めたパドルホルスターからマカロフＰＭを抜いた。それなりに優れた拳銃だが、自分の好みではない。

〈まあ、ロシアにいる時はロシアの武器で我慢しないとな……〉

タッカーはケインに視線を向けた。相棒はすぐ横で腹這(はらば)いの姿勢を取っている。すでにその目は線路に沿って走るターゲットをとらえていた。クレーンをよじ登る男との距離が開いていく。

必要な指示は短い一言ですむ。タッカーは地上を移動するターゲットを指差した。

「追跡」

ケインが走り出した。足音を立てずに男の後を追う。

タッカーは左手側のタワークレーンに向き直った。低い姿勢で砂利の上を横切り、操車場に達する。腹這いになって貨車の下をくぐり、道床(どうしょう)のバラストを滑り下りる。かろうじて身を隠せる排水用の溝の中から、タッカーはフェンスの隙間を発見した。きれいな穴が開いている。切断されて間もないように見える。

左手のタワークレーンまでは約百メートルの距離がある。タッカーは脇腹を下にした姿勢になり、双眼鏡を目に当てて上に向けた。ターゲットの姿が確認できる。男はガラスで覆われたクレーンの運転室から数十センチ下の梯子につかまっていた。手袋をはめた片方の手が、運転室下の入口のハッチに伸びる。

タッカーは男を目がけて発砲しようかととっさに思ったが、すぐにその考えを捨てた。ライフルならまだしも、マカロフでは無理だ。距離があるし、骨組みが邪魔になる。命中させることは不可能だ。そのうえ、雪が激しくなってきたため、視界が次第に遮られつつある。

タッカーは再び時間を確認した。〈フェドセーエフのリムジンが正門から入ってくるまで、あと三分〉……一瞬、タッカーはケインに思いを馳せた。しかし、すぐに目の前の任務に神経を集中させる。

一度に一つずつだ。まずはこっちの問題に対処しなければ。

ケインの方はケインに任せるしかない。


ケインは低い姿勢で走る。耳をぴんと立て、凍結した雪を踏みしめる靴音をとらえる。与えられた指示が、頭の中に浮かび上がる。

〈追跡〉

錆びついた貨車の陰を選びながら、白い世界の中を進む黒い影を追う。白が色濃くなっていく。けれども、ケインの世界は視覚だけではない。ケインにとって、視覚は最も鈍い感覚だ。大きな真実を構成するぼんやりとした影にすぎない。

ケインは一瞬立ち止まり、靴の跡に鼻を近づける。ゴムと土と革のにおいがする。体を起こし、空気中にかすかに漂う湿ったウール、タバコの煙、汗のにおいを吸い込む。獲物の皮膚からしみ出た塩分に、恐怖を嗅ぎ取る。耳が遠くから聞こえる荒い息遣いをとらえる。

ケインは獲物の動きに合わせて走り続ける。足の裏が静かに地面を踏みしめる。

獲物を追いながら、ケインは周囲のそれ以外の情報を吸収する。古い臭跡（しゅうせき）と新しい臭跡から、過去と現在を読み取る。遠くの叫び声も、モーターの音も、すぐ先にある海の波の音も、すべてを聞き取る。舌の裏側で、霜と冬を味わう。

そのすべての要素の中に、ひときわ明るく輝く一本の道がある。その道が獲物に通じている。

ケインはその道をたどる。音を聞かれることなく、姿を見られることなく。

午前十時十八分

排水用の溝に隠れたタッカーは、ターゲットの姿を見守っていた。男がタワークレーン最上部の運転室に通じるハッチをくぐり抜ける。ハッチが閉じると同時に、小さなこもった音が届く。

互いが相手の視界から消えたところで、タッカーは立ち上がり、マカロフをホルスターに収め、タワークレーン目がけて疾走した。もはや密かに行動している場合ではない。タッカーは梯子の下から三段目に飛びつき、よじ登り始めた。梯子の段は雪と氷で滑りやすくなっている。足を掛けるたびに靴が滑るが、タッカーはかまわず登り続けた。ハッチから二段下まで達したところで動きを止める。ハッチの南京錠は見当たらない。

大きく息を吸い込んでから、タッカーは再びマカロフを取り出し、静かに、ゆっくりと、銃身をハッチに押し当てた。ハッチがほんのわずかに動く。

あれこれ考えを巡らせたり、次の行動が正しいかどうかを判断したりしている余裕はない。無鉄砲な性格と同じように、一瞬の迷いも命取りになる。

〈どうせ死ぬなら行動を起こしている時の方がましだ〉

これまでにタッカーは、アフガニスタンの村や掩蔽壕（えんぺいごう）で数え切れないほどの扉を強引に押し開け、突破してきた経験がある。扉の向こう側では、常に何かが自分を殺そうと待ち構えていた。

今回もそれと何ら変わりはない。

タッカーは勢いよくハッチを押し開け、銃口を左に、次いで右に向けた。暗殺者は五十センチほど離れたところで両膝を突いていて、その前にはクラムシェル式のライフルケースが開いた状態で置かれている。タッカーの背後に当たる運転室の窓が開け放たれているため、雪が内部に激しく吹き込んでくる。

暗殺者がタッカーの方に素早く体を反転させた。つかの間、その顔に驚きの表情がよぎる――次の瞬間、男はタッカーに飛びかかった。

タッカーは引き金を引いた。マカロフの九ミリ口径のホローポイント弾が鼻梁（びりょう）に命中し、男は即死した。横に倒れた体が再び動くことはない。

〈まず一人……〉

タッカーは自分の行ないを後悔していなかったが、心の中に葛藤（かっとう）があることを否定できなかった。決して信心深い人間ではないが、彼は仏教の共生の精神に共感を覚えている。けれども、今のケースでは、この暗殺者との共生という選択肢はなかった。人間の命を奪う必要性があることは認める一方で、動物を殺すことは絶対に許さない、そんな自分の考え方を奇妙だと思うこともある。この難問の答えには興味を引かれるものの、それについてじっくりと考えるのは別の機会に譲らなければならない。

タッカーはマカロフをホルスターにしまい、運転室に入るとハッチを閉めた。素早く暗殺者の持ち物を調べ、携帯電話か無線を探す。だが、どちらも見当たらない。共犯者がいるのならば、別個に動いているに違いない。各自の判断で撃つ、そのような取り決めになっているのだろう。

時間を確認する。残り六十秒。

フェドセーエフの性格を考えれば、彼は時間通りに到着するはずだ。

ここからの最優先事項は、フェドセーエフを危険地帯に入れないこと。

タッカーは暗殺者のライフルに視線を向けた。ロシア製のSV-98だ。ケースから取り出してライフルを調べる。ライフルはいつでも撃てる状態にある。

〈同志よ、君に感謝する〉そう心の中でつぶやきながら、タッカーは死体をまたぎ、開け放たれた窓に向かった。

ライフルに備え付けの二脚を伸ばし、窓枠の上に乗せ、銃口を大量のコンテナと倉庫の屋根の先にある正門に向ける。冷え切った銃床を頬に添え、スコープの接眼レンズに目を当て、風に舞う雪の向こうをのぞく。

「どこにいるんだ、フェドセーエフ」タッカーはつぶやいた。「早く来い――」

その時、タッカーは白い雪の間を動く黒い影を発見した。リムジンは正門から約十メートルの距離にあり、警備員による形式だけの検問を受けるために速度を落としている。タッカーはリムジンのフロントガラスに狙いを定め、引き金に指を掛けた。ほんの一瞬、迷いが生じたものの、SV-98の仕様を思い出す。この武器にはリムジンの防弾ガラスを貫通させるだけの威力がない――確かそのはずだ。

タッカーは引き金を引いた。銃声がクレーンの狭い運転室内に大きく反響する。七・六二ミリ口径の銃弾は、リムジンの運転席の真正面のフロントガラスに命中した。念のため、タッカーは狙いをずらし、再び発砲し、今度はサイドミラーを破壊した。運転手はとっさに正しい判断を下した。すぐにリムジンのギアをバックに入れ、そのまま十五メートルほど一気に後退してから、ハンドルを切って方向転換する。

数秒後には、リムジンと正門との距離が三十メートル以上に開く。リムジンはそのまま走り去り、雪に隠れて見えなくなった。

タッカーは結果に満足してライフルを下ろした。ひとまず、フェドセーエフの身の安全は確保できた。けれども、何者かが雇い主を殺そうとしたことに変わりはない。もう一人の暗殺者を取り逃がせば、再び殺害計画が実行に移されるかもしれない。そのような事態は阻止しなければならない。

タッカーはライフルの箱型弾倉を外し、ポケットに入れてから、衛星電話を取り出した。ケインのカメラから送られてくる映像を確認する。レンズが濡れているうえに雪が激しくなったため、画面に表示されているのはぼやけた解読不能の映像だけだ。

タッカーはため息をつき、衛星電話の別のアプリケーションを開いた。画面上に港の地図が現れる。タッカーの現在地から西に約四百メートルの地点で、緑色の光が点滅している。ケインの肩甲骨の間の皮膚に埋め込まれたマイクロチップが発する、ＧＰＳの信号だ。

緑色の光は静止している。それはケインが指示通りの行動を取っているという意味だ。シェパードは獲物を追い、今はじっと待機して監視を続けている。

不意に光が動いた。小刻みな揺れは、ケインが体勢を変えたせいだ――獲物から見られないようにするため、および獲物を視界から外さないようにするため。光が再び動いた。今度は真っ直ぐ東に向かいながら、見る見るうちに加速している。

そのことが意味するのはただ一つ。

二人目の暗殺者が自分の方に向かって走っている。

タッカーは半ば転げ落ちるかのように梯子を下りた。両足が地面に着くと、積もり始めた雪を踏みしめながら、マカロフを手に線路沿いを進む。十メートルも歩かないうちに、前方にぼんやりとした人影を認めた。フェンスの隙間の近くにうずくまっている。獲物は隙間をくぐり抜け、マツ林の中に走り込んだ。

〈くそっ〉

その二秒後、ケインが姿を現した。獲物を追跡する意欲は満々なようだ。けれども、タッカーの姿に気づくと、ケインは立ち止まり、耳を立てた。追加の指示を待っている。

タッカーは新たな指示を与えた。

「倒せ！」

遊びの時間は終わりだ。

ケインはフェンスの隙間に飛び込み、追跡を開始した。タッカーもその後を追う。

獲物を捕獲する態勢に入ったものの、ケインはタッカーからあまり距離を置かないように走っていた。木々の間を縫い、倒木を楽々と飛び越えながらも、獲物とタッカーの両方を視界にとらえている。

林の奥に分け入ると、港湾施設の音がまったく届かなくなる。枝の間から雪がさらさらと舞い落ちる。前方で枝の折れる音がした。タッカーは立ち止まり、その場にうずくまった。右前方十五メートルの地点にいるケインも、ぴたりと動きを止めている。倒木の上でうずくまり、視線は微動だにしない。

獲物の動きが止まったに違いない。

タッカーは衛星電話を取り出し、画面上の地図を確認した。

二百メートルほど先で、細い運河がマツ林の中を通っている。ロシア海軍がこの港湾施設を所有していた頃の名残だ。獲物は元海軍歩兵所属だから、このような水路を利用した脱出経路を考えた可能性はある。

しかし、本当にそういう計画なのだろうか？

地図によれば、運河を渡った先には幹線道路がある。

〈車を待機させていたとしたら？〉

決断を下すべき時だ。

獲物は陸上を逃げるのか、それとも海上を逃げるのか？

タッカーは小さく舌を鳴らした。ケインが振り返る。タッカーは握り拳を見せてから、人差し指と中指を立てた。〈追跡〉

ケインは真南の方角に走り出した。

タッカーは南東へと向かった。どちらの方法にでも対応できるように。獲物の退路を断てるように。

走りながら、タッカーはＧＰＳの信号を頼りにケインの位置を確認した。相棒は運河に到達し、立ち止まっている。光は数秒間、静止していたが、再び動き始めた。運河に沿って動きながら、一気に加速している。

これで決まりだ。

獲物は船に乗ったのだ。

タッカーも走り始めた。木々の間を抜け、首をすくめて枝をかわしながら、林の外れに近づく。タッカーはマツ林の外に飛び出した。前方には高い堤防があり、運河の水面は見えない。右手の方角から船舶の低いエンジン音が聞こえてくる。音の方に向かって走る。ケインも堤防の上を疾走している。

走る速さではとてもじゃないがケインにかなわない。地図によると運河の幅は狭く、五メートルもなさそうだ。

〈十分に可能だ〉タッカーは判断した。

タッカーは叫んだ。「攻撃……武器を奪取!」

ケインは頭を低く下げ、さらに加速すると、堤防からジャンプした。その姿が堤防の向こうに消える。


ケインは宙を舞う。体毛をなでる空気が心地いい。これこそが生きる楽しみ。心臓の鼓動と同じように、本能の中にしみついている喜び。

狩りをして獲物を倒す。

前足が木製の甲板に触れた瞬間から、次の行動に移る。重心を移動させて、後ろ足を完璧な位置に動かす。甲板を強く押し、船室に向かってジャンプする。

感覚がふくれ上がり、いくつもの情報が飛び込んでくる。

燃えた油の強烈なにおい……

磨き上げた木材の樹脂……

船室の開いた扉の奥から漂う塩分と恐怖……

ケインはその香りを追う。指示に従って、本能に駆られて。

ケインは扉を通り抜ける。振り返る男の姿が見える。男の皮膚に恐怖が走る。男の口から驚きの声が漏れる。

男の片腕が上がる。身を守ろうとする本能的な動きではない。銃を構えるための動き。

ケインは銃を知っている。

ケインが飛びかかると同時に、銃声がとどろく。

午前十時三十三分

タッカーが堤防の上に到達すると同時に、水面に銃声がこだました。不安で心臓が締め付けられる。五十メートルほど先の運河上では、センターキャビン式の浚渫（しゅんせつ）船が、船首を岸に向けて浮かんでいる。

タッカーは走った。恐怖が全身を駆け巡る。水面を漂う船の横に達すると、タッカーは両脚を曲げ、高く跳び、宙を舞った。船の後甲板に着地したタッカーの体が、船べりに叩きつけられる。両目の奥に激しい痛みが走る。タッカーは横に一回転してから両膝を突き、マカロフを構えた。

船室の開いた扉の奥に、仰向けに倒れた男が見える。左手を振り回し、両脚をばたつかせている。男の右の前腕部にはケインが嚙みついていた。シェパードの力強い顎は、男の体をまるでぬいぐるみの人形のように揺さぶっている。

男はロシア語で何かを叫んだ。タッカーはロシア語の基本的な語彙しか知らないが、男の口調を聞けば意図はわかる。

「こいつを追っ払ってくれ！　お願いだ！」

銃口を男の胸に向け、タッカーは船室の扉をくぐった。静かに指示を伝える。「離せ」

ケインはすぐに男の腕を離し、後ずさりした。うなり声の漏れる口元は歪んだままだ。

ロシア人は負傷した右腕を胸元に押し当てた。大きく見開いた目には、痛みのせいで涙がにじんでいる。ケインが嚙みついていた位置から判断するに、おそらく尺骨が折れているはずだ。橈骨もやられているかもしれない。

けれども、タッカーは同情のかけらも感じていなかった。

この野郎はケインを撃ち殺そうとしたのだ。

一メートルほど離れた床には、リボルバーが転がっている。その銃口からはまだ煙が出ている。

タッカーは歩み寄り、男を見下ろした。「英語は話せるか？」

「英語……ああ、少しなら話せる」

「おまえを逮捕する」

「何だって？　俺は何も――」

タッカーは右足を持ち上げ、かかとで男の額を踏みつけた。男が意識を失う。

「詳しい話は後だ」タッカーは付け加えた。

2

三月四日午後零時四十四分
ロシア　ウラジオストク

「フロントガラスを弁償してもらわないといかんな」ボグダン・フェドセーエフは太い声で指摘しながら、よく冷えたウォッカのショットグラスをタッカーに渡した。

タッカーはグラスを受け取ったが、すぐにソファーの隣のサイドテーブルに置いた。ウォッカは好みでないこともあるが、それよりも手でグラスをしっかり握っていられる状態かどうか、自信がなかったからだ。港湾施設での銃撃戦の興奮もまだ冷めやらぬ中、タッカーの体内にはアドレナリンがあふれたままだ。それ自体は馴染み（なじみ）のない感覚でも、不快な気分でもない。そう思う一方で、そのアドレナリンのうちの何割が気持ちの高ぶりのせいで、何割がPTSD──かつては「砲弾ショック」「戦闘神経症」などと呼ばれていた、イランやアフガニスタンからの帰還兵の多くに共通して見られる症状のせいなのか、タッカーは測りかねていた。

多くの帰還兵に比べると、タッカーの症状は軽い。しかし、これから先も長い付き合いになるだろう。これまではどうにかうまく相手をしてきたが、それが自分の中に潜んでいることは常に意識している。化け物に心の鎧の隙間を探られているかのような気分だ。このたとえを思うと、タッカーはなぜか気持ちが落ち着く。敵の監視は自分が得意とするところだからだ。それでも、心の中にある仏教の教えが、緊張を解くようにささやきかける。

〈心を無にしろ〉

〈意識すれば相手も頑なにしがみつく〉

〈考えれば考えるほど、それに近づいてしまう〉

このような考え方をするようになったきっかけがいつで、その場所がどこだったのか、タッカー本人にも正確にはわからない。知らず知らずのうちに身に着いていたという感じだ。師と呼べるような人物は数人ほど思い当たるし、そのうちの一人からは特に大きな影響を受けた。けれども、ケインとともに各地を放浪するうちに、こうした世界観を抱くようになったのではないか、そんな気がする。これまであらゆるタイプの人間と出会ううちに、タッカーは先入観という曇りのない目で、人をありのままに見ることを学んでいた。人はそれぞれ違っているようで、実は似ているところの方が多い。誰もが幸せになるための方法を、満たされた気持ちになるための方法を、見つけようと模索している。そうした状態を探すためのやり方は、人によって大きく異なるが、目標は常に同じだ。

〈それくらいにしておけ〉タッカーは自分に言い聞かせた。あれこれ考えるのは決して悪いことではないが、テキーラによく似ているとずいぶん昔に悟ったものだ——どちらも一度に少しずつ、たしなむ程度がよい。

足もとにはケインが大人しく座っている。だが、その瞳は爛々と輝き、警戒を怠っていない。ケインは何一つとして見逃さない——姿勢、手と目の動き、呼吸の速さ、発汗。相棒はそれらの情報から周囲の状況を読み取る。そんなケインが不穏な気配を感じ取ったのも、驚くに値しない。

タッカーも同じ気配を感じていた。

タッカーがケインと組むようになった理由は、「エンパシー」と呼ばれる共感能力の数値が並外れて高かったからだ。軍用犬のハンドラーの間でよく聞かれる言葉に、「リードを通じてつながっている」というものがある。人間と犬が一緒の時間を過ごすうちに感情を共有するようになり、その絆が太くなることを意味する。その同じ能力のおかげで、ケインは微妙な体の動きや、普通なら見逃してしまうような表情の変化に気づき、人間の心を読むことができる。

今のような、室内に満ちた緊張感も。

「あと、リムジンのサイドミラーもだ」フェドセーエフはこわばった笑みを浮かべて付け加えた。「君はフロントガラスとサイドミラーの両方を破壊した。高くつくぞ。何よりも問題なのは、私の運転手のピョートルを危うく殺すところだったことだな」

タッカーは引き下がらなかった。そんなことをすれば、相手に弱みを見せることになる。

「あの距離とあの角度では、俺が使ったライフルでリムジンの防弾ガラスを貫通させることはできない。もし俺がボンネットの上に立っていたとしたら、ピョートルも少しは心配するべきだったかもな」

予想外の反応に、フェドセーエフの眉間にしわが寄る。「そうだとしてもだ、リムジンの修理には金がかかるのだよ、そうだろう？」

「俺の特別手当から差し引いておいてくれ」タッカーは応じた。

「特別手当！　何の話だ？」

「命を救ってもらったお礼として、あんたがはずんでくれるはずの特別手当のことさ」

フェドセーエフの背後に立つユーリが口を開いた。「我々だけで対応できたはず――」

フェドセーエフが片手を上げ、部下を黙らせた。ユーリの顔面は紅潮している。その後ろでは、扉の前にいる二人のボディーガードが、うつむいて足もとに視線を落とした。

タッカーにはユーリと二人のボディーガードの頭の中が手に取るようにわかった。護衛の任務に際して、「できたはず」という言葉は何の価値も持たない。このよそ者――アメリカ人とその犬が、ボスの命を救ったという事実は動かしようがないのだ。その一方で、ユーリはタッカーのために警察に口添えし、一人目の狙撃者を殺害したことで発生していたかもしれない面倒な事態を回避してくれた。ロシア人のボディーガードが暗殺未遂犯を射殺したのであれば、それほど問題視されることはないが、引き金を引いたのがアメリカ人の陸軍レンジャー部隊元隊員となると話は違ってくる。

二人目の男を確保してから九十分後、男の身柄が警察に引き渡される一方で、タッカーはメリディアン・ホテルに戻ってフェドセーエフとその側近に面会した。ホテル最上階のＶＩＰ用スイートルームは、フェドセーエフが借り切っている。装飾と調度品はなかなかのものだが、やや派手すぎるきらいがある。古びたソヴィエト風のシックな感じ、といったところか。窓の外はまだ雪が降り続いているため、ピョートル大帝湾とその先に見えるはずのロシア本土の目を見張るような眺望は遮られている。

「特別手当よりもいいものを用意しよう」フェドセーエフは提案した。「私のチームに加わりたまえ。長期契約を交わそう。私は気前がいいぞ。君の犬は毎晩ステーキを食べることができる。彼も気に入ってくれるのではないかね？」

「自分で聞いてみたら？」

フェドセーエフはケインを一瞥した後、笑みを浮かべ、タッカーに向かって指を振った。「君は愉快な人間だな」実業家は別の方法で訴えた。「あの二人のスカには協力者がいるかもしれない。そいつがまだこのあたりをうろついて――」

「スカ」というのはフェドセーエフが好んで使用するスラングだ。いくらか丁寧な言葉で言い換えると、「くず野郎」に相当する。

タッカーは相手の言葉を遮った。「そうだとしても、今回の暗殺未遂の関係者の残りはユーリが見つけてくれるんじゃないのか」

襲撃者の一人の身柄が確保されているのだからなおさらだ。

この国では、ナイフやフォークを使うような慣れた手つきで拷問器具を扱う人間が多いと聞く。

フェドセーエフはため息をついた。「つまり、君の返事は？」

「申し出には感謝する」タッカーは答えた。「だが、俺の契約は二日後に切れる。その後はほかに行くところがあるんでね」

それは嘘だったが、誰もそうだとは指摘しなかった。

実際のところ、タッカーにはどこにも行く当てなどなかったが、それが今の彼のお気に入りの生き方だった。しかも、ユーリとそのチームは全員が元軍人だ。そんな過去の経歴が、彼らの言動からにじみ出ている。タッカーはそんな雰囲気を嫌というほど味わってきた。自分にも軍隊経験があるが、軍を離れることになった経緯は決して楽しい思い出ではない。

もちろん、初めのうちは軍隊での生活を楽しんでいたし、輝かしい軍歴を重ねていきたいと考えていた。

アナコンダ作戦までは。

忘れてしまいたい過去の記憶が頭によみがえる中、タッカーはサイドテーブルに置いたウォッカのグラスに手を伸ばした。グラスを持ち上げると、氷とクリスタルが当たって音を立てる。タッカーはその音が嫌いだった。ＰＴＳＤ。自分の心の傷に深く刺さる、榴散弾（りゅうさんだん）の破片のような存在。

タッカーはウォッカに口をつけた。記憶がよみがえるに任せる。

ほかに選択の余地があるわけでもない。

タッカーは耳の中の気圧が変化したように感じた。救助用のヘリコプターが離陸し、熱い空気が勢いよく吹きつけてくる。

タッカーは目を閉じた。あの日のことを思い出す。あの銃撃戦に思いを馳せる。タッカーはヘルズハーフパイプの掩蔽壕奪取作戦を遂行する第十山岳師団の兵士たちを援助していた。あの日、タッカーには二頭の相棒がいた。ケインと、その弟のアベルだ。ケインがタッカーの右腕だとしたら、アベルは左腕のような存在。二頭を訓練したのがタッカーだった。

やがて、山中にいるタッカーの部隊のもとに、救援要請が届く。ネイビーシールズのチームを乗せた輸送ヘリのチヌークが、ロケット弾による砲撃を受けてタクル・ガルの山頂に不時着したのだ。タッカーたちの部隊が東に向かい、タクル・ガルの山頂を目指して険しい登りを開始した時、峡谷に潜む敵に遭遇した。二個の即製爆発装置が炸裂（さくれつ）し、タッカーの部隊の多くが死亡、生き残った兵士たちも負傷する。負傷した中には、左前足の半分を吹き飛ばされたアベルもいた。

その直後、周辺に潜んでいたタリバンの戦闘員が姿を現し、生存者たちに襲いかかった。

タッカーは数人の兵士とともに敵の攻撃を防御できる地点まで何とかたどり着き、救助用のヘリコプターが到着するまで持ちこたえた。ケインとほかの兵士たちがヘリコプターに収容されると、タッカーは再び地上に飛び降りてアベルの救出に向かおうとした。だが、ヘリコプターの乗組員に制止され、機内に引き戻される。その後に起きた出来事を、タッカーはただ見ていることしかできなかった。

〈ヘリコプターが離陸し、峡谷の上空を旋回し始めた時、アベルが上昇するヘリコプターに向かって足を引きずりながら近づいてくる。その後ろからタリバンの戦闘員が二人、追っている。苦しそうなアベルの瞳が、タッカーのことを見つめている。切断された左足からは、血が滴っている。

タッカーは扉から身を乗り出したが、再び機内に引き戻される。

次の瞬間、タリバンの戦闘員たちがアベルに追いつく。タッカーは最後の記憶を無理やり頭の中から追い出した。しかし、心の奥の声が消えることはない。〈もっと何かできたはずなのに。彼を救えたはずなのに〉

〈ヘリコプターから飛び降りていたら、自分も殺されていたに違いない。けれども、そうしていればアベルだけが取り残されることはなかったはずだ。どうしてタッカーに見捨てられたのかと、アベルが思うこともなかったはずだ……

我に返ったタッカーは、目を開き、グラスの中のウォッカを一息に飲み干した。心の古傷の痛みを、熱い液体が焼き払ってくれる。

「ミスター・ウェイン……」ボグダン・フェドセーエフの顔が目の前にある。顔をしかめ、怪訝な表情を浮かべている。「具合でも悪いのかね？　顔が真っ青じゃないか」

タッカーは咳払いをしてからかぶりを振った。ケインが自分を見つめているだろうことは、見なくてもわかる。タッカーは手を下に伸ばし、シェパードを安心させるために首筋を軽くつかんだ。

「大丈夫だ。何の話だったかな？」

フェドセーエフは再び背もたれに体を預けた。「君と君の犬が、我々の仲間に加わる話だ」

タッカーはフェドセーエフの顔に、目の前の状況に、意識を集中させた。「さっきも言ったが、答えはノーだ。悪く思わないでくれ。ほかに行くところがあるんでね」

行く当てなどなくても、タッカーは先に進む準備ができていた。先に進む必要があった。けれども、問題は残っている。〈俺は何をすればいいのか？〉

フェドセーエフは大きなため息をついた。「そういうことなら仕方がない。ただし、もし気が変わったら連絡してくれ。今夜はスイートルームの一つに泊まるといい。ステーキを二枚、部屋に届けさせる。一枚は君の分、もう一枚は君の犬の分だ」

タッカーはうなずき、立ち上がり、フェドセーエフと握手をした。

差し当たっては、それだけ決まっていれば十分だ。

午後十一時五十六分

衛星電話の呼び出し音を耳にして、タッカーはすぐさま目を覚ました。

あわてて電話に手を伸ばしながら、時計を確認する。

間もなく日付が変わろうとしている。

こんな時間に何事だろうか？　今夜のフェドセーエフには何も予定が入っていないため、タッカーとケインも特にすることはなかったはずだ。何か起きたのだろうか？　ユーリから聞いた話では、身柄を拘束されたウラジカフカス分離主義者は口を割り、洗いざらい白状しているという。

だから、今夜は静かに過ごせると思っていたのだが。

タッカーは衛星電話を手に取り、発信者の番号を見た。非通知になっている。これがいい知らせだったためしはほとんどない。

ケインがベッドの端で体を起こし、タッカーの方を見つめている。

タッカーは電話を口元に近づけ、通話ボタンを押した。「もしもし？」

甲高い音と低い雑音が同時に聞こえる。通話にデジタルの暗号がかかっているためだろう。

ようやく相手の声がした。「ウェイン大尉、連絡が取れてうれしいよ」

タッカーは緊張を緩めた――ただし、完全にリラックスできたわけではない。相手の声を認識すると同時に、心の中に疑念が渦巻く。電話をかけてきたのは、シグマフォースの司令官、ペインター・クロウ。まだ記憶に新しいある任務が終了した後、タッカーをスカウトしようとした男だ。アメリカの情報機関および国防関連の組織にシグマがどこまで深く関与しているかについては、タッカーもまだ理解できていないが、一つだけわかっていることがある。シグマは機密保持を最優先するＤＡＲＰＡ――国防高等研究計画局の傘下で任務を遂行している。

タッカーは声の眠気を振り払うために咳払いをした。「こっちが何時だかわかっているんでしょうね、司令官？」

「わかっている。その点はお詫びする。だが、重要な案件なのでね」

「いつもの話じゃないですか。何事です？」

「ボグダン・フェドセーエフとの契約はもうすぐ終わると聞いている。こちらが間違っていなければ、あと二日のはずだが」

本来ならこの情報が知られていることに対して驚くべきなのだろうが、何しろ相手は驚きを超えて恐ろしさを覚えるほどの情報源を持つペインター・クロウだ。

「司令官、単なるご機嫌うかがいの電話ではないんでしょう？　用件を話してくれませんか？」

「頼みたいことがある。うまい具合に、君のロシアのビザはまだ四十二日間残っていることだし」

「つまり、それだけの日数が必要だと?」

「そのうちの数日間だけだ。君に会ってもらいたい友人がいる」

「友人には不自由していませんよ。なぜその人が特別なんですか?」

すぐには答えが返ってこない。不自然なまでに長い間が空く。タッカーは理解した。通話には暗号がかかっているとはいえ、タッカーの部屋には盗聴器が仕掛けられているかもしれない——いや、ロシア人のことだから、仕掛けられているはずだ。ここから先の具体的な話をするためには、さらなる用心が必要とされる。

そのような策を弄(ろう)することに対して、興味をひかれないと言ったら嘘になる。

同時に、会話が途切れたのは自分を試す意味もあるのだろう。

プライバシーの確保が必要だと理解していることを証明するために、タッカーは別の質問を投げかけた。「どこがいいですか?」

「君のいるホテルから八百メートルほど離れた、グレイホース・アパートの北東の角に公衆電話がある」

「何とか見つけますよ。二十分ほど時間をください」

＊　＊　＊

タッカーは十八分でその場所に到着した。寒さをこらえて足を踏みしめながら、プリペイド式のテレホンカードを使い、シグマの表向きの代表番号に電話をかける。暗号のかかった回線内で通話が切り替わるのを待つうちに、ようやくクロウの声が聞こえてきた。

司令官はすぐに本題に入った。「ある人物の出国を手引きするだけでいい」

この短い一文の中には、いくつもの情報が織り込まれている。この「友人」とやらが一人で国を出ることができそうにないとクロウが判断している事実からだけでも、二つのことが考えられる。

一つ目は、その人物はシグマにとって大きな価値があるということ。

二つ目は、通常の出国方法の選択には問題があるということ。

言い換えれば、その人物の出国を望んでいない別の人物がいる。

タッカーはこのターゲットがロシアを離れなければならない理由をいちいち質問したりしなかった。クロウは知る必要がある最小限の情報しか伝えない方針に基づいて動くからだ。しかし、タッカーには答えが必要な別の疑問があった。

「なぜ俺を？」

「君はすでにロシア国内にいるから新たな人員を密かに入国させる必要がないし、君の能力は任務に最適だ」

「ほかに手が空いている人員はいないわけですね？」

「それもある——ただし、その点は二次的な理由にすぎない」

「念のために言っておきますが、今回の件はそっちの頼みを聞き入れてあげるだけですから。それだけの話です。俺をスカウトしようとしているのなら——」

「そんなつもりはない。我々の友人を出国させてくれれば、君の役割は終わりだ。通常の君の依頼料の二倍を支払う。今回の任務には担当者を割り当てる予定でいる。ルース・ハーパーという女性だ」

「あなたではないんですか？」これはタッカーにとって意外だった。想定外の話は引っかかる。

「司令官、俺が他人とは、特に直接会ったことのない人間とは、うまくやっていけない性格なのは知っているはずでしょう」

「ハーパーは優秀だ、タッカー。知識も豊富に持っている。組んでみてやってくれ。それで、引き受けてもらえるか？」

タッカーはため息をついた。政府機関に対しては信頼のかけらすらも持っていないが、過去の任務を通じてクロウに対しては信頼に足る人物との印象を持っている。

「詳しく教えてください」

3

三月七日午前八時七分
シベリア横断鉄道

列車の個室の扉が横にスライドして開き、青い帽子をかぶった顔が現れた。

「書類を出して」乗務員が要求した。KGBを思わせる命令口調は、親しげな笑みで和らげられている。棒きれのような細い体の若者は、まだ二十歳を超えたばかりだろうか。漆黒の髪が真新しい帽子の下からのぞいている。制服のボタンは曇り一つなくきれいに磨いてある。自分の仕事に誇りを持っているのだろう。

タッカーはパスポートを手渡した。

乗務員はパスポートを調べ、うなずき、タッカーに返却した。不安げな目がケインに留まる。シェパードはタッカーの向かい側の座席に大人しく座り、舌を垂らしてはあはあと息をしている。

「あなたの動物の分は?」乗務員は訊ねた。

「介助犬なんだ」

タッカーはペインター・クロウが手配してくれたケインの書類を渡した。書類はケインが介助犬であることを証明するもので、タッカーがしばしば起こす激しい癲癇の発作の前兆を察知すると記されている。もちろん、偽の書類だが、旅の同伴者が体重三十キロ以上の軍用犬となると、無用な注目を集めかねない。

乗務員は書類を確認してからうなずいた。「そういうことでしたか。私のまた従兄弟も、同じ病気で苦しんでいます」乗務員は再びケインに視線を移したが、今度はその目に愛情と同情が込められている。「なでてもいいですか？」

タッカーは肩をすくめた。「もちろん。嚙みついたりはしないよ」

〈俺がそうしろと指示しない限りは〉

乗務員はおずおずと手を伸ばし、ケインの顎の下を指先でかいた。「君は大人しい犬だね」

ケインは乗務員の馴れ馴れしい態度にも表情を変えることなく、じっと見つめ返している。

タッカーは笑みがこぼれそうになるのをこらえた。

満足したのか、乗務員は大きな笑いを浮かべ、書類をタッカーに返した。

「この犬が好きになりました」若い乗務員が言った。

「俺も好きさ」

「何か必要なものがあったら、いつでも言ってください」

タッカーがうなずくと、乗務員は個室の外に出て、扉を閉めた。

タッカーは座席の背もたれに寄りかかり、車窓を流れるロシアの景色を眺めた。ウラジオストクを出発した列車の外に広がるのは、雪に覆われた木々とソヴィエト時代の建物ばかりだ。港湾都市のウラジオストクはシベリア横断鉄道の終点で、線路ははるかモスクワまで通じている。

タッカーとケインの目的地はそこまで遠くない。

クロウから理由の説明はなかったが、タッカーのターゲットの出国準備が整うまで、あと一週間かかるという。そのため、ボグダン・フェドセーエフのもとで契約の残りの二日間を過ごした後、タッカーは有名なシベリア横断鉄道に乗り込み、ペルミの街まで五日間の旅を楽しむことにした。ペルミに到着後、接触相手と落ち合い、その男がターゲットのアブラム・ブコロフを紹介してくれる手筈(てはず)になっている。

その男がなぜ秘密裏にロシアを出国しなければならないのか、タッカーにはいまだに見当がつかなかった。しかも、相手はかなりの著名人だ。電話でクロウから聞かされた時、タッカーはその名前に聞き覚えがあった。昨日までの雇い主のボグダン・フェドセーエフが、過去にその男とビジネスをしていたからだ。

アブラム・ブコロフはホライズン・インダストリーズのオーナーで、「ロシアの製薬王」と言っても過言ではない。雑誌の表紙やテレビ番組で顔を見る機会も多く、処方薬の世界におけるブコロフの存在は、パソコンの世界におけるスティーヴ・ジョブズに相当する。ソヴィエト連邦の崩壊後、ロシアの製薬業界は薬の品質からその流通網に至るまで、混迷と腐敗の極みに陥った。汚染された薬剤や誤った服用法のせいで、何千人もの命が失われたと見なされている。そんな中、アブラム・ブコロフは強い意志の力と親から受け継いだ資産により、ゆっくりではあるが着実に業界のシステムをいい方向に変え、今やロシアの製薬業界になくてはならない人物となっている。

そんな彼が、国外脱出を望んでいる。生涯を通じて築き上げてきた数十億ドル規模の一大帝国を置き去りにして。

なぜだ？

それほどの男がいったい何を恐れたのか？

ペインター・クロウから送られてきた暗号のかかったファイルによると、唯一の手がかりはブコロフの発した謎の警告の中にある。〈アルザマス16の将軍たちが、私を追っている……〉

けれども、それ以上の詳しい説明は、ロシアを出国するまではできないと拒んでいるらしい。

タッカーは今回の任務に関するファイルに繰り返し目を通した。ブコロフは変わり者として有名で、その性格はこれまでに彼が受けた数多くのインタビューの端々からもうかがえる。先見の明の持ち主であると同時に、相当な癇癪(かんしゃく)持ちでもあるようだ。とうとう精神に破綻を来たしてしまったのだろうか？

それに、「アルザマス16の将軍たち」とは何を意味するのか?

ファイルに含まれていた調査報告書によると、かつてアルザマス16という名前の街が存在していたらしい。ヨシフ・スターリンが権力を掌握していた時代、この街にはソヴィエト連邦初の核兵器開発施設が置かれた。アメリカの情報機関はこの街のことを、「ソ連版のロスアラモス」と呼んでいた。

だが、ここはソ連各地に数多く誕生した科学都市「ナウコグラード」の第一号にすぎなかった。人の出入りが厳しく制限されていたそれらの都市では、ソ連国内でも最優秀の科学者たちの指導のもとに、極秘の計画が進められていたと言われる。冷戦時代には、生物兵器、洗脳用の薬、ステルス技術などの噂が絶えなかった。

けれども、アルザマス16はもはや存在しない。

現在、その地域には複数の核兵器実験施設が建っている——だが、それらとアブラム・ブコロフにはどんな関係があるのだろうか?

いかにも怪しげな「将軍たち」とは何者なのだろうか?

わからないことばかりだ。

タッカーはケインの方を見た。しっぽを振るケインは、何が起きようとも対応できる態勢にある。タッカーは座席の背もたれに体を預けた。ここから先は、その心構えで行動するのがいちばんだ。

あらゆる事態に対応できるようにしておくこと。

4

三月七日午前十時四十二分
ロシア　モスクワ

大柄な男は机の脇を回り込み、革のきしむ音を立てながら自分の椅子に腰掛けた。電話の設定はスピーカーフォンにしてある。誰かに盗み聞きされるような心配はない。誰一人として、そんなことをする勇気などない。この場所ならばなおさらだ。

「ターゲットの現在地は？」男は訊ねた。すでにこのオフィスに伝わっている情報によると、工作員――犬を連れたアメリカ人の傭兵（ようへい）が雇われ、ロシアの地を離れようとするドクター・ブコロフに協力することになったらしい。〈それは阻止しなければならない〉

「西に向かっているところです」電話の相手がスウェーデン訛（なま）りのロシア語で答えた。「シベリア横断鉄道に乗っています。ペルミまでの切符を持っていることはつかんでいますが、そこが最終目的地なのかどうかはまだわかりません」

「目的地ではないかもしれないと考える理由は？」

「この男は明らかに訓練を積んでいます。最終目的地までの通しの切符は買わないように思うのです。そんな見え透いた真似はしないでしょう」

「男が使っている名前は？」

「それも現在、調査中です」スウェーデン人が答えた。声からはいらだちが感じられる。

「それで、君は今どこにいるのだ？」

「車でハバロフスクに向かっています。ウラジオストクで列車に乗り込もうとしたのですが――」

「その男にまんまと逃げられてしまった、そうだな？」

「はい」

「一つ確認させてほしい。大きな犬を連れた男が、君と君の仲間をまいたのだな。彼に見られたのか？」

「いいえ。見られていないことは確かです。相手はとにかく慎重な男で、十分な訓練を受けています。その男に対して、ほかに何か情報はありますか？」

「あまりない。金の動きをたどって調査をしているところだが、クレジットカードを当たってもすぐに行き詰まってしまう。どうやら足のつかないカードを使用しているようだな。つまり、やつは見かけよりもかなり優秀か、あるいは強力なバックがついているということだ。その両方かもしれない。ウラジオストクのホテルの部屋の捜索から何か手がかりは得られなかったのか?」

「何も。近づくことすらできませんでした。男の雇い主――厄介者のボグダン・フェドセーエフですが、彼が最上階のスイートルーム全室を借り切っているのです。警備があまりにも厳重だったもので。ですが、列車よりも先にハバロフスクに着ければ、そこで列車に乗り込みます。間に合わなかった場合……」

スウェーデン人の言葉が途切れる。

そのような失敗が引き起こす問題について、二人とも声に出して論じたくはない。ハバロフスクを過ぎると、線路は分岐点が多く、様々な方角に延びており、一部は中国やモンゴルにも通じている。ターゲットを外国まで――特に中国まで追跡するとなると、監視に際しての難度が飛躍的に増加することになる。

再びスピーカーフォンが音を発し、相手が一つの希望を提示した。「足のつかないクレジットカードを使用しているからには、パスポートや移動に関する許可証の類い(たぐ)を複数所持していると考えるべきでしょう。もしFPSにあなたの知り合いがいらっしゃるのであれば、彼の写真を配布してはどうでしょうか?」

男は手で顎をさすりながらうなずいた。相手が意味しているのはロシア国境警備隊のことだ。「あなたも先ほどおっしゃったように」電話の相手は話を続けている。「大きな犬を連れた男は人目につきます」

「こちらでも手を尽くしてみる。だが、この作戦はできるだけ少人数で遂行したい。だから君を雇ったのだ。残念なことに、その判断を後悔しつつあるところだがね。結果を出してほしい。それができなければ、変更が必要になる。私の言いたいことがわかるかね？」

長い沈黙の後、答えが返ってきた。

「ご心配には及びません。私はこれまで、期待を裏切ったことはありません。あなたが必要とする情報を、必ず手に入れてみせます。あの男が生きてペルミの街を見ることはありません」

5

三月七日午後六時八分
シベリア横断鉄道

車内放送の声が、最初はロシア語で、続いて英語で伝えた。

「間もなくハバロフスクに到着します」

タッカーの個室の壁に設置された緑色のLEDの表示が、車内放送の内容を複数の言語で伝えた後、次のような情報が流れた。「十八分間の停車」

タッカーはコートを羽織り、手荷物をまとめ始めた。準備を終えると、ケインをぽんと叩く。

「ちょっと散歩でもどうだい?」

朝からずっと列車内に閉じ込められていたし、少しは外の新鮮な空気を吸うのも悪くない。

タッカーは毛皮の付いたロシア帽をかぶり、ケインにリードをつないでから、個室の扉を開けた。

ほかの乗客たちの流れに合わせてゆっくりと通路を進み、出口に向かう。ちょっと変わった旅の仲間の姿に気づき、眉をひそめる乗客もいないわけではない。恰幅のいい年配の女性が、不快感をあらわにした目つきでにらみつけた。

必要以上に注目を集めないようにするため、タッカーは漆喰と緑のタイルを使ったクレムリン風の駅舎には入らず、ケインとともに線路を横切って低い木立へと向かった。胸くらいの高さのある柵が駅の敷地を区切っているが、半分以上の杭が抜けて隙間だらけになっている。

ケインがにおいを嗅ぎながら自分がここに来た証を残している横で、タッカーは背中と両脚を伸ばした。列車内ではいくらか睡眠を取ることができたが、そのせいで体のあちこちの筋肉が凝って仕方がない。

数分後、甲高いタイヤの音を耳にして、タッカーは駅舎の先に注意を向けた。それに続いて、激しいクラクションが鳴り響いた。駅を出発するウラジオストク方面行きの列車の向こう側には、線路の手前に停止した数台の車が見える。最後尾の車両が通過すると同時に、一台の黒のセダンがほかの車の前に割り込み、猛スピードで駅の駐車場に進入してきた。

タッカーは腕時計に目を落とした。出発まであと四分。

セダンに乗っている人物は、かなり焦っているらしい。

それからたっぷり一分間、ケインの気の向くままに歩かせた後、タッカーは再び線路を横切って自分たちの車両に戻った。個室に戻ると、ケインはさっきまで座っていた座席に飛び乗り、はあはあと息をしながら、どこかすっきりとした表情を見せた。

ホーム上が騒がしくなったので、タッカーは再び注意を向けた。丈の長い黒のレザーのダスターコートを着た男が三人、明らかに何らかの目的を持った足取りで、車両の脇を歩いている。男たちはホーム上で手分けしながら、乗務員を見つけるたびに呼び止め、写真のようなものを見せては再び歩き始める、という動きを繰り返している。男たちの誰一人として、身分証明書の類いは見せようともしない。

タッカーの頭の中で小さな警報が鳴り響いた。けれども、列車内には数百人もの乗客がいる。それにこれまでのところ、乗務員たちは写真を見せられても肩をすくめるか首を横に振るばかりだ。

明らかにいらだった様子で、そのうちの一人が携帯電話を取り出して話し始めた。三十秒後、ほかの二人の男が合流する。短く話をした後、三人は足早に駅舎に戻り、視界から消えた。

タッカーは駅舎を見つめたまま待った。しかし、一人も戻ってこない。

笛が鳴り、「出発進行」の声が聞こえると、タッカーは安堵(あんど)のため息をついた。列車ががくんと前に揺れ、ゆっくりと駅から離れ始める。

タッカーはようやく座席に腰を落ち着けた。

だが、心の中は落ち着いた状態からはほど遠かった。

午後七時三十八分

一時間後、落ち着かない気分のまま個室でじっとしていることに耐え切れなくなったタッカーは、食堂車に移動していた。各テーブルにはクロスが掛けられ、磁器とクリスタルの食器が並び、窓の両側にはシルクのカーテンが垂れている。

けれども、タッカーの視線は食堂車の中で最も目立つ存在に釘付けになっていた。タッカーは美しい女性をじろじろ見たりするような人間ではないが、通路を挟んで一つ先のテーブルに座る女性を前に、いつもの自制心はもろくも崩れ去ろうとしている。

女性は背が高く細身で、そのスタイルは体の線もあらわなスカートと白いカシミアのタートルネックのセーターでいっそう引き立って見える。ブロンドの長いストレートヘアの間から、高い頬骨と淡い青の瞳がのぞく。サラダを少しずつ口に運び、時折ワインのグラスにも口をつけながら、女性は食事の間中ずっと、ページの端がぼろぼろになった『アンナ・カレーニナ』を読むか、夜の帳の下りたシベリアの大地を眺めるかしている。たまたま顔を上げた女性の視線が、タッカーの視線とぶつかる。女性は笑みを浮かべた。心からの、愛想のよい、それでいて控え目な笑みだ。

けれども、微妙な体の動きがはっきりと伝えている。

〈ありがとう、でも一人にしておいてもらえるかしら〉

数分後、女性は手を上げて会計を依頼し、サインをしてから立ち上がると、衣擦れの音とともにタッカーのテーブルの脇を通り、客室用の車両に通じる扉を抜けた。

タッカーは残っていたコーヒーを飲み干した。なぜか落胆している自分を不思議に思いながら、テーブルを離れて自らの個室に向かう。

隣の車両に入ると、さっきのブロンドの女性が通路の床に膝を突いていた。足もとにはバッグの中身が散乱している。列車が揺れるたびに、中身の一部が通路のさらに先へ転がっていく。

タッカーは素早く女性の隣に歩み寄り、片膝を突いた。「手伝うよ」

女性は眉間にしわを寄せ、前に垂れたブロンドの髪を耳の後ろにかき上げてから、気まずそうに笑みを浮かべた。「ありがとう。何だか最近、何もかもが私から離れようとしているみたい」

上品なイギリス訛りの英語だ。

タッカーは通路に散らばったバッグの中身を拾ってあげてから、立ち上がった。女性が手にしていた『アンナ・カレーニナ』を見ながらうなずく。「ところで、犯人は執事だよ」

女性は目をぱちくりさせながら、困惑の表情を浮かべた。

タッカーは付け加えた。「犯行現場は書斎、凶器は鉛のパイプ」

女性の顔に笑みが浮かぶ。「まあ、ひどい。最後まで読む楽しみがなくなってしまったわ」

「楽しみを奪ってしまったのなら、謝るよ」

「あなたは読んだのね？」

「高校時代に」タッカーは答えた。

「感想は？」

「ビーチで読むのには合わない本だな。悪くはなかったけど、もう一度読もうという気にはなれない」

「私はこれで三度目よ。きっと自分をいじめるのが好きなのね」女性は手を差し出した。「本当にありがとう、ええと……」

タッカーは女性の手を握った。やわらかいが力強い指だ。「タッカーだ」

「私はフェリス。手伝ってくれてありがとう。素敵な夜になるといいわね」

確かに、素敵な夜を迎えられた。

フェリスは踵を返し、通路を歩き始めた。だが、三メートルほど進んだところで立ち止まり、振り返ることなく口を開いた。「あなた、ずるいわよ」

タッカーはすぐには答えなかった。彼女が向き直るのを待って、質問を投げかける。「何のことだい？」

「素晴らしいロシアの小説の結末を台なしにしたこと」

「なるほどね。謝るだけでは不十分だったかな？」

「全然足りなかったわ」

「朝食をおごったら十分かな？」

フェリスは一瞬、唇をすぼめた。今の申し出を考えているのだろう。「七時だと早すぎるかしら？」

タッカーは笑みを浮かべた。「じゃあ、明日の朝に」

かすかに手を振ってから、フェリスは再び踵を返し、通路を歩き始めた。タッカーは足を踏み出すたびに揺れるフェリスの体の動きを眺めながら、その姿が見えなくなるまで目で追った。

一人になると、タッカーは自分の個室に戻り、扉を開けた。床に座ったケインが見上げている。通路での話し声が聞こえていたに違いない。ケインは首をかしげ、〈何があったの？〉と問いかけるような仕草を見せた。

タッカーは笑顔を見せながら、ケインの両耳の間をかいてやった。「悪いな、彼女には連れがいなかったみたいだ」

6

三月八日午前六時五十五分
シベリア横断鉄道

翌朝、タッカーが約束の五分前に到着すると、フェリスはすでに食堂車のいちばん奥のテーブルに着いていた。今のところ、ほかに客は誰もいない。まだ日の出前の時間で、東の空はほんのりとピンク色に染まっているだけだ。

タッカーはテーブルに歩み寄り、椅子に腰を下ろした。「君は朝型の人間みたいだな」

「小さい頃からそうなの。そのせいで両親をずいぶんといらいらさせたわ。ところで、コーヒーを二人分頼んでおいたけど、かまわなかったかしら？　カフェインを摂取すると、朝型の本領が発揮できるから」

「ここにも同類がいるよ」

ウエイターが湯気を立てる二つのカップとともにやってきて、注文を取った。フェリスはイギリスのフル・ブレックファストにいちばん近そうなメニューを選んだ。それを見てタッカーはうなずいた。食欲の旺盛な女性は魅力的だ。タッカーはオムレッツと黒パンのトーストにした。

「あなたはあの大きな猟犬の飼い主なんでしょう?」フェリスが訊ねた。「あの犬ったら、この列車の乗客の誰よりも賢そう」

「自分では『飼い主』という言葉は使わないが、答えはイエスだ」タッカーは癲癇の発作とそのための介助犬という設定に合わせて、フェリスに説明した。「あいつがいなかったらどうなっていたことか」

少なくとも、その点に関しては嘘ではない。

「あなたたちはどこに行く予定なの?」フェリスが訊ねた。

「ペルミまでの切符は買ってあるけど、特に決めてはいないよ。見たいところがいくらでもあるからね。その時の気分次第で、列車を降りて観光するかもしれない。君は?」

フェリスははにかんだ笑みを浮かべた。「それって私を誘っているの?」

タッカーは「別に」とでも言うかのように、同時に誘いをほのめかしながら、肩をすくめた。

それを見て、フェリスの顔に笑みが広がる。

だが、フェリスは誘いには乗らずに話を戻した。「私はモスクワまで。大学時代の友達と会う約束をしているの」

「モスクワの大学に通っていたのかい?」

「そうじゃないわ。大学はケンブリッジ。人文科学専攻なの。Hinc lucem et pocula sacra とか、そんな類いね。『ここから光と神聖な 盃 を』という意味のラテン語の校訓よ。お高くとまっている感じでしょ？　女の子の友達のうちの二人が、去年からモスクワに住んでいるの。ささやかな同窓会ってわけ」

「ハバロフスクから乗ったのかい？」

「ええ。駐車場で危うく車にひかれそうになったけど。大きな黒い車だったわ」

「クラクションの音が聞こえて、何やら揉めているのが見えたな。そいつらだったのか？」

フェリスはうなずいた。「KGB崩れみたいな身なりをした三人の男。とても薄気味悪かったわ。ほかの人を突き飛ばさんばかりの勢いで、ホーム上を我が物顔に歩き回っていたのよ。身分証明書を見せびらかしながら」

タッカーは眉間にしわが寄りそうになるのをこらえた。「その様子からすると警察みたいだな。誰かを探していたんだろう」

フェリスは関心なさそうな様子でコーヒーに口をつけた。「そうかもね」

「まさか君を探していたんじゃないだろうな？　俺は国際的な美術品泥棒と朝食を共にしているとか？」

フェリスは頭を後ろにそらし、軽く横に傾けながら笑い声をあげた。「まずいわ、正体がばれてしまったみたい。すぐに列車を停めないと」

タッカーも笑みを返した。「ガイドブックで読んだんだが、ハバロフスクのフェドートフ美術館は絵画ファンにとって必見の場所らしい。とりわけ、ケンブリッジ大学で人文科学を専攻した観光客にとってはね。俺も列車を降りて見にいこうかと迷ったくらいだ。君は行ったのかい？」

フェリスは目を輝かせながらうなずいた。「素晴らしいの一言に尽きるわ。もっとゆっくり見ることができたらよかったんだけど。あなたもいつか行くといいわ。ところで、ウェインさん、あなたの正体は？　シベリアをぶらぶらしていない時は、何をしているの？」

「国際的な美術品泥棒さ」タッカーは答えた。

「そうだと思った」

タッカーは上着のポケットを軽く叩いた。「ちょっと失礼」そう言いながら衛星電話を取り出し、画面に目を落とす。「兄からメールだ」

タッカーは衛星電話のカメラアプリを開き、こっそりとフェリスの顔を撮影した。そのまま数秒間、画面を凝視し、メールの返事を打つふりをしてから、電話をポケットに戻した。

「兄が来月に結婚するので、独身さよならパーティーの幹事を任されているんだ。ただ、お下劣なパーティーになるんじゃないかと婚約者が勘繰っているらしい」

フェリスは片方の眉を吊り上げた。「そんなパーティーにするつもりなの？」

「もちろん」

「男ってみんな同じね」フェリスは笑い声をあげると、テーブルの上に手を伸ばし、タッカーの前腕部をきつく握った。

午前八時三十五分

朝食を終え、コーヒーを飲みながら三十分ほど話をした後、二人はタッカーがペルミで下車する前にまた一緒に食事をする約束を交わして別れた。

一人になったタッカーは急いで個室に戻り、衛星電話を取り出した。短縮ダイヤルを使ってペインター・クロウが教えてくれた新しい番号に電話をかける。すぐに相手が出た。

「タッカー・ウェインね」女性の声が応対した。

「ルース・ハーパーだな」

「その通りよ」ハーパーの声はきびきびした調子で明瞭だが、そっけない印象は受けない。南部訛りをはっきりと聞き取ることができる。

「何か情報を得られたの？」ハーパーが訊ねた。

「『初めまして』とか『ご機嫌いかが』とかの挨拶抜きかい？」

「初めまして。ご機嫌いかが？　これでいい？　温かく優しい気持ちになれたかしら？」

「ほんの少しだけだがな」タッカーは返した。

狭い個室内を歩き回りながら、タッカーは電話の相手の顔を想像した。声を聞く限りは若そうだが、言葉の端々に感じられる辛辣さからは、気の強さがうかがえる。〈三十代後半かもしれないな〉けれども、シグマの隊員は軍隊から引き抜かれた人間ばかりだ。ハーパーも例外ではないだろう。気の強さは若くして学んだ教訓によるものかもしれない。実戦を経験した人間は、同年代よりも大人っぽい見方や考え方をする。冗談の通じなさそうな口ぶりから、タッカーは黒髪で眼鏡をかけ、ややややつれた司書風の女性を想像した。

タッカーは自分の勝手な夢想に笑みを浮かべた。

「それで、状況はどんな具合なの？」ハーパーが訊ねた。

「どうやら尾行されているらしい」

「そう判断した理由を教えて、ウェイン大尉」声の調子がより深刻になり、かすかな疑いも感じられる。

「タッカーと呼んでくれ」そう伝えてから、ハバロフスク駅のホームにいたレザーのダスターコート姿の男たちの様子と、彼らが身分証明書を見せびらかしていたというフェリスの話を説明する。

「実際は身分証明書を見せていないかったのね？」ハーパーは確認した。

「ああ。やつらは写真を見せていただけだ。それは間違いない。それに彼女はフェドートフ美術館を訪れたとも言っていた。あの美術館は一カ月前から改装工事のために閉鎖されている」

「あなたはどうしてそんな細かいことまで知っているわけ？」

「この列車に乗っていたら、寝るか観光パンフレットを読むかくらいしかすることがない」

「それ以外に彼女を怪しいと考える理由は？」

「素敵な女性なのに、俺に興味を持っている」

「確かに奇妙ね。それはともかく、彼女をそこまでの能力の持ち主だと見ているわけね？」

相手の淡々とした口調に、タッカーは思わず笑みを漏らした。「言ってくれるね」

ルース・ハーパーとなら、うまくやっていける――かもしれない。

「君の訛りだけど」タッカーは話を変えた。「テネシーかな？」

ハーパーは情報を引き出そうとしたタッカーの問いかけを無視したが、やや憤慨した様子で次の言葉を発したことからすると、どうやらテネシー州の出身ではないらしい。

「フェリスの経歴に関して教えて」ハーパーの話が仕事から外れることはない。

タッカーは自分が聞き出した情報を伝えた。名前、ケンブリッジ大学に在籍していたこと、モスクワに友人がいること。「あと、彼女の写真もある。君のところの専門家たちは、顔認識ソフトにアクセスできるんだろう？」

「もちろんできるわ」

「今から写真を送る」

「わかったわ。少し待っていてくれる？　こっちから連絡を入れるから」

あまり時間はかからなかった。ハーパーから電話がかかってきたのは四十分後のことだった。

「あなたの直感が当たったみたいね」ハーパーは前置きなしで切り出した。「でも、ただの尾行じゃない。彼女は金のためなら何でもする傭兵よ」

「話がうますぎると思ったよ」タッカーはつぶやいた。「詳しく聞かせてくれ」

「彼女の本名はフェリス・ニルソン。でも、今はフェリス・ヨハンソンの偽名を使っている。国籍はスウェーデン。ストックホルムの裕福な家庭の生まれで、年齢は三十三歳。ケンブリッジ大学ではなくて、ヨーテボリ大学を卒業していて、専攻は美術と音楽。面白いのはここからよ。卒業の六カ月後、彼女はスウェーデン軍に入隊し、その後はサーフィルダ・インハムニングスグルッペンの所属になった」

「SIGか？」

自身もかつて米軍の特殊部隊に所属していたため、タッカーは敵味方を問わず、ライバルの情報に通じている。SIGはスウェーデンの特殊偵察部隊で、情報収集、偵察、監視活動の訓練を受けた隊員たちは、いずれも優秀で筋金入りの兵士だ。

「彼女は部隊で最初の女性隊員の一人」ハーパーは付け加えた。

「狙撃よ」

「彼女が得意とするのは？」

〈まいったな〉

「彼女に近づく時には最大限の注意を払った方がいいわね」

「注意を払うだって？　今さらそんなことを言われても困るよ」

電話の向こうからかすかな笑い声のような音が漏れたような気もしたが、はっきりと確認する間もなく聞こえなくなった。

「確かにその通りね」ハーパーは応じた。「とにかく、彼女を過小評価してはいけない。ＳＩＧに六年間所属した後、ニルソンは自らの意思で部隊を辞めた。彼女の名前が情報機関の網にかかるようになるのは、その八カ月後からだわ。最初は主に名の知れたグループの傭兵として、小規模な仕事を請け負っていた。ところが二年前、彼女は独り立ちして自らのグループを結成した——仲間の全員がスウェーデンの元特殊部隊隊員。最近の推測によると、隊員の数は彼女を含めて六人から八人といったところね」

「退屈したお金持ちのお嬢さんが悪い遊びに手を出したということだな」

「最初はそうだったかもしれないけれど、今では天職と思っているみたいね。しかも、その筋の間では高い評価を得ている。現時点での疑問は、誰がどんな理由で彼女を雇ったのかということ」

「その疑問に答えるのは俺よりも君の専門だろう。しかし、この件は君の側の任務と何らかの関係があるに違いない。そうでなければ、俺に対する個人的な恨みということになるが、その可能性は低そうだな」

「こっちも同意見よ」

「君の任務と関係があって、そのせいですでに俺が尾行されているとしたら、それが何を意味するか、わざわざ俺が教えるまでもないだろう?」

「情報の漏洩」ハーパーは答えた。「この件へのあなたの関与が、ドクター・ブコロフを追う人間の耳に入ったに違いないわ」

「しかし、誰がその情報を流したんだ? とりあえず、シグマ司令部内部の人間ではないと仮定しよう。そうなると、ロシア国内で俺の旅行計画を知っているのは誰だ? 俺がこの列車に乗ったのを知っている人間は?」

「その情報を握っている唯一の人間は、あなたがペルミで会う予定の接触相手よ」

「そいつは何者だ?」

ハーパーからすぐには答えが返ってこない。タッカーにもその理由はわかっている。タッカーがフェリス・ニルソンに捕まるような事態になったとしても、知らない情報まで明かすことはできないからだ。

「今の質問は忘れてくれ」タッカーは付け加えた。「つまり、情報が漏れたのは俺の接触相手か、あるいはそいつが話をした誰かからだ」

「その可能性が高いわね」ハーパーも同意した。「いずれにしても、アブラム・ブコロフが狙われているのは間違いない。けれども、ミズ・ニルソンがペルミで私たちの接触相手を追うのではなく、列車に乗っている事実を考え合わせると、向こうの意図が見えてくるわ」

「彼女に報酬を支払っている誰かさんは、何らかの理由ですぐには手をかけずにいる。つまり、こいつはブコロフ個人の問題なのではない。彼が持っている何か……あるいは、彼が知っている何かが関係している」

「その点に関しても同意見ね。これは信じてもらうしかないけれど、その何かの正体については、こちらもわかっていないの。私たちに接触してきた時、彼はとても口が堅かったのよ。国外に連れ出す確約を得るために必要な話しかしてくれなかった」しばらく考え込むような沈黙が続いた後、ハーパーが訊ねた。「あなたの計画は？　どうやってこの先を乗り切るつもり？」

「まだわからない。ハバロフスクで目撃したレザーコートの連中が彼女の仲間だと仮定しよう。連中はかなりあわてていた。その理由なら察しがつく。この列車の次の停車駅はチタだ。チタは交通の要衝で、線路があらゆる方向に分岐している。ハバロフスクで俺をマークできなかったら、見失うおそれがあったのさ」

「仲間も列車に乗り込んだと思う？」

「乗っていないと思うが、念のために探した方がよさそうだ。連中の狙いは人目を引くことで、その騒ぎに乗じてフェリスが列車に乗り込む段取りになっていたんだろう」

「いずれにしても、彼女が仲間と連絡を取り合っていると考えておくべきね。チタまでの間に停車駅はないわけ？」

「ああ、ないな」タッカーは腕時計を確認した。「到着は二日半後の予定だ。路線図を調べておくよ。列車の速度が時速五十キロ以下に落ちて、周囲の地形が問題なさそうならば、飛び降りることも可能だ。フェリスの尾行をまくにはそいつがいちばん確実な方法だからな」

「そのあたりは山岳地帯よ、タッカー。崖から転落しないように気をつけて」

「気にかけてくれてうれしいよ、ハーパー」

「犬のことを心配しているの」

タッカーの顔に笑みが浮かぶ。この女性に親しみを覚え始めた。想像の中のやつれた司書の顔が柔和な表情になり、その瞳はいたずらっぽく輝いている。

「フェリス・ニルソンに関してだけど」ハーパーは続けた。「やむをえない場合を除いて、殺さないでほしいの」

「約束はできないな、ハーパー。だけど、頭に入れておくよ」

タッカーは電話を切り、ケインを見下ろした。相棒は窓側の座席に背筋を伸ばして座っている。「ちょっとばかり山奥を駆け回るのはどうだい?」

ケインは小首をかしげながらしっぽを振った。

〈反対意見はなしだな〉

列車がチタへと向かって西に進む中、タッカーは車内をぶらぶら歩きながら一日を過ごした。フェリスとは二回、顔を合わせた。短い立ち話をした程度だが、フェリスはそのたびにタッ

カーの この先の予定に関して探りを入れてきた。

〈ペルミには真っ直ぐ向かうつもりなの？〉

〈ペルミに着いた後の予定は？〉

〈どのホテルを予約してあるの？〉

タッカーは彼女の質問を嘘や曖昧な返事ではぐらかした。その後は午後の残りの時間を費やして、列車から飛び降りるのに最適な場所を探し続けた。

ハリウッド映画のシーンではよく見かけるものの、単に窓を開けたり車両と車両の間に行ったりして列車から飛び降りればいいというものではない。走行中の列車は通常すべての出口がロックされているし、鍵のかかった防護扉を開けなければ出口まで行けない場合もある。そのような警備がなされているため、タッカーに残された選択肢は二つしかない。一つはこのまま列車に乗り続け、チタの駅でフェリスの尾行を振り切ること。だが、チタの駅には彼女の仲間が待機しているに違いない。もう一つの選択肢は、出口の鍵をこじ開ける方法を発見し、真夜中に走行中の列車から決死の覚悟で飛び降りること。

どちらもあまり気が進まない。

とはいえ、軍隊時代の訓練と考え方に基づけば、決断を下すまでにほとんど迷うことはなかった。陸軍のレンジャー部隊の一員として、徹底的に叩き込まれた教えが答えを提供してくれる。

〈受け身になるな、行動を起こせ〉

7

三月八日午後十一時三分
シベリア横断鉄道

　個室の窓の外で夜が更けていく中、タッカーは最後の準備を行なっていた。日が落ちかけてからの数時間は、心と体の両面で計画を繰り返し反芻(はんすう)した。自分が取るべき動きのおさらいをしつつ、乗務員の勤務時間や持ち場にも目を配る。

　最後の仕事――ちょっとした不法侵入をすませた後、タッカーはルース・ハーパーに電話を入れた。

「フェリスの証明書の写真は届いたか？」

　タッカーはフェリスが部屋を離れている時間を見計らって、彼女の個室に忍び込んでいた。かばんや室内を慎重に捜索した結果、パスポート四通、クレジットカード数枚、スウェーデンの運転免許証一枚を発見できた。衛星電話でそれらの写真を撮影し、元の状態に戻してから部屋を離れ、シグマの司令部に写真を送信したのだった。敵に関してできるだけ多くの情報を得ておきたかったからだ。

「ええ、写真は届いているわ。データベースで照合を行なっているところ」

「そっちの作業が終わった頃には、何かが判明したとしてももはや無関係になっていると願いたいものだな」その頃には列車を離れている予定だ。「あと四十分ほどで、列車はビヤンキノの外れを流れる川沿いの急カーブに差しかかり、速度を落とさなければならなくなる」

「果てしなく広いシベリアの中で、いったいどのあたりの話なの？」

「チタから東に約五百キロのあたりだ。近くには小さな村がたくさんあるが、あとはひたすら森が広がっている。つまり、簡単に存在を消すことができるというわけさ」

「文字通りの意味で言っているわけじゃないでしょうね。そんなにも隔絶された場所だと、ペルミまでの移動手段を見つけるのにひと苦労ではすまないわ。人目につきにくい移動手段、という意味だけれど」

「それに関しては計画がある」

「あなたも知っているはずよ。『敵と出会った瞬間にすべての計画は崩れる』って言うでしょ」

タッカーはフェリスの顔を想像した。「すでに敵と出会っているよ。今度はこっちから行動を起こさないと」

「任せるわ。現場にいるのはあなただから。幸運を――」

個室の扉を軽くノックする音が聞こえた。

「お客さんが来たみたいだ」タッカーは遮った。「時間ができたら連絡する。その間、ペルミにいる俺たちの友人には何も伝えないでくれ。いいな？」

急遽変更になった旅行計画が――計画と呼べるようなものかどうかはともかくとして――間違った人間の耳に届くようなことがあってはならない。

「了解」ハーパーが答えた。

タッカーは電話を切り、個室の入口に歩み寄り、扉を開いた。

扉の脇にはフェリスが寄りかかっていた。「まだ消灯時間じゃないと思うんだけど」

その顔には、恥じらいと誘いの表情が浮かんでいる。あからさまではないが、相手には十分に伝わる。

〈慣れているようだな〉タッカーは思った。

「ケインにお話を読み聞かせていたところだ」

「軽い夜食でも一緒にどうかと思って」

タッカーは腕時計に目を落とした。「食堂車の営業はもう終ったぜ」

フェリスは笑みを浮かべた。「私の部屋に食べ物があるの。『アンナ・カレーニナ』の文学的評価について議論しないこと？」

すぐに返事をしないタッカーに対して、フェリスは瞳をほんの少しだけ輝かせ、口角をわずかに上げた。

なかなか手ごわい相手だ。獲物の気を引き止める手立てを心得ている。

「わかった」タッカーは答えた。「十分後に行く。君の個室は……？」

「隣の車両の、左側の二番目」

タッカーは扉を閉めてから、ケインの顔を見た。「予定が変わった。すぐに出発だ」

ケインが座席から飛び下りた。タッカーは座席の下からタクティカルベストを取り出し、ケインに装着した。次にクローゼットを開き、あらかじめ用意してあったバックパックを引っ張り出すと、冬用の装備――ジャケット、手袋、帽子を中に突っ込む。

準備が整うと、タッカーはゆっくりと個室の扉を横にスライドさせ、外の通路の様子をうかがった。フェリスの部屋がある右手の方角には誰もいない。左側を見ると、年配の夫婦が窓の前に立ち、夜景を眺めていた。

タッカーはケインを連れて部屋から出ると、扉を閉め、軽く会釈をしながら夫婦の後ろを通り過ぎた。ガラス扉を押し開け、車両の連結部分に当たる小部屋を横切り、隣の車両に移動する。ありがたいことに、人の姿は見えない。

車両を半分ほど進んだ時、タッカーは立ち止まって首をかしげた。ケインが今来た方向を振り返っている。

どこかで扉が開き、勢いよく閉まった。

「行くぞ」タッカーは声をかけ、歩き続けた。

その隣の寝台車も横切り、車両の端のガラス扉まで達する。その先の連結部分の向こうにあるのは貨車だ。

タッカーの手が扉の取っ手に触れた時、背後から声が聞こえた。車両の反対側の入口付近からだ。「タッカー？」

その女性の声には聞き覚えがあったが、タッカーは振り返らなかった。扉を横にスライドさせる。

「タッカー、どこに行くの？　一緒に——」

タッカーはケインとともに連結部分に入り、後ろ手に扉を閉めた。ケインがすぐに低いうなり声をあげる。

危険を察知したのだ。

タッカーが体を反転させると、狭いスペースの中にいる乗務員と目が合う。乗務員は物陰に潜むように立っている。だが、タッカーは相手の険しい顔つきと冷たい表情に見覚えがあった。フェリスの仲間の一人だ。黒いレザーのダスターコートではなく、乗務員の制服を着ている。

タッカーと同じく虚（きょ）を突かれた男は、あわてて上着のポケットに手を伸ばした。

タッカーは躊躇しなかった。蹴り出したかかとを男のみぞおちに叩き込む。バランスを失った男は連結部分の壁に後頭部を強打し、気を失って床に倒れた。

タッカーは相手の上着のポケットに手を入れ、ワルサーＰ22半自動小銃を取り出した。弾倉には銃弾がフルに装塡されている。一発は薬室に入っていて、安全装置は解除されていた。タッカーはP22の安全装置をかけ直し、ベルトの下に挟み、男の服を探った。鍵の束と身分証明書がある。

写真の顔と目の前の気絶した男の顔は一致しない。だが、タッカーは写真の中の人物に見覚えがあった。乗車した直後、ケインのことをおずおずとなでていた乗務員だ。残念なことだが、この乗務員はすでに死んでいるに違いない。フェリスとその一味には、事を穏やかに進めるつもりなどないということだ。

タッカーがキーをつかみ、体を反転させ、車両との間の扉の鍵をかけると同時に、フェリスが姿を現した。

「何をしているの？」フェリスが心配そうな声を装いながら訊ねた。片手で喉元を押さえている。「その人に怪我をさせたの？」

「こいつなら大丈夫だ。でも、本物の乗務員はどうなんだろうな」

フェリスの瞳に疑念が浮かぶ。「いったい何の話？　いいからそこを出て、二人で――」

「英語に訛りが出ているぞ、ミズ・ニルソン」

あたかも影がよぎったかのように、フェリスの表情が一変した。温かみが消え失せ、非情さが表に出る。「それで、あなたの計画は何なの、ミスター・ウェイン？」フェリスは訊ねた。

「列車から飛び降りたとして、どこへ行くつもり？　シベリアは地獄よ。一日たりとも生き延びられないわ」

「ぜひとも試してみたいね」

「無理に決まってる。私たちに追い詰められるだけよ。代わりに協力したらどう？　私たちが一緒なら、どんなことでも――」

「べらべらしゃべるな」タッカーは怒鳴りつけた。

フェリスは口を閉じたが、その目には憎悪が色濃く浮かんでいる。

タッカーは扉から離れ、貨車の鍵を開けた。貨車の内部を指差し、ケインの脇腹に手を触れる。「血のにおい。発見したら戻ってこい」

相棒は真っ暗な貨車に入っていった。十秒後、警告を伝えるケインの鳴き声が聞こえる。タッカーのもとに戻ってくると、ケインは床に腰を下ろし、貨車の内部をじっと見つめている。

これであの不運な乗務員に降りかかった運命がわかった。

「そろそろこの列車を降りる」タッカーはフェリスに伝えた。「運がよければ、おまえたちがチタに着くまで死体は発見されないだろうな」

「あなたが彼を殺したと思われないとでも？」フェリスは応じた。「あなたは貨車で盗みを働いている時に、乗務員に見つかったから殺した。その後で列車から飛び降りた。私が目撃者だわ」

「そんなに大きな注目を集めたいんだったら、好きにすればいい」

タッカーはフェリスに背を向け、ぴくりとも動かない彼女の仲間の体をまたぎ、貨車の中に入って後ろ手に扉を閉めた。

ケインがタッカーを乗務員の死体まで案内した。死体は鋼鉄製の棚の下に押し込まれている。傷跡から推測するに、絞殺されたのだろう。

「気の毒に」タッカーはつぶやいた。

タッカーはジャケットを着込み、手袋をはめ、帽子をかぶってから、バックパックを肩に掛けた。貨車の後部に達すると、乗務員の鍵を使って金属製の扉を開ける。扉が開くと同時に、強い風で体が横に揺さぶられる。列車の車輪の立てる金属音が、耳に飛び込んでくる。

目の前にあるのは乗務員室の扉だ。

すぐ後ろにケインを従えて、タッカーはむき出しになった連結部分に足を踏み出し、貨車の扉を閉め、乗務員室の鍵を開けて列車の最後尾の車両に入った。小走りに乗務員室を横切り、最後の扉を抜ける——タッカーとケインはシベリア横断鉄道の最後部に当たる、手すり付きの台の上に出た。

足もとを二本の線路が高速で通過していく。晴れ渡った夜空には無数の星が瞬(またた)いている。右に目を向けると、下り斜面の先には半ば凍結した川が見える。左手には雪の吹きだまりが点在している。列車は緩やかな上り勾配(こうばい)を走行中で、通常よりもだいぶ速度を落としているものの、希望の速度と比べるとまだかなり速い。

凍てつくような夜の寒さに、タッカーはジャケットの襟を立てて首回りを覆った。

膝に寄り添うケインは、興奮を抑え切れない様子で盛んにしっぽを振っている。驚くには値しない。何が起ころうとも、ケインは心の準備ができている。タッカーは膝を突き、ケインの頭を両手で抱え、自分の顔を近づけた。

「仲良しは誰だ？」

ケインが身を乗り出し、鼻先をタッカーの鼻にくっつけた。

「そうだ、おまえだよ」

これはタッカーとケインの間での儀式のようなものだ。

タッカーは立ち上がり、ケインのベストの襟をしっかりとつかんだまま、台に取り付けられた段を慎重に下りた。高速で通過する地面までの距離は一メートルもない。タッカーは乗務員室の脇から頭を突き出して前方を確認した。じっと見つめながら待つうちに、ひときわ大きな雪の吹きだまりが目に留まる。

「さあ、準備はいいか？」タッカーは声をかけた。「ジャンプするぞ！　まだだ……まだまだ……」

大きな吹きだまりが間近に迫る。タッカーは暗闇に向かってバックパックを投げた。

「行け、ケイン！　ジャンプ！」

まったく躊躇することなく、シェパードは夜の闇の中に跳躍した。

一瞬の間を置いて、タッカーもその後を追った。

8

三月八日午後十一時二十四分
ロシア　シベリア

吹きだまりはどれも同じわけではない。特にシベリアではそうだ。タッカーはそのことをすぐに痛感した。数週間にわたって融けたり凍ったりを繰り返してきたため、吹きだまりの表面は厚さ五、六センチの氷に覆われている。

タッカーは凍結した表面に尻から落下した。体を丸めて衝撃を和らげるつもりでいた。だが、狙い通りにはいかなかった。

吹きだまりの頂点の氷を突き破ったタッカーは、落下の際の勢いで両脚が上を向いてしまった。そのまま後ろ向きに一回転して、吹きだまりの奥の斜面に入ってしまう。仰向けの姿勢で尻を突いたまま、タッカーの体はどこまでも続く急斜面を滑り落ち始めた。靴のかかとは凍結した雪を虚（むな）しくこするばかりだ。両肘で吹きだまりの表面の氷を割り、速度を落とそうとするものの、十分な摩擦を得ることができない。右手にはトカゲの背中のようにごつごつした大きな岩が、すぐ近くにまで迫っている。

上の方からうなり声が聞こえた。頭を上に傾けると、斜面を駆け下りてくるケインのしなやかな体が見える。数秒もしないうちにタッカーのもとまで達すると、ケインはタッカーのジャケットの襟に嚙みついた。襟をしっかりとくわえると、雪の上に尻をついて座り、頭を持ち上げる。タッカーの体重を支えようと、屈強な背筋に力が込められる。

右前方一メートルほどのところに、雪の中から若木が一本突き出している。タッカーはとっさに左脚を伸ばし、木に巻き付け、幹に足首を絡ませた。勢いがついていたため、足首を軸にしてケインを引きずったまま体が振り回されたものの、どうにか落下を食い止めることができた。

周囲は静まり返っている。

タッカーは身じろぎせずに横たわったまま、頭の中で体の状態を探った。どうやら骨は折れていないようだ。襟をくわえてぶら下がっているケインの重さを感じる。

「ケイン？　気分はどうだい？」

シェパードはこもった鳴き声で返事をした。タッカーの解釈では、〈大丈夫。だけど今度はそっちがこの状態を何とかしてよ〉というような意味だろう。

「つかまってろ。ちょっと待っていてくれよ……」

タッカーは腰を浮かせ、尻の下に挟まっていた右脚を自由にした。次にその右脚を伸ばし、若木の幹に絡めた左の足首の上に回す。タッカーは歯を食いしばりながら両脚に力を込め、斜面の途中に引っかかった自分の体とケインを引き上げた。手が届く距離まで来ると、左腕を伸ばして幹をつかむ。さらにもう片方の腕を後ろに差し出し、ケインのベストをしっかりと握った。

ケインは噛みついていた襟から口を離し、タッカーの助けを借りながら凍結した斜面を爪でがりがりとこすってよじ登り、若木のところまで達した。

ようやくタッカーも足首を幹から外すことができた。腕の力で体を引き上げ、再び両脚が下を向く体勢になる。かかとで氷を何度か強く蹴り、どうにか足がかりになる場所を作ってから、斜面に仰向けにひっくり返って呼吸を整えた。

ケインがタッカーの手をぺろっとひとなめした。安心したことを示すため、そして安心させるため。

タッカーは上半身を起こし、周囲の状況を確認した。ほとんど光がない中で真っ逆さまに滑り落ちていた時、斜面はかなりの急角度のように感じられた。だが、改めて見回すと、勾配は二十五度もなさそうだ。

〈下手をすると、これではすまなかった……〉

十五メートルほど右に目を向けると、葉が落ちて骸骨のようになったシラカバやハイマツの木々が、斜面の下に向かって連なっている。はるか下には、斜面と垂直に伸びる黒い線が見える。

川だ。だが、どこの川だ？　シベリアでは地図に記載されているほかに、その十倍以上の数の川や湖が、記録に残されることなく、名前をつけられることもなく、存在している。それでも、川があるということは、人が住んでいることを意味する。川をたどっていけば、いずれは誰かに出会えるはずだ。

けれども、まずはバックパックを発見しないといけない。必要な物資はすべてあの中に入っている。

周囲を見回し、雪の上を探したが、何も見えない。あまりに暗すぎるために、小さなバックパックまで確認できないのだ。しかも、途中で遮るものがなかったとしたら、バックパックは川まで転がり落ちてしまっているかもしれない。この厳しい気候の中で生き延びるために必要なすべての物資もろとも。

ただし、希望が一つだけある。もっと鋭敏な視覚の持ち主に頼ればいい。

タッカーはケインの方を向き、指示を与えた。「捜索、バックパック」

「バックパック」はケインが習得している千の単語の中の一つだ。旅行中に必要な身の回りの持ち物の大半——およびサバイバルのための道具は、あの中に収められている。

二十秒後、ケインが小さな鳴き声を発した。

タッカーは声がした方に体を向け、ケインの視線の先を追って斜面の上に目をやった。樹木の列が見える。ケインの導きがあったにもかかわらず、タッカーがそれに気づくまでにはさらに三十秒を要した。バックパックはシラカバの枝が二股に分かれた部分に引っかかっていた。

タッカーは四つん這いになり、左手でケインのベストの襟をつかみ、木の方角に体をずらし始めた。つま先で氷を蹴り、足がかりを作りながら慎重に移動する。だが、思うように進めず、時間ばかりが経過していく。ほぼ中間地点にまで達したところで、タッカーはケインを支える必要などないことに気づいた。シェパードの足の鋭い爪は、ハーケンと同じ役割を果たしてくれる。

協力しながら、一人と一頭はシラカバとハイマツの森の端に到達した。樹木の陰になった部分は、粉雪状になっていてやわらかい。ケインを一本の幹の脇に残して、タッカーはバックパックが引っかかっている木に向かって斜面を登り始めた。

はるか彼方で、枝の折れる音が聞こえた。

その音が夜のしじまに響き渡る――再び静寂が訪れた。

タッカーは動きを止めた。今の音はどこから聞こえたのか？

〈上からだ〉タッカーは判断した。

タッカーはそっと上に手を伸ばし、手近にあった木の幹をつかむと、その場でうつ伏せになった。斜面の上に視線を向け、動きがないか目を凝らす。十秒間の静寂の後、再びはっきりと音が聞こえた。今度は雪を踏みしめるこもった足音だ。

それに続く静けさの中、タッカーは耳を澄ました。もう一度、足音が聞こえる。斜面の上のどこかを、人が歩いている。ぶらぶらと散歩をしているわけではない。目的を持った歩き方だ。猟師か、あるいはフェリスか。フェリスだとしたら、彼女は想定していたよりもはるかに危険な人物だということになる。自分とケインが列車から飛び降りたのは、十五分ほど前のことだ。フェリスは自分たちが飛び降りた地点を特定し、次に彼女自身が飛び降りるのに適した地点を選び、雪の上をかなりの速度でここまでたどってきたということになる。可能性はある。それだけの速さで行動できるならば、ハンターとして優秀な能力を持っているに違いない。

しかし、本当に彼女なのだろうか?

タッカーは斜面の下を振り返った。七メートルほど下では、ケインがやわらかい雪に半ば埋もれるような格好で腹這いになっている。その目はじっとタッカーのことを見つめたまま、指示を待っている。

タッカーは空いている方の手で合図を送った。〈森の奥深くに入ってじっとしていろ〉

物音一つ立てずに、ケインは移動した。数秒もしないうちに視界から姿が消える。

タッカーは謎の訪問者に注意を戻した。両肘と両膝を使って降り積もった粉雪に穴を掘って体をうずめ、目だけを出して監視を続ける。二分が経過する。五分が経過する。足音は斜面を下り続けている。何かの跡をたどっているかのように、歩いては、立ち止まる……再び歩いては、立ち止まる。ようやく一本の木の向こう側に人影が見えた。人影は立ち止まり、うずくまった。

細身で運動選手のような体格をしている。体の線が浮き出た濃い色のジャケットは、軍隊が使用するような最新式のスタイルだ。あれは絶対に地元の猟師ではない。その時、頭がこちらを向いた。黒いウールの帽子の下からのぞいたブロンドの髪が、寒々とした星明かりを浴びて輝く。

星明かりはほかのものも照らし出した。

肩の向こうにライフルの銃身が突き出している。フェリスはどんな手段を使って狙撃用ライフルを列車内に持ち込んだのだろうか？　タッカーの見ている目の前で、フェリスは肩に掛けたライフルを外し、胸の前に抱えた。

フェリスの位置は斜面を十五メートルほど登った右前方に当たる。このまま進むと、彼女は木に引っかかったバックパックから一メートルほどの地点を通り過ぎることになる。こいつは厄介なことになった。ＳＩＧで訓練を積んだ狙撃者と、追いかけっこをする羽目になってしまった。打開策は簡単に思いついた——不意を突いてフェリスを殺すこと。ただし、それを実行するのは容易ではない。

今までにも増してゆっくりと手を伸ばしながら、タッカーは敵から奪ってベルトに挟んでおいたＰ22を抜いた。体の脇に沿って銃を動かし、銃口をフェリスの方に向ける。フロントサイトをフェリスの体の中心に合わせ、安全装置を外し、引き金に指を添える。

その直後に起こったことを後に振り返って、タッカーは「兵士の本能」としか結論づけることができなかった。

うずくまった姿勢のまま、フェリスは後ずさりして木の陰に姿を消した。

〈くそっ〉

タッカーは銃を構えたまま、木々に邪魔されずに狙える機会を待った。だが、後ずさりする音が続いていることから判断するに、フェリスは再び移動を開始し、木の幹の陰に身を隠しながら、斜面の上に向かって戻っているようだ。五分後、フェリスの気配は消えた。だが、タッカーには彼女の計画が予想できた。森の奥深くに分け入り、側面を回り込んで斜面を下ろうという腹づもりに違いない。タッカーとケインがまだ川まで到達していないこと、および追跡されている事実に気づいていないことに賭けたのだ。先回りして下で待ち伏せする計画だろう。

〈凍えるまで待たせてやろう〉タッカーは決断した。

寒い中を進むフェリスに対してさらに五分の時間を与えてから、タッカーはＰ22をポケットにしまい、自分で掘った穴から抜け出し、バックパックの方に這って進み始めた。木の下に達すると、手を伸ばしてバックパックのストラップをつかみ、枝の間から引きずり下ろす。

タッカーはそこで動きを止め、聞き耳を立てた。

何も聞こえない。

タッカーはバックパックを肩に掛け、ケインの姿を最後に目撃した地点に手のひらを向け、合図を送った。受けた訓練に従って、シェパードは自分から目を離さずにいるはずだ。

〈戻ってこい〉タッカーは手で合図した。

長く待つ必要はなかった。真上からかすかな足音が聞こえる。首を曲げると、数十センチ離れた雪の中にうずくまるケインが見えた。タッカーは手を伸ばし、首筋の毛をつかみ、相棒を安心させるためになでてやった。

「ついてこい」ケインの耳元にささやく。

タッカーとケインは線路を目指してゆっくりと斜面を登り始めた。

午後十一時五十分

斜面の上にたどり着くまでに、想定していたよりも長い時間がかかってしまった。しかも、見上げるような高さの雪の吹きだまりが、線路との間に立ちはだかっている。雪の壁の高さはタッカーの背丈の三倍はあるだろうか。線路まで戻ろうと思ったら、木々の間から出て吹きだまりに沿って斜面の上を伝い、列車から飛び降りた時に氷を突き破った地点を見つけなければならない。

木々の間から凍結した危険な雪原へと一歩足を踏み出した途端、タッカーは足もとで何かが動いたのを感じた。脳裏に「丸太」の文字がよぎる。けれども、反応する余裕はなかった。太腿くらいの太さのある木の幹の断片が、十センチほどの雪の下に埋もれ、その上に張った薄い氷の膜で斜面に固定されていた。その丸太が氷から剝がれ、タッカーと雪の塊を巻き込んで、斜面を下り始めた。

雪崩だ。

タッカーはケインを横に押しのけた。また飛びつこうとするに違いないとわかっていたからだ。「逃げろ!」タッカーは小声で指示した。

それはタッカーの身を守ろうというケインの本能と相反する指示だった。ケインはほんの一瞬だけ逡巡した後、脇に飛びのき、安全な森の中に戻った。

一方、タッカーにはなす術がなかった。滑り落ちる大量の雪に圧倒され、斜面の下へと見る見るうちに追いやられていく。ただし、バックパックのおかげで体が回転せずにすんでいる。タッカーは両手と両脚で雪をかき分けながら、押し寄せる雪によじ登り、流れをやり過ごそうとしたが、それは無駄な抵抗だった。こうなったら生き延びることだけを考えるしかない。タッカーは片方の肘を凍結した雪に食い込ませ、体重を預けた。腹這いの姿勢のまま体の向きを変え、頭を下にして斜面を滑降する姿勢になる。

五十メートルほど先に川が見えてきた。川面は黒一色で、動きは見えない。運がよければ、川は凍結しているかもしれない。そうでなければ、これで終わりだ。

タッカーは素早く考えを巡らせた。

ケインはどこだ？　フェリスはどこだ？

雪崩の音はフェリスのもとにも届いているに違いない。しかし、雪の波にのまれた自分の姿は見えているのだろうか？　その答えはすぐに判明した。夜の闇の中、右前方の水辺に茂る低い木立の方向から、オレンジ色の閃光（せんこう）が走る。

銃口が火を噴いたのだ。

それでも、猛スピードで斜面を滑り下りているおかげで、フェリスは一発目を外してくれた。

だが、二発目はもっと距離が縮まる。三発目は外しっこない距離になる。タッカーは手を後ろに回し、苦労しながらもポケットからＰ22を取り出し、閃光が見えたあたりに銃口を向けた。

その時、首筋に痛みが走った。

銃弾がかすめたに違いない。

痛みを無視して、タッカーは引き金を二度引いた。狙いを定めている余裕などない。相手がひるんでくれることを祈るだけだ。

次の瞬間、タッカーの体は川の土手に達し、宙を舞った。心臓が口から飛び出しそうになる。

その直後、タッカーは腹から氷の上に落下した。一度氷の上を跳ねた体は、凍りついた川面を腹這いのままくるくると回転し続ける。氷の間から突き出した低木の茂みに体を強打し、どうにか動きは止まったものの、激しい痛みが走る。

タッカーはあえぎながら脇腹を下にした体勢になった。体を折り曲げて痛みをこらえたいとの思いに必死で抵抗する。

両腕を氷の上に伸ばし、拳銃を探す。凍結した川面に落下したはずみで、拳銃は冷え切った指先から離れてしまっていた。

どこに――？

タッカーは拳銃を発見した。一メートルほど離れた枯れ枝の間に絡まっている。拳銃に手を伸ばそうとしたその時――

指先で氷の塊が飛び散った。破片が顔面に当たる。銃声はそっと木の枝を折ったような音にしか聞こえなかった。フェリスはサプレッサー付きのライフルを使用しているのだろう。

「それ以上、動かないで！」右手の方角からフェリス・ニルソンが命令した。

顔を動かしたタッカーは、相手の姿を確認した。距離は約十五メートル。川べりにひざまずき、ライフルを肩の高さで構えている。この距離ならば、耳の穴に銃弾を撃ち込むことも可能だろう。

ところが、フェリスはライフルの狙いをほんのわずかに動かした。すぐに殺すのではなく、じっくりと痛めつけようという意図だ。氷に反射した月明かりが、周囲をくっきりと照らし出している。

「どこでブコロフと会う手筈になっているのか教えなさい」フェリスは詰問した。

それに対して、タッカーは氷の上の手をゆっくりと持ち上げた。

「何のつもり？」フェリスの怒鳴り声が響く。「その手を吹き飛ばすからね。はったりだなんて思わない方が身のためよ」

「思っていないよ」そう答えながら、タッカーはフェリスに手のひらを見せた。落ち着くように訴えるかのような仕草だ。その手の一本の指先が、フェリスに向けられる。

「いったい何を――？」

タッカーは手を回し、指先を氷に向けた。

「あばよ、フェリス」タッカーは寒さでガチガチと鳴る歯の間から言葉を絞り出した。

フェリスの背後の森の中から、ケインが飛び出した。

その少し前、タッカーはケインがこっそりと忍び寄ってきていることに気づいていた。反射した月明かりに照らされた、かすかに動く影。その影が、タッカーの送った簡単な合図に従ったのだ。

〈攻撃〉

ケインは一気に距離を詰め、最後の瞬間に後ろ足に力を込める。

ずっと女のにおいの跡を追っていた。木々の間に漂うシカやウサギの臭跡の間から、女のにおいを嗅ぎ取っていた。列車の中で覚えたにおい。声に込められた憎しみにも聞き覚えがあった。その次に聞こえてきたのは、こもったライフルの発砲音と、鋭い銃声。

相棒が危険にさらされている。危機に瀕している。

けれども、最後の指示の言葉が耳の奥に残っている。

〈逃げろ〉

そのため、ケインは身を隠したまま、硝煙(しょうえん)のにおいと熱い肌の香りをたどり、川の流れときしむ氷のもとまでやってきたのだった。

女の姿の先には、氷の上に横たわる相棒の姿が見える。不安から漏れそうになる鳴き声を、呼びかけたいという思いを、必死にこらえる。

その時、動きがある。

手が上がる。

指示が与えられる。

その指示に従う。

女が振り返る。皮膚の下から恐怖が噴出している。振り返った女が手にする銃身は、かすかに下を向いている。

それを見たケインは後ろ足で地面を強く蹴り、高く跳び上がる。

タッカーが見つめる中、ケインはラインバッカーのような勢いでフェリスにタックルし、腕にしっかりと噛みついた。一人と一頭が凍った水面に落下する。フェリスは悲鳴をあげて激しく手足を動かしたが、ライフルの銃床は離さない。

〈筋金入りの狙撃者だな〉タッカーは思った。〈ライフルは死んでも離さない〉

タッカーは相棒を助けようと体を起こした——その時、下から何かが割れるような鋭い音が聞こえた。体の下の氷に入った亀裂が、ケインとフェリスが争う地点に向かって、氷の上をくねるヘビのように伸びていく。暗く冷たい水が裂け目からあふれる。

「フェリス、暴れるのをやめろ！」タッカーは呼びかけた。「じっとしているんだ！」

しかし、パニックに襲われたフェリスの耳に、タッカーの警告は届かない。左手でライフルの銃床を握り締めたまま、フェリスはもがき続けた。

タッカーはどうにか両膝を突いた体勢になり、続いて立ち上がった。足の下で氷が動き、横に傾く。タッカーが前方のぐらぐらと揺れる氷の塊に飛び移ると同時に、体の真下から川の水があふれ出る。タッカーは氷の上を飛び跳ねながら、ケインとフェリスのもとに向かった。

裂け目はケインたちのもとまで達した後、川面をクモの巣状に広がり、一頭と一人を完全に包み込んだ。水が噴き出す音とともに氷が割れる。ケインとフェリスは真っ逆さまに水中に転落した。

激しい心臓の鼓動を意識しながら、タッカーは何とか前に進み続けた。穴まで五メートルほどの距離に到達すると、ヘッドスライディングをするかのように両腕を前に伸ばして氷の上に体を投げ出し、凍てついた水中でもがく二つの影を見分けようとした。氷を叩く真っ白な手のひらが見える。ケインが頭を水中から突き出し、鼻を夜空に向けている。

シェパードは激しく咳き込んでいて、苦しそうだ。

タッカーは穴と平行になる位置まで滑り、ケインのベストの襟をつかみ、ずぶ濡れになった相棒を水中から引っ張り上げてやった。

視線の端に、水中から突き出たフェリスのライフルが見える。銃身がタッカーの方に動く。この期に及んでも、フェリスは戦いをあきらめていない。

血まみれの腕を氷の上に乗せ、もう片方の手でライフルを構えようとしている。

タッカーは脇腹を下にした姿勢になり、片足のかかとで氷を蹴りながら腰を軸にして体を回転させた。もう片方の足を突き出し、ライフルを蹴飛ばす。ライフルは氷の上を滑りながら、対岸に積もった雪の中に消えた。

最後に一度、激しくもがいた後、フェリスの腕が水中に消えた。水の流れにつかまった体も視界から消える。

タッカーとケインは這って岸に向かったが、氷が割れた川面の穴への警戒は緩めなかった。今にもフェリスが再び現れるのではないか、そんな気がしたからだ。二分が経過してからようやく、タッカーは感想をつぶやくことができた。「これであの女もおしまいだろう」

それでもなお、タッカーは岸から監視を続けるかたわら、首の傷に指を触れた。皮膚をえぐられた範囲は狭いが、傷はけっこう深い。隣にいるケインが全身をぶるっと震わせ、氷のように冷たい水を周囲にまき散らした。しっぽを振ると、その先端から最後に残った数滴が垂れる。

タッカーは相棒が怪我をしていないか調べた。ケインの温かい舌が、タッカーの冷え切った頬をぺろりとなめる。ケインの意図は容易に読み取ることができる。〈お互いに無事でよかった〉

「まったく、同感だよ」タッカーはつぶやいた。

タッカーはバックパックを肩から外し、サイドポケットのジッパーを開くと、救急箱を取り出した。手探りでチューブから傷口に外科用の接着剤を絞り出し、歯を食いしばって痛みをこらえながら傷口の両端を指先で挟んだ。

手当てを終えると、タッカーの全身に震えが走った。ケインの下半身も寒さのため小刻みに震えている。この天候では冷たい水の影響が増幅される。このままでは低体温症に陥るのも時間の問題だ。

「さあ、行こうか」タッカーは声をかけ、出発の準備を始めたが、まだ最後の仕事が一つ残っている。

五十メートルほど川下の地点に、タッカーは比較的厚く氷が張っている部分を見つけた。あそこなら体重を支えることができそうだ。タッカーは氷の上を対岸まで渡り、歩いて上流側に戻ると、フェリスのライフルを回収した。戦利品を確認する。スウェーデン軍が標準装備している狙撃用ライフルPSG−90のDモデルだ。使用に問題がないかを素早く調べた後、タッカーはライフルを四つのパーツに分解した。いずれのパーツも長さは五十センチに満たない。

「そろそろ体を温めるとするか」

タッカーとケインは木立を見つけ、一時的な野営地を設営した。遺棄された鳥の巣とシラカバの樹皮の断片は格好の焚き付けになる。数分もしないうちに、大きな炎が燃え上がっていた。

タッカーはケインのベストを脱がせ、火の上に吊るして乾かした。

ケインは促される前から炎の隣で腹這いになり、気持ちよさそうなため息を漏らした。

一息ついて体も温まってから、タッカーは手持ちのGPSを調べて自分たちの居場所を特定した。「どれほどの厄介な事態に陥ったのか、把握しておかないとな」

地図によれば、ここから歩いていける距離に二つの村がある。ボルシュチョフカとビヤンキノだ。どちらかの村に向かいたいのはやまやまだが、タッカーはその考えを捨てた。フェリスは賢い女だ。自分の仲間たち——あるいは雇い主に対して、列車から飛び降りた後に状況報告を入れているに違いない。そうだとすれば、捜索隊が真っ先に訪れるのは近くにあるその二つの村だろう。

軍隊時代に叩き込まれた何百もの教えの中で、今の状況にぴったり当てはまるものがある。

「敵が予測するような場所は避けるべし」

そのため、タッカーは地図上をさらに広範囲にわたって探した。北東方向へ十六キロの地点に、ネルチンスクという小さな町がある。そこで態勢を立て直し、ペルミの接触相手のもとまでたどり着くための最善の方法を決めるのがよさそうだ。

タッカーはケインに、次いで澄み切った夜空に目を向けた。

この任務を放棄することは簡単だ。

しかし、すでに血が流されてしまった。

タッカーは殺害された乗務員の青白い顔を思い浮かべた。彼の笑顔が、ケインをなでた時の楽しそうな表情が、脳裏によみがえる。その記憶が、自分に課された責任が、すべてのレンジャー部隊の隊員の心に刻まれた別の教えを思い出させてくれる。「自ら率先して任務を果たせ」

言うまでもなく、タッカーはそのつもりだった。

9

三月九日午後五時四十四分
ロシア　ネルチンスク

ネルチンスクへの旅は、ハイキングとはほど遠い強行軍となった。

周囲の景色は標高の高い森林地帯から雪に覆われた低い丘陵地帯へとゆっくり変化していく。いくつも連なる丘陵の先に、ネルチンスクの町の東に広がる盆地があるはずだった。

最初の七、八キロは太腿までの深さがある雪をかき分けながら歩いた。背丈の二倍はあろうかという吹きだまりを見かけたことも一度や二度ではない。午後になると強い向かい風の中を進まなければならなくなった。骨の髄まで凍りつくような寒風が、タッカーのパーカのあらゆる隙間から容赦なく入り込んでくる。一方、ケインは楽しくてたまらないといった様子で、粉雪の中に潜って前に進み、時折雪の間から顔をのぞかせては、目を輝かせながら舌を垂らしていた。

人の姿を見かけたのは二回だけだ。最初ははるか遠くの森の外れを歩いている猟師、二度目は十数人の子供たちが笑い声をあげながら乗っていた一九五〇年代の錆びついた装甲兵員輸送車。輸送車のディーゼルエンジンの音が聞こえてきた細い道は、ネルチンスクの町に通じていた。

出発から八時間後、日没が間近に迫った頃、タッカーとケインが丘の頂上に達すると、初めて文明の印が見えた。黄金のドームを備えた白壁のロシア正教会の教会があり、そのまわりを囲む朽ちかけた木製の柵が、小さな墓地との境目になっている。教会の窓のほとんどには板が打ち付けられていて、庇（ひさし）は数カ所が剝がれて垂れ下がっていた。

タッカーは近くにあった大きな岩の陰に身を隠し、双眼鏡を取り出した。教会から東に数百メートルの地点には、パステル調の青や黄や赤など様々な色に塗られたソルトボックス様式の住宅が連なっている。一見したところ、ネルチンスクの町は静かだ。動いているのは数人の歩行者と、凍りついた通りに排気ガスをまき散らしながら走っている二台のワンボックスカーしかない。

タッカーは双眼鏡を町の外れに向け、周囲の地形を観察した。北西の方角に、荒れ果てた飛行場らしき施設がある。

〈いや、違う〉しばらく観察するうちに、タッカーは気づいた。

あれは飛行場ではない。空軍基地だ。

施設内の複数の建物や格納庫に、ロシア空軍の赤い星型の国籍マークが描かれている。今では使用されていない基地だろうか？　格納庫に双眼鏡の焦点を合わせたところ、扉の周辺には雪かきをした形跡が見られる。何者かがあの場所の整備を続けている。タッカーの胸の中で期待がふくらんだ。あそこなら動かせる飛行機があるかもしれない。

タッカーは再び小さな町の中心部に双眼鏡を向けた。モーテルまたは雑貨店のようなところはないだろうか？　くすんだオリーブ色をした厚手の外套に身を包んだ一人の兵士が、町角でタバコを吸っている。あれは退役軍人ではない。任務中の現役兵士だ。軍服はきちんとしていて清潔だし、帽子のつばも真っ直ぐ前を向いている。兵士はタバコを吸い終わると吸殻を投げ捨て、脇道に入っていった。

「おまえはどこから来たんだ？」タッカーはつぶやいた。

兵士が向かった先と思われる場所を探して観察を続けていたタッカーは、二つ目の不審な点を発見した。町の外れにある建物の上から、ヘリコプターのメインローターのハブが突き出ている。大型の機体で高さがあるため、手前にある建物では隠し切れないのだ。ハブがまだら模様の灰色に塗装されていることからすると、軍用ヘリコプターに違いない。

その存在が何を意味するのかはわからなかったが、とにもかくにもタッカーは避難場所を見つけなければならなかった。タッカーもケインも、体が冷え切っていたし、疲れ切っていたし、もうすぐ日が暮れる。夜になれば、気温は氷点下にまで急降下するだろう。

タッカーは今にも崩れ落ちそうな教会に注意を戻した。それから三十分間、周囲がゆっくりと夜の闇に包まれる中、タッカーは人の気配がないか監視を続けた。

だが、まったく人気はない。

それでも、タッカーは吹きだまりや木の陰を利用しながら、慎重に教会の敷地へと近づいた。ケインとともに柵の下をくぐり抜け、建物の入口に歩み寄る。タッカーは取っ手を握った。鍵はかかっていない。タッカーはそっと扉を開け、ケインを従えて薄暗い教会の中に入った。

暖かい空気が体を包む。同時に、煙と肥やしのにおいが鼻をつく。正面には薪ストーブがあり、炎が室内をぼんやりとオレンジ色に照らし出していた。ストーブの上から二階に向かって、金属製の排気筒が延びている。

タッカーは扉の近くに立ったまま、目が暗さに慣れるまで待ち、それからロシア語で呼びかけた。「こんばんは」

返事はない。

タッカーはもう一度、今度は少し大きな声で呼びかけた。けれども、やはり返事はない。ため息をついてから、タッカーは色あせた赤の細い絨毯の上を歩き、アーチ状の天井の下の身廊に向かった。小さな祭壇の先にはペンキの剝がれかけた金色の壁があり、宗教的なイコンやタペストリーが掛かっている。その間に扉があった。おそらく教会の執務用のスペースにつながっているのだろう。

扉を開けると古い蝶番が耳障りな音を立てる。扉の奥には螺旋階段があった。ケインとともに階段を上ると、その先はこぢんまりとしたオフィス風の部屋に通じている。部屋の片隅には小さな木製の簡易ベッドがあり、質素な衣装だんすやクローゼットほどの広さの小型キッチンも備わっているから、ここは居住空間として使用されているのだろう。

クモの巣が張っていることから推測するに、この部屋にはもう何カ月も人の出入りがないと思われる。頭上に目を向けると、薪ストーブの排気筒から温かい空気が噴き出している。

これなら十分だ。

タッカーはバックパックを下ろし、冬用の装備を脱ぎ、すでにケインが横になっていたベッドの上に投げ捨てた。数分かけてキッチンを探したものの、数枚の割れた皿、シンクの下の錆びついた道具入れ、黒ずんだ銀のフォークくらいしか見当たらない。たんすの中には継ぎを当てた古い厚手の外套があったものの、肩のところにはほこりが厚く積もっていた。

「懐かしの我が家ってところだな、ケイン？」

シェパードは疲れた様子でしっぽを一度だけ振った。

腹ぺこだったタッカーは、コーヒーをいれ、自分とケインの分の乾燥携行糧食を用意した。食事をしながら、汚れと霜に覆われた二階の窓から外を眺め、通りの様子を観察する。よそ者がこの町中を歩けば、嫌でも人目についてしまう。不審に思われるのは間違いない。ロシア語を流暢（りゅうちょう）に話せなければなおさらだ。

そのための対策が、隠れ蓑（みの）が必要になる。

少し考えを巡らせた後、タッカーはシンクの下の道具入れを探し、一巻きの針金を発見した。針金を短く四本に切断してから、バックパックの中にあったガムテープを使い、十代の子供が歯の矯正用にはめるマウスガード風の器具を作る。即席の器具を下唇と歯茎の間に挟み、しっかりと固定する。タッカーは顔を指で押さえながら、室内にあった汚い鏡で自分の姿を眺めた。

一見したところでは、どこからかネルチンスクを訪れた男性の顎が折れていると映るはずだ。言葉を発しない格好の口実になる。

「飛行機に乗せてくれそうな人を探しに行くとするか」タッカーは装着した器具を試しながら声を出した。口から漏れる音はほとんど意味を成していない。

完璧だ。

次にタッカーは衣装だんすの中にあったほこりまみれの外套を着て、ウシャンカをかぶった。眉が隠れるくらいまで帽子のつばを深く下げる。

「ここで待っていろ」タッカーはケインに指示した。「見つからないように」

腹がふくれて体も温まったシェパードは、異議を唱えなかった。

タッカーは螺旋階段を下り、正面入口からそっと教会の外に出た。背中を丸めた姿勢で、融けかけた雪でぬかるんだ道をネルチンスクの町中に向かってとぼとぼと歩く。鉛色の空と冷たい氷の大地が広がるシベリアで、ずっと人生を過ごしてきた男性の仕草を真似しているつもりだ。それらしく見えることを祈るしかない。ただ、天気のおかげで真似をしようと意識するまでもなかった。気温はさっきと比べて十度近く下がっている。口から吐く息はすぐ真っ白になり、半ば凍った泥が靴の下でビチャビチャと音を立てる。

通りからはすっかり人の姿が消えていた。薄汚れた窓から黄色い光が漏れ、ところどころでネオンサインが点滅しているほかは、人が住んでいる気配すらない。タッカーはさっき兵士がタバコを吸っていた町角に行ってみた。苦労しながらその兵士の足跡をたどっていくと、ヘリコプターから一ブロック離れた地点に行き着く。

タッカーはヘリコプターの機体をさりげなく観察した。

間違いなく軍用機だ。Mi-28ハヴォック攻撃ヘリコプター。タッカーはこの種の乗り物の性能をすべて暗記していた。ラックとポッドには四十発のロケット弾が搭載可能なほか、三十ミリの機関砲を備えている。

だが、このハヴォックの機体外部には、ロシアの国籍マークも紋章も描かれていない。グレーと黒のジグザグ模様に塗られているだけだ。タッカーはこんな模様を見たことがなかった。FSB——ロシア連邦保安庁かもしれない。かつてはKGBの名で知られていた組織だ。しかし、FSBの部隊がシベリアのこんなさびれた田舎町で何をしているというのか?

最も可能性の高い答えは——

〈俺を探している〉

ヘリコプターのテイルローターの陰から二つの人影が姿を現した。一人は軍服姿、もう一人は民間人風だ。

タッカーは見られないように後ずさりした。だが、軍服の肩章を確認することができた。黒い盾の上に赤い星型の模様。

タッカーは間違いに気づいた。

この男たちはＦＳＢではない。ＧＲＵだ。ロシア国防省の情報部門として任務に就くロシア連邦軍参謀本部情報総局。機密度が高い作戦の場合、ＧＲＵはスペッツナズの隊員を起用する。ただでさえ優秀なロシアの特殊部隊の持ち駒の中でも、サラブレッドに当たる最優秀の隊員たちだ。

〈そいつらが俺を追っているとしたら……〉

タッカーは急ぎ足で通りを歩いた。この地域からの脱出が、いっそう急を要する課題となったのは間違いない――あと、ルース・ハーパーにも至急連絡を入れる必要がある。

午後七時五十五分

しばらく通りをさまよっていたタッカーは、客でにぎわうパブを発見した。扉の上のネオンサインはキリル文字なので読めないが、騒々しい笑い声とビールのにおいが店の何よりの宣伝になっている。

ひとまずはこの店がよさそうだ。

間に合わせのマウスガードがしっかりとはまっていることを確認し、大きく深呼吸をしてから、タッカーは扉を押し開けて店内に入った。

熱とタバコの煙と体臭から成る壁にぶち当たったかのような錯覚に陥る。訛りの強いロシア語の話し声の合間には、下品な笑い声が響き、悪態をつく声も聞こえる。タッカーが店内に入ってきても、誰一人として注意を向けない。

タッカーは背中を丸めて客の間をすり抜けながら、カウンターと思われる場所を目指した。人をかき分けたりマウスガードの間からうめき声を漏らしたりするうちに、節のあるマツ材でできた長いカウンターにたどり着く。

驚いたことに、バーテンダーは新しい客にすぐ気づき、タッカーのところにやってきた。バーテンダーが大声をあげた。おそらく「注文は？」と聞いているのだろう。

それに対して、タッカーはもごもごと声を出した。

「ああ？」

タッカーは咳払いをしてから、再びもごもごとつぶやいた。

バーテンダーは片手を耳に添えながら顔を近づけた。

タッカーは唇を少し開き、マウスガードを見せた。次いで拳が顎に当たるのを身振りで示し、

「参ったよ」と言うかのように肩をすくめる。

　バーテンダーは理解してうなずいた。

　タッカーは隣の客のビールジョッキに親指の先を向けた。すぐにタッカーの目の前にジョッキがどんと置かれた。ジョッキの縁から泡がこぼれ落ちる。タッカーはルーブル紙幣を数枚渡し、お釣りをポケットにしまった。

　タッカーはほっと一息ついた。話好きの客が寄ってこなければ、うまくいくかもしれない。

　マウスガードの間から苦労してビールをすすりながら、タッカーはバーの店内に兵士がいないか様子をうかがった。十数人はいる。全員が陸軍だ。だが、軍服の状態から察するに、現役の兵士は一人もいないように思われる。ロシアでは退役軍人の多くが除隊後も軍服を保管し、しばしば着用する。これは必要に迫られてのことでもあるし、経済的な問題とも関連している。市民が元兵士にお金を恵んだり、飲み物や食べ物をご馳走したりすることは珍しくない。これには慈善の意味もあるし、保険の意味もある。貧困にあえぐ飢えた元兵士が、通りをうろつくような事態を回避することができるからだ。

　店内にGRUの隊員がいないことに満足すると、タッカーは最優先の課題に神経を集中させた。どうやってここから脱出し、ペルミにたどり着くか？　町の近くにある空軍基地の関係者と思しき人間を探したものの、はっきりそれとわかる人物は見当たらない。こうなったら強引なやり方で――

「君の犬は美しいな」肩越しにしわがれ声が聞こえた。理解できないことはない英語だが、かなり訛りが強い。「ジャーマン・シェパードかね?」

　振り返ったタッカーの目に映ったのは、六十代と思われる背の低い男性だ。白髪を長く伸ばし、顎ひげにも白いものがかなり混じっている。薄い青の瞳が鋭い光を発していた。

「ああ?」タッカーは返した。

「ああ、そうか」見知らぬ男性は言った。「当ててみせよう。君は賞金目当てにあちこちさまよっているボクサーだな」

　タッカーは心臓の鼓動が大きくなるのを感じながら、周囲を見回した。今のところ、この会話に注意を払っている客はいない。

　男性は手招きをするかのように指を曲げ、顔を近づけた。

「君がロシア人ではないことはわかっておるよ。教会で君が犬に話しかけているのを聞いた。私の後についてきた方がいいと思う」

　老人は踵を返し、人々をかき分けながら歩き始めた。むしろ客の方から道を空けているようにも見える。敬意を示すかのように会釈をしている人もいる。

　不安を覚えたものの、ほかに選択の余地もないため、タッカーは男性の後を追った。男性はバーのいちばん奥にある、石造りの暖炉の隣のテーブルに向かっている。

　テーブルに着くと、男性は細い目でタッカーの顔を見つめた。「実際のところ、なかなか見事な偽装だった。シベリア風の猫背をうまく真似たものだな――背中を丸めて、顎を引いて。このあたりでは、寒さが体に無理やり入り込んでくるから、自然と背中が曲がってしまう。だから長く暮らしていると、その姿勢がしみついてしまうのだよ」

タッカーは何も答えなかった。

「用心深い男だ。まあ、それもよかろう。兵士たちの姿を見た、そうだろう？　あれはモスクワから来た連中だよ。特殊部隊の隊員が、素敵なヘリコプターとともにやってきた。ここであんな連中にお目にかかるのは、ずいぶんと久し振りのことだ。しかも、大きな犬を連れたアメリカ人が私の教会でキャンプとしゃれ込んだのは、これが初めてだ。とても偶然とは思えないがね」

それでも、タッカーは何も言わなかった。

「君を連中に引き渡すつもりなら、とっくにそうしておるよ」

タッカーは相手の言葉を考慮した。確かに、その通りだろう。ここは賭けに打って出るしかない。タッカーはほかの客に見られないようにマウスガードを外し、ビールを一口飲んだ。

「ベルジアン・マリノア」タッカーは口を開いた。

「何だって？」

「ジャーマン・シェパードじゃない。ベルジアンだ。あと、あいつが俺の置いてきた場所で無事にいることは、あんたの身のためでもある」

「心配いらんさ」男性は笑みを浮かべながら、手を差し出した。「ディミトリーだ」

「俺は――」

「名前は教えなくてもいいよ。こちらとしても、知らない方が安全だからな。私はネルチンスクの主教だ。この町だけでなく、近隣のいくつかの村の主教も兼ねておる。信者の数は多くないが、彼らを愛していることに変わりはない」

老人は愛情のこもった目で混雑した店内を眺めた。

タッカーはほかの客がこの男性のために道を空け、敬意を表していたのを思い出した。「あんたの英語はなかなかうまいですね」

「衛星アンテナのおかげだよ。アメリカのテレビを見るものでね。あと、インターネットも。だが、君のロシア語は、その、何と言うかな――」

「くそみたいなもんですよ」タッカーは笑みを浮かべながら相手の話を引き継いだ。「ところで、どうして俺と犬のことがわかったんです？」

「狩りに出かけていたら、町の外で君の足跡を見つけたのだ。それをたどっていったら、私の教会にたどり着いたというわけだ」

「勝手にお邪魔してすみません」

「ちっともかまわんよ。正教会の教会は避難所の機能もある。だから暖炉には常に火がついているのだ。火がついていると言えば……」主教はパブの入口の扉に向かってうなずいた。「どうやら君の尻も火がついた状態にあるようだな」
タッカーは肩をすくめた。「兵士たちがこの町にいるのが俺のせいかどうかはわかりません
が、確かに単なる偶然だとは考えにくい気がします」
「このあたりで最後にあの手の連中を目にしたのは、ベルリンの壁が崩壊する前のことだ。や
つらは外国人を、確かイギリス人の男性を探しておった」
「その男性はどうなったんです？」
「連中は男性を町から三キロほど離れた地点で発見した。撃ち殺してその場に埋めたらしい。
詳しい事情は知らないが、その男性も何かから逃げていたとのことだ。君や君の犬と同じよう
に」
タッカーの顔から血の気が引く。
ディミトリーはタッカーの腕をぽんと叩いた。「だが、君にはイギリス人が持ち合わせてい
なかった利点がある」
「それは？」
「町に味方がいるということだ」
それでも、タッカーは不安を覚え、それを口にした。「『贈り物の馬の口の中を見る』という
表現を知っていますか？」
「幸運を疑う、といった意味だったかな？」

「まあ、そんなところです」

「君が不安なのも理解できる。だから回りくどい話はやめにして、本題に入ろうではないか。君は母なるロシアで大きな騒ぎを起こしたことがあるかね？　あるいは、これから起こすつもりかね？」

「いいえ」

「私の信者に危害を加えるつもりかね？」

「いいえ。ただし、向こうから手を出してきた場合は別ですが」

「いいや、それはありえない」ディミトリーは心配無用と言うかのように手を振った。「では、その問題が解決したから、私は君のことを道に迷った旅行者だと考えることにしよう。モスクワの連中は、君が最後に泊まったホテルから石鹸を盗んだから追いかけている、ということでいかがかな」

「なるほど」

「一九八〇年代には私も政府のために働いたことがあった。アフガニスタンで落下傘兵をしていた頃の話だ。ジハーディストどもをずいぶんと殺したよ。軍からはたくさんの勲章をもらった。だが、今では忘れ去られてしまっている。戦地に赴いた仲間の多くも——この手を血に染めた仲間の多くも同じだ。私はこの国を愛しているが、政府に関してはそれほどでもない。言いたいことをわかってもらえるかね？」

「あなたが思っている以上によくわかりますよ」

「よかった。いいかね、迷える我が友よ、だから私は君を助けるのだ。君と鋭い目を持つ君の相棒は、すでに空軍基地を見つけたのだろう?」

「ええ」

「飛行機の操縦法を知っているかね?」

「いいえ」

「私も知らない。だが、操縦法を知っている友人がいる。実は——」ディミトリーは椅子から腰を浮かせて店内を見回し、目当ての人物を発見した。「あそこにいる」

主教は窓際に置かれたマツ材のテーブルの方を指差した。二人の男性がテーブルに着いている。

「どっちです?」

「そうじゃない、テーブルの下を見たまえ」

目を凝らしたタッカーは、テーブルの下の人影に気づいた。両脚を投げ出して床に座り、大きく傾いた頭はテーブルにもたれかかっている。口元からコートの襟にかけて、一筋のよだれが垂れていた。

「彼はフョードルだ」ディミトリーが紹介した。「ここの郵便配達人でね。飛行機で郵便を運んできてくれる」

「酔っていますけど」

「酔いつぶれておる」ディミトリーも同意見だ。「まあ、夜だからな。朝になればしゃきっとする。もちろん、それだけで君の問題が解決するというわけではない。そうだろう？　モスクワからの連中は昼間になれば空をパトロールする。君の出発は明日の夜まで待たねばなるまい。つまりだな、我々はフョードルを、普段よりも長い時間しらふの状態に保っておかなければならないということだ」主教は言葉を切り、顔をしかめた。「うーむ、我々の計画の欠陥が見えてきたな。まあ仕方があるまい。その問題はその時になったら考えることにしよう」

「今すぐに考えましょう」タッカーは提案した。「飛行機の操縦ができるのはフョードルだけというわけではないんでしょう？」

「それはそうだが、最も飛行経験が豊かなのは彼だ。それに密かに荷物を運ぶ腕も確かだ。この町にもいろいろな仕事があるものでね。それなりの金額を支払えば、彼なら政府の連中に気づかれることなく君を逃がすことができるし、そのことについて絶対に誰にも漏らさない。ついでに言わせてもらうと、彼は犬が大好きなのだ」

そう聞かされても、タッカーの不安が和らぐことはなかった。

ディミトリーはグラスを一息で飲み干し、立ち上がった。「来たまえ、彼を連れて帰らんといかん」

10

三月十日午前六時四十五分
ロシア　ネルチンスク

タッカーは夜明けの少し前に目を覚ました――これは兵士時代にしみついた習慣だ。腰の張りと銃弾がかすめた首筋の痛みを覚えながら、教会の屋根裏部屋の簡易ベッドから体を起こし、裸足の両足を床に下ろす。

昨夜、タッカーとディミトリーは酔いつぶれた郵便配達人を町から教会まで引きずって帰った。その途中、三人のスペツナズの兵士とすれ違ったが、泥酔した男をからかうような笑い声のほかは、誰一人としてタッカーたちを気にかける様子は見せなかった。教会に戻ると、ディミトリーはベッドをタッカーとケインに譲り、自分とフョードルには干し草の詰まった二枚の寝具を用意した。

体を起こしたタッカーは室内を見回したが、自分だけしかいない。フョードルもディミトリーもいないし、ケインの姿も見えない。

はやる気持ちを抑えながら階段を下りたタッカーの目に映ったのは、赤々と火が燃える薪ストーブの前に全裸で座っているフォードルの姿だった。周囲の床には流れ落ちた汗が水たまりを作っている。体の横に置かれているのは、透明な液体が半分ほど入ったプラスチック製のミルク差しだ。酒の抜けたフォードルは若く見える。昨夜は四十代の年齢だと思ったが、おそらくは三十代の半ばといったところか。黒い髪を無造作に伸ばし、まるでレスラーのような体格をしている。体表はうっすらと毛で覆われていた。クマのような男とは、こいつのことを言うのだろう。

一メートルほど離れたところでは、ケインが床に座り、興味津々といった様子でフォードルのことを見つめていた。タッカーが下りてきたことに気づくと、ケインはしっぽを一振りした。

フォードルはミルク差しを手に取り、口元まで持ち上げると、液体をごくごくと飲んだ。真っ赤に充血した目をタッカーに向け、容器を一振りすると、口からかすれた声を漏らす。

「ヴァダー。ナトゥラリナヤ・ヴァダー」

タッカーは単語をつなぎ合わせた。

〈天然水〉

これはフォードルなりの酔いをさます方法なのだろう。大量の汗をかき、大量の水を飲む。

「主教さんが俺に言った。飛べって」フォードルはたどたどしい英語で話した。「今晩、あんたを乗せて」

　タッカーはうなずいた。「スパシーバ」

「ダー。あんたのロシア語、ひでえな」フョードルは左右の手のひらで頭を挟んだ。「頭、いてえよ」

〈俺のロシア語がひどいせいじゃねえよ〉

「あんたの犬、いいね。気に入った。買いたくなった。なあ、いいだろ？」

「いいわけないだろ」

　フョードルは肩をすくめ、再び水をがぶ飲みした。「飛んでやるから、代わりに犬、くれ。どうだ(ダー)？」

「いいや(ニエット)。金を払う」

　薪を抱えたディミトリーが戻ってきた。「ほら、だいぶましになっただろう？　細かい話をしようではないか。私が通訳を務めよう。その方が話は早いだろうから」ディミトリーは友人に向かって速射砲のような早口のロシア語で話した後、答えを聞き、タッカーに伝えた。「今夜、君を乗せて飛ばすのはいいが、割増料金が必要だと言っている」

「もっと詳しく」

「ちょっと通訳するのが難しいのだが、まず今夜は禁酒しなければならないから、君はその分の割増料金を支払わなければならない。次に、君は外国人なので割増料金を支払わなければならない。最後に、モスクワの連中が君のことを探しているから、君は割増料金を支払わなければならない」

「連中が俺のことを探していると、彼に伝えたのですか?」

「もちろん、そんな話はしていない。だが、フョードルは酒好きなだけで、決して頭が悪いわけではない」

「ほかには?」

「彼は君の犬が気に入って――」

「それはだめだ。ほかには?」

ディミトリーはフョードルに何事か話しかけ、返事を聞き、タッカーに伝えた。「どこに行きたいのだね?」

タッカーはこの質問の答えについて、すでに考えていた。フョードルの飛行機ではペルミまでたどり着けないだろう。距離がありすぎる。それに、自分の最終目的地を明かすのは気が進まない。もっと近い大都市まで飛ぶのがよさそうだ。大きな都市までたどり着ければ、そこからペルミまでの移動手段の選択肢はいくらでもある。

「ノヴォシビルスクまで行きたい」タッカーは答えた。

「ずいぶんと遠いな」ディミトリーは通訳した。「燃料がたくさん必要だ」

タッカーはフョードルがなおもぶつぶつとつぶやくのを見守った。大げさな身振りで指折り数えたり、顔をしかめたりしている。ようやくフョードルが英語で答えた。「九千ルーブル」

タッカーは頭の中で換算した。約二百七十五ドル。これなら安いものだ。顔に笑みがこぼれそうになるのをこらえながら、タッカーは提示額を考えるふりをしてから、肩をすくめた。

「取引成立だ」

フョードルは手のひらに唾（つば）を吐いてから手を差し出した。

タッカーはいやいやながらも握手をした。

午後一時十五分

交渉が終わった後、タッカーとケインは午前中を教会内で過ごし、その間にディミトリーとフョードルは買い出しや飛行機の準備などの雑用を行なった。午後、ディミトリーが食料と情報を携えて戻ってきた。「どうやらこの地域には、ほかにもGRUの部隊が二つ、いるようだ」

タッカーは薪ストーブの前から立ち上がった。「何だって？　どこです？」

「ここから西に当たる、チタの街のあたりだ。だが、ここと同じように、連中はのんびりと構えていて、タバコを吸ったりホテルでくつろいだりしているらしい」

〈チタだって？〉

チタはシベリア横断鉄道の次の主要駅だ。しかし、今の情報は何を意味するのか？　考えを巡らせたタッカーは、一つの結論に行き着いた。捜索チームがタッカーを探して積極的に動いているのではなく、単にぶらぶらと暇をつぶしているということは、フェリスにはタッカーが列車から脱出したことを連絡する時間がなかったということだ。狙撃銃で始末しさえすれば、上層部に真実を知られる前に、自分の失敗を帳消しにできると考えたのだろう。

そこまではいい。問題はその先だ。

列車がチタに到着し、タッカーが乗っていないと判明すれば、部隊はただちに総力を挙げて捜索を開始するだろう。それはこの町にいる部隊も同じだ。

タッカーは自分が乗っていた列車の予定表を取り出し、腕時計で時間を確認した。列車のチタ到着予定時刻は今から三時間後。それから日没まではまだ数時間ある。つまり、夜になってから離陸するような余裕はないということだ。

「もっと早く出発する必要があります」タッカーはディミトリーに伝えた。「できるなら、今すぐにでも」

「それは無理だ、我が友よ。給油装置が壊れている。フョードルが修理しているところだ」

「どのくらいかかりそうですか?」

「わからんな。聞いてこよう」

ディミトリーが出ていくと、ケインが近づいてきて床に座り、タッカーの脚に体を預けた。緊張感を感じ取ったのだろう。

タッカーはケインの首筋を軽く叩いて安心させた。「これよりも危険な目に何度も遭ってきたじゃないか」

〈これよりも危険だったのは間違いないが、はるかに危険だったとも言えない〉

タッカーは腕時計をタイマーモードに切り替えた。

今から三時間後、列車内にタッカーの姿がないと判明すれば、ネルチンスクの町中は彼を探すスペツナズの兵士であふれかえることになる。

午後二時三十六分

一時間後、ディミトリーが勢いよく教会の入口から駆け込んできた。その顔に浮かぶ焦燥（しょうそう）の色を見て、タッカーとケインは思わず立ち上がった。

「やつらがやってくるぞ！」ディミトリーはすぐに扉を閉めると、大声で叫んだ。「スペツナズだ」

タッカーは腕時計を確認した。想定よりも早すぎる。列車はまだチタに到着していない。

「落ち着いて。詳しく話してください」

ディミトリーは二人のそばに近づいた。「兵士たちが町の中で捜索を開始した。特に急いでいるような様子は見られないが、一人がここに向かっている」

この突然の状況の変化は、いったい何を意味するのだろうか？　GRUの部隊が本格的に動き出したのであれば、各住戸の扉を叩き壊してでも住民たちを建物の外に追い出そうとするはずだ。ここの指揮官が単調な任務に少し変化をつけようとしただけなのではないだろうか？

〈退屈した兵士は能率の悪い兵士でもある〉タッカーは思った。

そうだとしても、ディミトリーの言うような状況であれば関係ない。兵士の一人がすでにここに向かっているのだから。

タッカーはバックパックを背負い、ケインのベストのストラップをしっかりと締めた。

「こっちだ」ディミトリーは告げた。

主教はタッカーとケインを内陣の隅に案内し、タペストリーの掛かったテーブルの前にひざまずいた。テーブルを脇に動かし、その下の敷物を持ち上げると、ベルトに留めていた狩猟用ナイフの先端で床板の一部をこじ開ける。床板が外れると、その下にはトンネルがあった。

「これはいったい――？」

「コサック、ナチス、ナポレオン……実際のところはわからんがね。私がここに住むようになった時の、そのはるか昔からあったのだよ。入りたまえ！」

「飛び下りろ、ケイン」タッカーは命令した。

まったく躊躇することなく、シェパードは床の穴の中に飛び込んだ。土の上に着地したケインが左に動くと、姿が見えなくなる。

タッカーもその後を追った。深さは一メートルくらいしかない。頭上にはディミトリーの顔がある。「トンネルをたどっていけばいい。ここから北に約二百メートルのところに出口がある。空軍基地の東側に行き、そこで私を待っていてくれ。フェンスがつぶれた地点の近くに小屋がある。すぐに見つかるはずだ」

そう伝え終わると、ディミトリーは床板を元に戻した。敷物とテーブルが所定の位置に戻されると、床板の隙間から漏れていたかすかな光も遮られる。

その直後、教会の扉を叩く大きな音が地下にまで響き渡った。

木製の床の上を歩く足音に続いて、蝶番のきしむ音が聞こえる。「こんにちは！(ドーブルイ・ジェーニ)」主教が声をかけた。

不機嫌そうな声で同じ挨拶の言葉が返ってきたが、タッカーはそれに続く会話を確認しようとは思わなかった。

背中を丸めながらケインとともにトンネル内を進む。十歩進んだ後、もう安全だろうと判断してLEDのペンライトを取り出し、円錐形に広がる光でトンネル内を照らした。土の壁からは木の根っこがはみ出している。トンネルの天井部分は木の板で補強されていて、朽ちている板もあれば真新しい板もある。どうやらこのトンネルはきちんと維持管理がなされているようだ。

一人と一頭は先を急いだ。ケインは前方を偵察しながら軽やかな足取りで楽々とトンネルを進んでいく。だが、かがんだ姿勢で歩くタッカーは、数分もしないうちに太腿が痛くなり、思うようについていけない。タッカーは痛みを無視して歩き続けた。さらに十分ほど進むと、トンネルは行き止まりとなり、短い梯子が置かれていた。梯子には木の根っこが絡みついている。

頭のすぐ上にハッチがある。タッカーは首を横に曲げ、木製のハッチに耳を押し当て、一分間ほど耳を澄ました。物音は聞こえない。ケインの隣にうずくまり、腕時計を確認する。

あと一時間少しで、列車はチタに到着する。

それまでには離陸していなければならない。

タッカーは頭の中にこの周辺の地図を思い浮かべた。ディミトリーの言う通りだとすれば、頭上の出口は教会の敷地に隣接する木立の中に通じているはずだ。そこから空軍基地までは、木立と開けた土地を挟んで一・五キロ以上はある。普段なら何でもない距離だが、深い吹きだまりをかき分けなければならないし、パトロールを開始した兵士たちから身を隠さなければならない。

タッカーは物事を悲観的に見るような人間ではなかったが、この状況がもたらす現実から目をそむけることはできなかった。

〈とてもじゃないが、たどり着けっこない〉

11

三月十日午後二時四十八分
ロシア　ネルチンスク

タッカーはケインの隣にうずくまり、慎重にハッチを閉じた。トンネルを出た先は一本のマツの木の陰になっている。それでも、タッカーはハッチの上に雪をかぶせ、人の出入りがあったことを悟られないようにした。出入口が十分に隠れたことを確認してから、タッカーはマツの太い枝の下から抜け出し、木立の外れに出た。

体から雪を振り払いながら、ケインも後についてくる。

「軽く走るのはどうだい？」タッカーは残り時間が少ないことを意識しながら、ケインに声をかけた。東の方角に見える別の雑木林を指差す。「偵察」

ケインが走り出した。飛び跳ねて雪をかき分けながら進んでいく。

タッカーも小走りにケインの後を追った。

比較的速いペースで進んだタッカーとケインは、一時間かけて一・二キロほどの距離を移動した。もっと速く動こう思えばできなくもなかったが、町中から姿を見られないように雪の陰に隠れながら進むとなると限度がある。この期に及んで、たまたま近くを歩いていた兵士に見つかるような事態だけは避けなければならない。

シラカバの木立のところまで達し、空軍基地まであと数百メートルとなった時点で、手首の腕時計が振動した。

腕時計を見下ろすと、タイマーの数字がゼロになっている。

顔をしかめながら、タッカーは列車がチタの駅に到着する光景を思い浮かべた。

〈俺が乗っていないことに誰かが気づくまで、どのくらいの時間がかかるだろうか？〉

ぐずぐずしている余裕はない。タッカーはケインを促して出発させ、自分も後を追った。疲れた体に鞭（むち）を打ち、深い雪をかき分けて、次の一歩を踏み出すことに意識を集中させる。

十分後、タッカーとケインは空軍基地の手前にまで到達した。五十メートル前方にフェンスがあり、その上には鉄条網が張り巡らされている。

不意にケインが足を止め、小首をかしげた。

次の瞬間、タッカーの耳にも聞こえた。

リズムを取っているような金属音。

しばらく待っていると、再び音が聞こえた。タッカーは音の正体を悟った。

ハンマーで鉄を叩いている音だ。

音は左前方から聞こえてくる。それほど遠くはない。タッカーはゆっくりと前進し、ケインが立ち止まっている木と木の間に向かった。

フェンスの先には長い滑走路が一本あり、その滑走路に沿って六棟の格納庫と十棟以上の付属施設がある。建物の多くは鉄板を打ちつけて補強されていた。基地の東側は右手のもう少し先に当たり、ここから直接見通すことはできない。その東側のどこかに、ディミトリーと落ち合う予定の小屋があるはずだ。

しかし、大きな金属音は依然として聞こえてくる。もっと手前の、基地の内部からだ。

不思議に思いながら、タッカーは双眼鏡を取り出し、建物群に焦点を合わせてから左右に動かし始めた。音源を探すうちに、錆びついた格納庫の脇の扉にたどり着く。

「おいおい、勘弁してくれよ」タッカーはつぶやいた。

扉のすぐ先に立っているのはフョードルだった。片方の腕で飛行機のプロペラを押さえている。フョードルはもう片方の手に握った重さが四、五キロはありそうな金槌を、プロペラの先端に叩きつけていた。

ガン。

音は空軍基地内にこだまし、タッカーがうつ伏せになっているところにまで響く。

ガン、ガン、ガン。

タッカーは双眼鏡を下ろし、人差し指と中指で鼻柱をつまんだ。今さら変更は利かない。これからどうなろうとも、あのクマのようなロシア人が操縦する飛行機に乗せてもらうしかない。

　タッカーは右手の方角に向かって再び歩き始めた。小屋がある場所の目印となるフェンスの破損部分がないか、前方に目を凝らす。このあたりの地形がちょうどいい目隠しになってくれているのはせめてもの救いだ。この飛行場が空軍基地として使用されなくなったのは、おそらくかなり以前のことで、かつては警備目的のために刈り込まれていたはずの周囲の雑木林が、今ではフェンスの近くにまで伸び放題になっている。タッカーは木の近くを選んで歩き続けながら、基地の東側に回り込んだ。

　立ち止まって息を整えようとした時、ヘリコプターのローターの回転音が聞こえてきた。タッカーは舌打ちをしながらハイマツの太い枝の下に隠れた。口笛を吹き、ケインを自分の近くに呼び寄せる。

　シェパードが駆け寄ってきたのを確認してから、タッカーは首を曲げて上空に目を向けた。すでにかなりの轟音（ごうおん）になっているため、方向がつかみにくい。その時、ハヴォックの黒っぽい機体が頭上の梢（こずえ）すれすれの地点に姿を現した。

　ローターの巻き起こす風が激しく吹きつけ、地上の粉雪を舞い上げる。頭上では枝が鞭のようにしなっている。

　見つかってしまったのだろうか？

　雪の上の足跡をたどられたのか？

空から敵に追われると、何にも増して不安をかき立てられる。遺伝子にすり込まれた本能は走って逃げるように告げているが、そんな行動を取ればあっと言う間にハヴォックの機関砲で体を真っ二つに引き裂かれてしまう。

そのため、タッカーはその場に隠れ続けた。

ヘリコプターは真上を通過し、かつての空軍基地の上空を旋回した。フェンスに沿って飛行しているようだ。タッカーはゆっくりと飛行するヘリコプターの機体から目を離さず、ローターの回転音が聞こえなくなるまでその場を動かなかった。

念のため、タッカーはもう十分間待機した。その時間を使って、フェリスから奪い取ったPSG-90を組み立て、狙撃銃に問題がないかの最終確認も行なう。ようやくタッカーは再び歩き始めた。ライフルの重みが安心感を与えてくれる。

三十メートルも進まないうちに、タッカーは空軍基地の角にたどり着いた。立ち止まって双眼鏡を取り出し、東側のフェンスを捜索する。

ディミトリーの言葉通り、倒木の下敷きになったフェンスの一部がつぶれてしまっていた。距離にしてここから約三百メートル――そのすぐ近くに小屋がある。

比較的安全なはずの小屋まですぐにでも駆け寄りたいところだが、タッカーはその衝動を抑えつけた。その代わりに、小屋の場所を記憶に刻みつけてから、雑木林の奥深くに分け入る。大きく迂回して、反対方向から小屋に接近しようと考えたのだ。木々の陰と雪の吹きだまりを利用しながら、時間をかけて進んでいく。

ようやく小屋が再び視界に入った。小さな建物で、幅は四メートルほど。屋根には苔が生えていて、壁は丸太でできている。明かりはついていないし、薪ストーブのにおいもしない。

タッカーは体を折り曲げてケインのカメラを立てた。シェパードの左耳に無線の受信機がしっかりと固定されていることも確認する。作業を終えると、タッカーは衛星電話で音声と映像を素早くチェックした。

GRUの部隊に追われている状況で、無謀なことはできない。

何が待ち構えているのかわからないまま、小屋に入るつもりもない。

タッカーは小屋を指差してから腕を一度回し、小声で指示を与えた。「静かに偵察」

ケインは相棒のそばからそっと離れる。小屋には真っ直ぐ向かわない。雑木林の中を迂回する。やわらかい雪を、あるいは露出した地面を踏みしめながら、音を立てずに移動する。木陰を選び、低い姿勢を保つ。枝からは松やにのにおいが濃厚に漂っている。その中から、鳥の糞の強いにおいを嗅ぎ分ける。雪の下で腐敗しかかったネズミの死骸が悪臭を放っている。強烈な臭気が呼びかけている。

ケインの耳があらゆる方向にかすかに動き、どんなに小さな音でも拾っていく。

重みを支え切れなくなった枝から地面に、雪が静かに落下する音……

一陣の風が吹くたびに、モミの針葉が鳴らす骨のような音……

雪の下を移動する小動物の音、あるいは頭上を横切る翼の音……

歩きながら、ケインは小屋を目視し、相棒の方を振り返る。相棒の居場所は常に確認する。小屋の反対側へと静かに進む。そこがいちばん影の濃い場所だからだ。手始めとしてここから近づくのが最善の方法だということを知っている。いちばん人目につきにくい場所だとわかっている。

左耳に指示の言葉が届く。厳しい口調だが、うれしい声でもある。

「待て」

ケインは手近な物陰に移動した。腐敗とかびのにおいがつんとくる倒木だ。脚を折り曲げて腹這いになり、筋肉を緊張させて力を込め、必要になればすぐに飛び出せる態勢を取る。低く下げた顎の先端が雪をかすめる。

視線は建物から決して離さない。深く息を吸い込み、それぞれのにおいを識別し、危険がないかを判断する。古いタバコ、人間と動物の尿、切った丸太の樹脂、屋根板に厚く生えた苔。

次の指示を待つ。相棒も自分と同じように小屋を凝視しているはずだ。ようやく指示が届く。

「建物に接近。近距離で偵察」

ケインは体を起こし、地面のにおいを嗅ぎながら小屋に近づく。両耳を立て、警告音を聞き漏らすまいとする。窓の下に到達すると、後ろ足でバランスを取りながら立ち上がる。薄汚れた窓から中をのぞき込み、じっと、じっくりと眺めながら、頭を左右に振って内部をくまなく探す。

暗い室内に動きはない——ケインは前足を地面に下ろす。

相棒が隠れている木々の間に視線を向ける。そのまま身動きせずに、じっと見つめる。危険がないことを示す合図だ。

意図が伝わる。

「建物から離れよ。再び静かに偵察」

窓から離れ、角を曲がる。建物の四方を調べ、別の窓から中をのぞき、閉まった扉のにおいを嗅ぐ。一周して元の地点に戻る。

「よくやった。戻ってこい」

ケインは指示に従わない。再び朽ちかけた丸太の陰で腹這いになる。胸の奥で低いうなり声が鳴る。自分の耳にかろうじて聞こえる程度の声。

警告の印。

ケインが腹這いの低い姿勢になると、タッカーの見ている映像がそれに合わせて動いた。ケインの鼻先は雪と地面がまだらになったあたりに向いている。無線を通して低いうなり声が聞こえてきた。シェパードの視線の先にあるのは、小屋の右手方向に当たる雑木林の奥深くだ。

タッカーは衛星電話の画面の映像を凝視した。カメラを通していても、ケインの視力にはとてもかなわない。タッカーは目を細くして画面を見つめ、何がケインの注意を引いたのか確認しようとした。十秒ほど見続けているうちに、動きがあることに気づく。距離は約五十メートル。

背中を丸めた人影が一つ、木々の間を抜け、小屋の方へと向かっている。

タッカーは心の中で悪態をつきながら、姿勢を低くした。狙撃銃を構え、安全装置を解除する。

侵入者も銃を携帯している――形状と長さからすると、アサルトライフルだろう。濃い影の部分を選びながら移動する人影は、頭の先からつま先まで、冬の森林地帯用の迷彩服を着ているため、周囲と見分けがつきにくい。きびきびとした動きから察するに、木々に囲まれた中での狩りに慣れている様子だ。人影が慎重に足を踏み出すたびに、タッカーの心の中の確信が強まっていく。あれは地元の猟師ではない。スペツナズの兵士だ。

ケインの鋭敏な認識力のおかげで助かった。

しかし、なぜ一人だけなのだろうか？

仲間がいるなら、ケインがとっくに察知しているはずだ。

いったいどういうことなのか。自分とケインがここにいることをスペツナズが知っているとすれば、大人数でやってくるに決まっている。あの男はたまたまここを訪れた斥候に違いない。

タッカーは空軍基地の周囲を旋回していたハヴォックを思い返した。おそらく敵の部隊長は、地上からも空軍基地の周辺を捜索するために、一人あるいは二人の兵士を送り出したのだろう。

タッカーは狙撃銃を肩の高さで構え、スコープをのぞき込んで敵の姿をうかがった。照準を合わせてから、喉にテープで留めた無線マイクにサブヴォーカライジングで語りかけ、相棒に新たな指示を送る。

「目標確認。静かに接近」

アフガニスタンで共に過ごした時、ケインに対して何度となく与えた指示だ。「敵にできる限り接近し、いつでも動けるようにせよ」

ケインは男に向かってゆっくりと進み始めた。

相棒が動き始めると、タッカーはライフルの銃床に頬を添え、スコープの中の姿に目を凝らした。目標までの距離は四十メートル。相手の動きにはまったく無駄がない。立ち止まる時は必ず木の陰に身を隠している。このまま真っ直ぐに進めば、ちょうどケインと鉢合わせすることになる。

あと三十メートル。

相手の体の向きを考えると、頭を撃ち抜こうとしても失敗する可能性がある。そう判断したタッカーは、狙撃銃のクロスヘアをずらし、男の左乳首の下数センチに狙いを定めた。

兵士は木の陰に入り、立ち止まった。ますます慎重な動きになっている。二秒が経過した。

男は再び木の陰から姿を現した。小屋までの距離をさらに詰めようとしている。

タッカーにとってはここが絶好の機会だ。引き金にかかる指をほんのわずかに引き、息を吸い込み、息を吐く——タッカーは発砲した。

最後の瞬間に男の腕が前に動いた。銃弾は男の肘を貫通し、関節と軟骨を粉砕したが、致命傷を与えることはできなかった。

男は反時計回りに体を回転させ、トウヒの幹の陰に姿を隠した。

タッカーは相棒の動きをいちいち確認しなかった。狙撃銃をその場に残して突進し、走りながらP22を抜く。

「倒せ！」タッカーはケインに呼びかけた。

左前方でケインの体が宙を舞い、トウヒの幹の向こう側に消えた。悲鳴に続いて自動小銃の銃声がとどろき、針葉が飛び散る。

タッカーはトウヒの木に駆け寄り、枝をつかんでブレーキをかけながら体を反転させ、拳銃を構えた。仰向けに倒れた兵士がもがいている。その体にまたがったケインは、男の右手首をしっかりとくわえていた。アサルトライフルは体の近くに落ちていたが、兵士の左手にはマカロフが握られている。

タッカーの目に映る光景は、あたかもスローモーションの映像のごとく、ゆっくり動いているように見えた。男は銃を握った手を動かしながら、ケインに狙いを定めようと必死だ。その時、マカロフの銃口が火を噴いた。オレンジ色の炎がケインの体を照らしたが、銃弾は外れた。焦りと痛みのせいで、兵士は引き金を早く引きすぎたのだ。

だが、もう一度引き金を引かせるわけにはいかない。

タッカーは横に移動し、狙いを定め、発砲した。銃弾が兵士の右のこめかみにきれいな穴を開ける。男の体から力が抜けた。

「離せ」タッカーはかすれた声で指示した。

ケインは指示に従い、数歩後ずさりした。

タッカーは雪に半ば埋もれたマカロフを踏みつけた。男の脈を調べるまでもない。どう見ても死んでいる。タッカーは別の問題に頭を切り替えた。銃声は木々の間に響き渡ったはずだ。だが、どこまで届いただろうか？　誰かが耳にしただろうか？

念のため、ケインに怪我がないかを調べる。無傷だと確認すると、タッカーはシェパードの首筋を軽くなでてやってから、男がやってきた方角を指差した。

「静かに偵察」

増援がこちらに向かっているかどうか、確かめなければならない。

ケインが歩き去ると、タッカーはマカロフをポケットにしまった。さらに男の迷彩服を剝ぎ取り、バックパックの中に突っ込む。時間に追われているものの、タッカーは一分ほどかけて手で雪をすくい、男の死体を隠した。近くから見ればすぐにわかってしまうが、少しでも時間稼ぎになってくれれば助かる。

タッカーは自分のライフルを回収し、雑木林の奥深くに分け入った。数本の木が折り重なるように倒れている地点がある。必要が生じた場合、ここは狙撃用の格好な場所になるだろう。

ケインのカメラからの映像を確認する。だが、周囲には特に異常はなさそうだ。とりあえずのところはこれで十分だと判断し、タッカーは無線で相棒に呼びかけた。

「戻ってこい」

三十秒後、ケインははあはあと息をしながらタッカーの隣でうずくまった。

「よくやったぞ」

ケインの舌がタッカーの頬をなめた。

つかの間の静けさを利用して、タッカーは迷彩服を着込んだ。

「さて、待つとするか」

午後四時三十九分

そのまましばらく時間が経過した後、枝の折れる音がタッカーの警戒心を高めた。何者かが八時の方角から近づいている。聞き耳を立てているうちに、足音も次第に大きくなる。慎重に近づこうとする兵士の足音とは明らかに異なる。

〈スペツナズではない〉

次の瞬間、雑木林の中を歩くディミトリーの姿が見えた。

それでも、タッカーは隠れたまま待機した。疑いの念が頭をよぎる。

ディミトリーが三メートルの距離にまで近づき、ほかには誰もいないらしいと判明してから、タッカーは声をかけた。

「止まれ！」

ディミトリーが体をびくりと震わせた。心の底から驚いた様子だ。主教は両腕を高く上げた。手のひらには何も持っていない。「君なんだろう？　我が友よ」

タッカーはそれでも隠れたままだ。「ずいぶんと騒々しい歩き方だ」

「わざとだよ」ディミトリーはこわばった笑みを浮かべて答えた。「撃たれたくはないからな。わかるだろう？　銃声が聞こえたし」

「客が来たものでね」タッカーは少し気を緩めながら認めた。「スペツナズだ」

「そいつは――？」

「死んだ。ディミトリー、あんたが俺たちのことを知らせたのか？」

「いいや（ニェット）。しかし、その心配も無理はないな。誓って言うが、君のことは誰にも話しておらん」

「フォードルは？」

ディミトリーはかぶりを振った。「確かに彼は問題を抱えた男だが、私や客を裏切ったことは一度もない。それに君だって誰かを信用しないことには、ここから抜け出すことなどできないのではないかね？」

タッカーはディミトリーの話を信じた。それに彼の言う通りだ。ケインもしっぽを振りながら、ディミトリーのもとに向かいたがっている。タッカーはようやく身を隠していた場所から立ち上がった。

近づいてきたディミトリーは、タッカーが着ている冬用の迷彩服をじろじろ見ている。「新しい服だね」

「服が不要になった人からもらったんですよ」タッカーは空軍基地の方を指差した。「フォードルは飛ぶ準備ができていますかね？　どうやらこのあたりの緊張がいくらか高まってきたみたいなんで」

「できていると思う。さっき連絡を入れた時は、ちょうど飛行機のプロペラ部分の修理を終えたところだったらしい。微調整、とか言っていたな」

タッカーは金槌でプロペラをがんがんと叩くフォードルの姿を思い出し、笑みを浮かべた。

「見ていましたよ」

二人は並んで小屋の脇を通り過ぎ、かつての空軍基地の敷地内を横切った。ディミトリーの案内で外からは見られにくい曲がりくねった道を進みながら、格納庫に近づいていく。

「君が無事でほっとしたよ」ディミトリーは言った。「教会でトンネルの中に君を置き去りにした時は――」

「あのトンネルは何のためのものなんですか?」タッカーはディミトリーの言葉を遮った。トンネルを補強していた板が真新しかったことを思い出す。

「ある朝、たまたま発見したのだよ。床下から隙間風が吹いてくるから、不思議に思って床板を外した時にね」

「その後もあなたがトンネルを修繕していたわけなんですか?」タッカーは訊ねた。

タッカーの声には疑いの念が強く出ていたに違いない。

ディミトリーは笑みを浮かべた。「私とフョードルの二人でね。フョードルが密かに物資を運び込んでいるという話は、すでにしたかと思うが」

タッカーは町の主教を驚きの目で見つめた。そう言えば、バーでは誰もがディミトリーに対して敬意を払っていた。あれは宗教的な尊敬の念だけでは説明できないような態度だった。

「まあ、フョードルを手伝う人間もいるということだ」ディミトリーは認めた。「信仰心だけで信者をつなぎ止めておくことはできない。しかし、一つ言っておくが、我々は危険物の持ち込みに手を染めているわけではない。ほとんどは薬や食料だ。特に冬の間だな。病気になる子供たちも多い。わかるだろう?」

ますね」

タッカーはそのような仕事の問題点を指摘することができなかった。「いい行ないをしてい

ディミトリーは両手を前に広げた。「ここのような土地では、隣人のためにできることをみんなが行なう。そうやって我々は生き延びてきた。そうやって我々は共に暮らしてきた」続いて前方を指差す。「あそこがフョードルの格納庫だ。私が先に行って様子を見てくる。危険がないことを確認しないとな。そうだろう？」

タッカーはケインを従えたまま立ち止まり、格納庫へと向かうディミトリーの姿を目で追った。二分後、戻ってきたディミトリーは、タッカーとケインに向かって手招きをした。

「問題はない」

ディミトリーの案内で、タッカーとケインは主格納庫の扉をくぐった。一本のクリーグ灯が照らす狭い格納庫内には、一機の単発プロペラ機がある。タッカーは機種を確認できなかったが、空軍基地内のあらゆるものと同じように、この飛行機もいろいろな部品の寄せ集めでできているように思える。少なくとも、プロペラはしっかりしているようだ。

フョードルは床の上に置かれた赤い工具箱の横にひざまずいていた。

彼のもとに向かおうとした矢先、ケインが低いうなり声を発した。シェパードはまだ格納庫の扉の脇にいて、外をじっと見つめている。

タッカーは外から姿を見られないように注意しながら、ケインのそばに駆け寄った。首輪を

つかんでケインを奥に引っ張る。基地のメインゲートの間を二灯のヘッドライトの光が通り抜け、方向転換し、自分たちがいる格納庫の方に近づいてくる。あれは明らかに軍用車両だ。

タッカーは拳銃を抜き、フョードルに歩み寄った。銃を構え、銃口を男の額に向ける。「客が来た。この先何が起こるかわからないが、いちばん最初に死ぬことになるのはおまえだ」

フョードルは目を丸くし、ロシア語で何事かをまくし立ててから、英語に切り替えた。「誰にも言ってない！　誰にも！」フョードルは立ち上がった。ゆっくりと左右の手のひらをタッカーの方に差し出す。「さあ、こっちだ。ついてきてくれ。隠れ場所、教える」

ディーゼルエンジンの音が次第に大きくなる中、タッカーは選択肢を秤にかけた。ディミトリーから聞いたばかりの言葉が脳裏によみがえる。〈誰かを信用しないことには、ここから抜け出すことなどできないのではないかね？〉

その教えに従うほかないと判断し、タッカーは拳銃をポケットにしまった。「教えてくれ」

フョードルは格納庫の奥へと急いだ。その後を全員が追う。

大柄のロシア人はタッカーたちを巨大なオレンジ色の貯蔵タンクに案内した。空気の抜けたタイヤの上に置かれたタンクの表面には、縞模様になった錆が付着している。これは飛行機の燃料タンクにガソリンを入れるために使用されていた古い給油タンクだろう。

フョードルはタンクの片側に設置されている梯子を指差した。「これを登って！　上のハッチから中に！」

今さら引き返すことはできない。タッカーは梯子に足をかけてからしゃがんだ。ケインの方を向き、自分の肩を叩く。「乗れ！」

一歩下がってからジャンプしたケインは、タッカーの肩に飛び乗った。負傷者を背中に担いだ消防士のような体勢のまま、タッカーは梯子を上り、タンクのてっぺんを這ってハッチまで移動した。

フォードルは注意の言葉を残して格納庫の扉に向かった。「静かに。終わったら戻ってくる」

タッカーは急いでハッチをひねって引き開け、頭を中に突っ込んだ。液体は残っていないようだ。

〈腰までガソリンにつかる必要はなさそうだな〉

タッカーが下を指差すと、ケインはハッチから中に飛び下り、静かにタンクの底に着地した。タッカーも後に続いたが、ケインのように軽やかにとはいかない。ハッチを閉めるのに手こずったせいもある。空っぽのタンクの底と靴がぶつかり、金属音が響き渡る。タッカーは思わず体をすくめ、動きを止めた。だが、接近する軍用車両のエンジン音がタンク内の音を隠してくれた。

真っ暗闇の中で、タッカーは拳銃を抜いた。微量に残るガソリンのせいで、鼻と目がひりひりと痛む。その一方で、タッカーの鼻はバナナのにおいも嗅ぎ取っていた。なぜバナナのにおいが？　姿勢を変えようとしたタッカーの足が何かにぶつかる。木に当たったような感触だ。

〈いったい何が……?〉

タッカーは小型のペンライトを取り出してスイッチを入れた。細い光線で内部を照らすうちに、給油タンクの奥半分に段ボール箱や木の箱が積み上げてあることに気づいた。キリル文字の記された箱のほか、様々な言語の文字が書かれた箱もある。ある箱には大きな赤い十字が記されている。医薬品だ。その上にはバナナが何房も置かれていた。

ここはフョードルとディミトリーが物資を密かに運び込むための拠点だったのだ。どうやら自分も荷物と同じ扱いを受けているということらしい。

外から聞こえるこもったロシア語から判断するに、相手は格納庫内を歩き回っているようだ――その声が次第に近づいてくる。タッカーはペンライトのスイッチを切り、両手で拳銃を握り締めた。どうやら口論になっているらしい。フョードルの口調は、激しい交渉の真っ最中であるかのように、熱を帯びている。やがて声が遠ざかり始め、ほとんど聞き取れなくなった。

十分が経過した後、エンジンがかかって低い音を立て始めた。濡れた滑走路上を走るタイヤの音が、急速に小さくなっていく。数秒後、梯子を上る靴音が聞こえたかと思うと、ハッチが開いた。

タッカーは拳銃を上に向けた。

フョードルがタッカーをたしなめた。「撃つな。もう安全だ」

タッカーは呼びかけた。「ディミトリー?」

「連中は全員帰ったよ、我が友よ！」

フョードルはうめき声をあげた。「言っただろ。安全だよ」

タッカーは体を引き上げ、ハッチから頭を突き出して周囲を見回した。格納庫内に危険がないことを確認してから、再び中に戻り、ケインを抱え上げ、タンクの外に出る。

「値段が上がった」フョードルが宣言した。

ディミトリーが説明した。「連中は君のことを探していた。だが、ここでの我々の仕事について嗅ぎつけていたらしい。不思議なことではない。シベリアの村ならばどこでも、このような闇の流通ルートを持っている。どうしても噂が漏れるものだ。兵士たちがここにやってきた第一の目的は、穏やかな言葉を使うとすれば、税金を徴収するためだったのだよ」

タッカーは理解した。移動の多い兵士たちが新しい町で恐喝まがいのことをするという話は珍しくない。

「最高級品のウォッカ一箱、持っていかれた」フョードルは胸を拳で押さえながら言った。かなり心を痛めている様子だ。

「これから郵便の配達に出発するところだと伝えておいた」ディミトリーは説明を続けた。「税金を徴収した後だから、問題なく離陸させてくれるだろう。兵士たちも郵便配達の必要性は理解しておる。そうでないと、ここのウォッカの在庫がなくなってしまうからな」

タッカーは理解した。「『雪にも負けず、雨にも負けず、夜の闇にも負けず……』」

フョードルが不思議そうな表情を浮かべてタッカーの顔を見た。「今の、詩か？　あんたが書いたのか？」

「忘れてくれ。追加分はいくら払えばいいんだ？」

フョードルはじっくり考えてから答えた。「二千ルーブル。払ってくれる、そうだろ（ダー）？」

「払うよ」

フョードルは両手をパチンと合わせた。「うれしいね！　さあ、出発の時間だ。まず、犬が飛行機に乗る。それから、あんたが飛行機を押す。俺が操縦する。ほら、早く、早く！」

タッカーは急いで指示に従った。

ファーストクラスの旅は期待できそうにないが、それくらいは我慢しなければならない。

第二部　ハンターと殺し屋

12

三月十一日午前十一時十五分
ロシア　ノヴォシビルスク

「それで、ディミトリーとフョードルの二人はどこまで信用できるの?」ルース・ハーパーが訊ねた。

タッカーがいるのは屋外魚市場の近くの公衆電話だ。チョウザメ、パーチ、キュウリウオの鼻をつくにおいが、冷たい空気中に漂っている。これまでの経緯を十分間に要約してハーパーに説明し終わったところだ。彼女の声の南部訛りを聞いてうれしさを覚える自分に、タッカーは驚いていた。

〈テネシーでないとしたら、たぶん——〉

「その二人のロシア人を信用しているわけ?」ハーパーは重ねて訊ねた。

「二人のうちのどちらかが俺を裏切っていたとしたら、この電話をかけることはできなかった。それに雪の積もったノヴォシビルスクの街中を二時間ほど歩き回ったが、怪しい人間はいない。

しかも、ペルミまではまだあと千九百キロある。俺を尾行する人間がいたとしても、そいつをまく時間は十分にある」

「それでも、落ち合う時間が迫っているわ」

「ブコロフは安全だ。もし連中が――何者なのかはわからないが、そいつらがブコロフの居場所を知っているなら、俺を尾行したりはしない。それで思い出したが、情報の漏洩源に関して何か判明したことは？」

「今のところはないわ。でも、今のあなたの話からすると――GRUとスペッツナズが関与しているとすれば、敵はロシア政府または軍部に強力なコネがあることになる。国防省が怪しいとにらんでいるところ。あるいは、政府の閣僚レベルの人間かも」

「両方が怪しいとにらんだ方がいいかもな」

「あまり考えたくない可能性ね。そっちで助けは必要？」

タッカーはその提案にしばし考えを巡らせた。「今のところは不要だ。すでに大勢の人間が関わっている。これ以上増えたら混乱するだけだ」

それに、タッカーは単独行動を好む――いや、厳密には単独ではない。

タッカーは膝元に座るケインを軽くなでた。

「もし気が変わったら、君に知らせるよ、ハーパー」

「お願いね。実を言うと、現時点ではそちらに派遣できる人がいないの」

「国内での任務で手いっぱいなのか?」

「いつものこと。この世界は危険に満ちているから。少なくとも、後方支援ならばシグマはいつでも提供できるわ。何か希望の品はある?」

答えはイエスだった。必要な物資を伝えてから、タッカーは電話を切った。要求したものはすべて、ペルミのアジトに用意されることになったので、そこに到着すれば手に入る。

残る問題は、どうやってペルミまでたどり着くかだ。

ハーパーによれば、用意した書類には問題がなく、ロシアの入国管理局や税関の要注意人物リストにもタッカーの名前は載っていないという。つまり、飛行機で安全に移動できるという意味だ。念には念を入れて、シグマの情報チームはもう一段階の対応策を取っており、偽の航空券、偽のホテルの部屋、偽のレンタカーを、それぞれ複数予約済みだ。タッカーはどこにでもいるようで、実はどこにも存在しないことになる。

それでも、政府関係の機関一般に対する警戒心によるものか、あるいは単に戦略上の理由によるものか、タッカーはハーパーとの電話を切ってから地元のレンタカー会社に自ら連絡を入れ、SUVをオムスクまで乗り捨てで予約した。オムスクはノヴォシビルスクから西に約六百五十キロの地点にある都市だ。タッカーにはシグマを信用しない理由などなかったが、自分の置かれた状況は正しく認識しておかないといけない。ここにいるのは自分とケインだけだ。応援が来ることは期待できない。

依頼された任務は、アブラム・ブコロフを安全にロシアから出国させ、アメリカに連れていくこと。そのやり方に関しては一任されている。

しかも、その方が自分としてもやりやすい。

リードにつないだケインとともに、タッカーはレンタカーの営業所まで一・五キロほど歩き、レンジローバーをピックアップした。年式の不確かな車だったが、エンジンは問題なくかかったし、暖房もちゃんと利いた。

タッカーはレンジローバーに乗って昼過ぎにノヴォシビルスクを発ち、幹線道路を西に走ってオムスクに向かった。三時間後、幹線道路を離れて十キロほど北に向かい、本当の目的地サマーラに到着した。

自分なりの対応策を取っておくに越したことはない。

標識の絵をたどりながら、タッカーはサマーラの空港の駐車場に車を停めた。地図と片言のロシア語を使い、そこからペルミまでの航空券を予約する。

ノヴォシビルスクを発ってから十六時間後、タッカーの乗った飛行機はペルミのボリショエ・サヴィノ空港に着陸した。手荷物受取所でケインが飛行機の貨物室から出てくるのを待ち、それからさらに一時間をかけて自分とケインの手続きをすませた。

空港を出て数分後、タッカーとケインは別のレンタカー――ボルボに乗り、市の中心部に向かっていた。

タッカーは車内からシグマに連絡を入れ、最新の状況を伝えた。

「入国管理局も税関も、今のところ特に動きはないわ」ハーパーも情報を知らせた。「連中が今もあなたのことを必死で追っているとしたら、ほかのやり方を使っていると見た方がよさそうね」

〈あるいは、ブコロフと接触するまで俺を泳がせてから、仕掛けた罠を作動させようとしているのか〉

「アジトに向かっているところだが、そこには人がいるのか？」タッカーは訊ねた。要求した物資はできるだけ早く確保した方がいい。

「いないわ。アパートの部屋よ。私が教えた番号に電話をかけ、呼び出し音を三回鳴らしたら切る。それからもう一度電話をかけ、今度は二回鳴らして切り、十分間待つ。そうしたら扉のロックが解除されるわ。中にいられるのは五分間だけ」

「おいおい、冗談だろう？」

「簡単なのがいちばんよ、タッカー。襟の折り返しに花を挿して公園のベンチに座っている靴紐がほどけた人を探すよりも、この方がずっと簡単だわ」

確かにその通りだ。兵士がいつも心がけているのはＫＩＳＳ——Keep It Simple, Stupid（簡単にしろ、馬鹿者）の頭文字だ。

「なるほどな」そう答えつつ、タッカーは別の気になる案件を口にした。「サウスカロライナだな、そうだろう？」

「何の話？」

「君の訛りだよ」

　答えの代わりに大きなため息が聞こえた。

〈外れか〉

「タッカー、今夜の初顔合わせの詳細についてもアジトの中にあるから」

「それで、接触相手は？」

「名前と見た目の特徴も、アジトの中のファイルに含まれている。相手のことはすぐにわかるはずよ」

「終わったら連絡する」

「危険に巻き込まれないようにしてね」ハーパーが言った。

「それは俺たちに対してか、それともケインだけに対してか？」

「ケインの代わりを見つける方が大変そうだわ」

　タッカーは相棒に視線を向けた。「それには反論できないな」そう返すと、タッカーは電話を切った。

　ここからが本番だ――人目につくことなく、アブラム・ブコロフの身柄を確保しなければならない。

13

三月十二日午前八時五十五分
ロシア　ペルミ

アジトへの訪問は、ありがたいことに拍子抜けするほど簡単に終わった。タッカーは四通の新しいパスポート——二通は自分用、もう二通はブコロフ用——のほか、現金、二枚のクレジットカード、二台目の衛星電話、シグマの接触相手と落ち合う場所の情報を入手した。その接触相手が、タッカーをブコロフのもとへ案内してくれる手筈になっている。

この謎の接触相手が情報漏洩の張本人ではないかと、タッカーは強く疑っていた。そのせいで危うく殺されかけたのだ。その男に関するファイルは隣の座席の上にある。ファイルは後でじっくり読み込むつもりだ。

次に、タッカーはアジトに置かれていたリストに名前のある地元の納入業者を回った。最初に訪れたパン屋の地下は、武器貯蔵庫を兼ねていた。パン屋の主人は一言も質問を発することなく、床から天井まで全面に設置されたハンガーボードからタッカーが武器を選ぶ間、じっと待っていた。品物が決まると、主人は紙切れに値段を記し、タッカーに手渡しながら、重々しい口調で「値切るのはなしだ」と告げた。

次の業者は駐車場のオーナーで、パン屋の主人と同じように寡黙（かもく）で効率的だった。ハーパーを通じて、タッカーは黒のマルシャF2SUVを予約していた。このロシア製の車は、正面からの見た目こそお世辞にも美しいとは言えないが、車の中の野獣とでも形容するべき存在で、緊急車両や機動指揮センター用に改造されることも多い。

支払いをすませた後、タッカーはオーナーに対して、車を用意しておいてほしい場所と時間を伝えた。

ここまで終えた時点で、接触相手と会うまでまだ六時間あったため、タッカーは落ち合う予定の場所に向かった。カマ川の北のレニンスキー地区だ。近くに到着すると、タッカーはボルボを停め、車から降りて歩き始めた。場所や経路の下見をしながら、リラックスして景色を楽しむこともできた。

雪を頂いたウラル山脈の麓に広がり、カマ川の両岸に発達したペルミは、百万人の人口を抱える都市だ。市内にはソヴィエト時代のくすんだ建築物が見られる一方で、歴史あるレニンスキー地区の街並みはヨーロッパ風の趣（おもむき）を残している。木々の連なる通りと外からの視線が気にならない広い庭から成る住みやすそうな界隈（かいわい）で、ところどころに小さなカフェ、肉屋、パン屋などの店舗もある。何よりも気持ちがいいのは、ここしばらくお目にかかることのなかった太陽が、雲一つない青空に輝いていることだ。

のんびりと歩くタッカーには、誰一人として注意を向けていないように思える。男性が犬を散歩させているとしか映っていないのだろう。犬を連れて歩いているのはタッカーだけではなかった。ペルミ市民の多くが今日の好天を満喫している。ケインは歩道をすれ違った二頭のダックスフントに強く興味をひかれたらしい。三頭の犬はにおいを嗅いだりしっぽを振ったりしながら、互いに挨拶を交わしている。タッカーは嫌な顔をせずに待った。二頭の犬のリードを握っていたのが、豊かな胸をした若い女性で、しかも体の線もあらわなセーターを着ていたからだ。

いろいろな意味で、まぶしい一日だと言える。

しかし、カマ川に架かる長さ一キロ半の橋を渡り終えると、まったくの別世界が広がっていた。川の向こう岸にあるのは著しくさびれた街並みで、外を歩く人の姿もまばらだ。一帯は森に囲まれていて、未舗装の道が多く、舗装されている道路も深い窪みが目立つ。たまにすれ違う住民たちは、タッカーとケインに対してまるで侵略してきた宇宙人を見るかのような視線を向けてくる。

幸いにも、謎の接触相手と落ち合う場所は、川から五百メートルも距離がなかった。タッカーは離れた地点から観察しながら、周囲の地形を頭に入れた。待ち合わせ場所は屋根の付いたバス停で、その向かいには景気の悪そうな店が並んでいる――雑貨屋、ストリップ劇場、売春宿。

下見を終えると、タッカーは足取りも軽く再び橋を渡った。

タッカーとケインはボルボに戻り、これといった特徴のないホテルを近くで見つけてチェックインすると、時間まで仮眠を取ることにした。ブコロフと出会ったら最後、のんびり睡眠を取れるのは国境を越えてからになるかもしれない。

無事に国境を越えられれば、の話だが。

結局、タッカーはぐっすり眠ることができなかった。

午後八時十二分

日没後、タッカーは再び市内のさびれた地区――さびれた向こう岸に移動し、小学校の駐車場に車を停めた。校舎の窓には板が張り付けられている。錆びて朽ちかけた遊具で遊んだりしたら、一発で破傷風にかかってしまいそうだ。

この場所を選んだのは、接触相手と落ち合う予定のバス停から百メートルもない距離にあるからだ。タッカーはエンジンを切り、ライトを消し、暗闇の中で座ったまま五分間待った。ほかに車の姿はないし、歩いている人影も見えない。やはり誰にも尾行されていないように思える。そのことがかえってタッカーの不安を募らせた。

たいていの場合、人が殺されるのはその相手の存在に気づかなかった時だ。

タッカーはケインの方を向き、手のひらを下に向けて合図を送った。「待て」

ケインを車に残すことが賢明な判断なのかどうか、タッカーは迷ったが、謎の男との接触がおかしな風向きになった場合、脱出のための車は確保しておかなければならない。この近隣の状況を考えると、ボルボの車内にケインを残しておく方が盗難警報装置よりも効果がありそうだ。

タッカーがこのような板挟みに陥ることは珍しくない。アベルの死がまだ記憶に生々しい中、タッカーはケインを危険に近づけてはいけないという思いに襲われる。けれども、ケインはタッカーのことを愛しているし、一緒に仕事をするのが好きだ。長時間、離れ離れになることを嫌がる。

タッカーとケインは一心同体なのだ。

今もケインはタッカーの指示に不満げな表情を浮かべ、不思議そうに小首をかしげながら眉間にしわを寄せている。

「わかっているよ」タッカーは答えた。「とにかく、留守を頼むぞ」

タッカーは装備を確認した。ベルトにはスミス&ウェッソンの44口径スナブノーズ、コートのポケットにはハンマーレスのマグナムリボルバー、ふくらはぎのホルスターには同じくハンマーレスのマグナムの38口径モデル。さらに左右のポケットにはクイックローダーが一つずつ。これが今できる精いっぱいの完全武装だ。

確認を終えると、タッカーは車を降り、扉をロックし、歩き始めた。

胸までの高さがあるフェンスを乗り越え、学校の校庭を横切って北側に向かう。葉が落ちて枝だけになったシベリアカラマツの木々に沿って進みながら、ごみの山ばかりが目立つがらんとした駐車場を迂回する。

校庭を横切ると、五十メートルほど前方にバス停がある。落書きだらけのベンチの上に、申し訳程度の屋根がかかっているだけだ。

通りを挟んだ向かい側では、ストリップ劇場のネオンサイン――裸の女性のシルエットの下で、四人のごろつきがたむろしていた。笑い声をあげてはタバコを吸い、ビールの瓶を口に運んでいる。四人ともスキンヘッドで、ジーンズの裾はつま先に金具の付いた黒いブーツに入れてある。

四人の視界に入らないように注意しながら、タッカーは腕時計を確認した。約束の時間までまだ二十分ある。

あとは待つだけだ。

タッカーはホテルの部屋で接触相手に関するファイルに目を通していた。名前はスタニミール・ウトキン。ブコロフのかつての教え子で、現在は研究所の主任助手を務めている。タッカーは相手の顔を記憶したが、それほど難しい作業ではなかった。身長が二メートル近くあるくせに、体重は七十キロもない。しかも、髪は燃えるような色の赤毛だ。たとえ人ごみの中にいたとしても、歩く案山子(かかし)のような男は嫌でも目につくだろう。

約束の時間ちょうどになると、バス停の前にタクシーが停まった。

扉が開き、スタニミール・ウトキンが姿を現した。

「おいおい」タッカーは思わずつぶやいた。「勘弁してくれよ」

ウトキンは落ち合う場所の目の前にタクシーで乗りつけた——これは警戒心が完全に欠如している証拠だ。それればかりか、高級な背広と思しき服装で現れたときている。街灯に照らされた赤毛は、煌々(こうこう)と光を発しているかのようだ。

タクシーはすぐにその場から走り去った。

どうやら運転手の方が賢いと見える。

餌のにおいを嗅ぎつけたサメのように、通りの向かい側にいた四人のごろつきが、すぐさまウトキンの存在に気づいた。指差しながら笑っているが、タッカーはその状態がいつまでも続かないだろうと察した。ウトキンのような格好のカモを連中が見逃すはずはない。金を奪うか、ぶん殴るか——おそらく、その両方だろう。

タッカーはコートのポケットに両手を突っ込み、片方の手でマグナムを握り締めた。大きく深呼吸をすると、校庭から駐車場に出て、急ぎ足で横切り、男たちに見られないようにベンチの裏側へと向かう。三十秒後、タッカーがバス停に到着した頃には、ウトキンはヘビの存在に気づいたネズミのように、落ち着きなく左右に目を向け始めていた。

ごろつきの一人が通りの向こうからビール瓶を投げた。瓶がウトキンのつま先近くの歩道に落ち、粉々に割れる。

ひょろっとしたウトキンがバランスを崩し、バス停のベンチに座り込んだ。

〈何てこった……〉

タッカーはバス停の三メートル後方の物陰で立ち止まり、ウトキンだけに聞こえるような低い声で呼びかけた。ファイルの情報によれば、この男性は英語に堪能だということだ。

「ウトキン、振り返るな。君と会うためにここへ来た」

向こう側からもう一本、ビール瓶が投げられ、道路に落ちて割れた。下卑(げび)た笑い声が響く。

「俺の名前はタッカーだ。落ち着いて聞いてくれ。考えなくていい。後ろを向いて、俺の方に歩いてこい。そのまま歩き続けるんだ。今すぐ」

ウトキンは立ち上がり、バス停の屋根の下から外に出ると、人気(ひとけ)のない駐車場の方角に歩き始めた。

ごろつきの一人が声をあげると同時に、四人が通りを横切り始めた。盗み目当てというより、暇を持て余しているだけなのかもしれない。

ウトキンがタッカーのいる位置までやってきた。タッカーはタイヤとごみの陰に隠れている。

タッカーは手を振って促した。「そのまま行け。後で追いつくから」

ウトキンは何度も肩越しに振り返りながら、指示に従った。

ごろつきどもが通りを横切り、駐車場内に入ってきた。

タッカーは立ち上がり、ポケットからマグナムを抜いた。三歩動いて街灯の光の下に出ると、四人の前に姿を見せる。タッカーは銃を構え、先頭の男の胸元に銃口を向けた。

ごろつきどもの動きがぴたりと止まる。

タッカーは練習中のロシア語のフレーズを口にした。「消えな、さもないと殺すぞ」構えたマグナムが鈍い輝きを発する。ロシア語の会話力はまだまだかもしれないが、全世界共通の意思表示の方法なら知っている。

それでも、リーダー格の男はタッカーの言葉がはったりかどうかを試そうとした。だが、それも二人の視線が交わるまでの話だった。タッカーの目から何かを読み取り、男は気が変わったようだ。

リーダーの合図とともに、ごろつきどもは引き返すという正しい判断を下した。

タッカーは立ち去る男たちに背を向け、小走りにウトキンの後を追った。ウトキンは小学校の校庭との境を成すフェンスの手前で立ち止まっていた。体を折り曲げ、両手を膝に当てている。過呼吸の症状だろう。

タッカーは足を緩めなかった。ごろつきどもが仲間を集め、ついでに武器も集め、戻ってこないとも限らない。タッカーはウトキンの腕をつかんで引っ張り上げ、すぐ近くにあるフェンスのゲートに向かって体を押した。

「歩け」

大人しく指示に従ったウトキンとともに、タッカーは急いで車まで戻った。助手席側の扉を開け、乗るようにウトキンを促す。ところが、痩せた若者は後部座席のケインに気づいて尻込みした。ケインは前の座席に身を乗り出し、見知らぬ人間のにおいを嗅ごうとしている。

タッカーはウトキンの頭を手のひらで押さえ、車の中に押し込んだ。まだパニック状態の治まらないウトキンは、助手席で両膝を抱えて丸くなった。体を横にひねった姿勢のまま、ケインから決して視線をそらそうとしない。

友好的な初顔合わせにはほど遠いが、原因を作ったのはウトキンの方だ。

タッカーはエンジンをかけ、車を走らせた。

橋を渡り、より穏やかな地域に戻ってから、タッカーはようやく一息つくことができた。スケートリンクの隣に十分な照明のある駐車場を見つけ、そこに車を停める。

「この犬は嚙みついたりしないよ」タッカーはウトキンに伝えた。

「犬の気持ちがわかるの？」

タッカーはため息をつき、ウトキンの顔を正面から見据えた。「何を考えているんだよ？」

「何のことだい？」

「タクシー、背広、怪しげな待ち合わせ場所……」

「どれがいけなかったのかな?」

「全部だよ」タッカーは答えた。

けれども、タッカーの側に責任がなかったとも言い切れない。事前に渡されていたファイルから、ウトキンが単なる研究員だということはわかっていた。落ち合う場所が危険だということも認識していた。場所の変更を要求するべきだったのだ。

ウトキンはどうにか冷静さを取り戻し、この状況の中でほぼ申し分のない答えを返した。

「君には命を助けてもらった。ありがとう。とても怖かったんだ」

タッカーは肩をすくめた。「怖がることは何も間違っていない。ただの馬鹿じゃなくて、状況判断ができるという意味だからな。とにかく、これ以上の厄介ごとに巻き込まれる前に、ブコロフのところに行くぞ。おまえのボスはどこにいるんだ?」

ウトキンは腕時計に視線を落とした。「まだオペラ劇場だと思う」

「オペラ?」

ウトキンが顔を上げた。密かに国を脱出しようとしている人間が、しかもロシア軍の精鋭部隊に追われている人間が、そのような公の場に出かけることに対して、まったく違和感を覚えていないようだ。

タッカーは首を左右に振った。「どうやらただの馬鹿なのは……」

それから数分間かけて、タッカーはウトキンから話を聞き出した。二度と故国の土を踏めなくなるだろうと覚悟したアブラム・ブコロフは、自分が何にも増して好きなもの――オペラを、思う存分楽しむことにしたらしい。

「アブラムの好きな演目をやっているんだ」ウトキンは説明した。「『ファウスト』だよ。あれはとても素敵な――」

「ああ、そうだろうな。彼は携帯電話を持っているのか？」

「うん。でも、電源を切っているはずだよ」

タッカーはため息をついた。「オペラ劇場の場所は？　あと、終演予定時間は？」

「約一時間後。場所はチャイコフスキー劇場。ここから一キロちょっとのところにある」

〈まったく……頼むから勘弁してくれ〉

タッカーはボルボのギアを入れた。「案内しろ」

午後十時四分

オペラの幕が下りる十分前、タッカーはチャイコフスキー劇場から数ブロック離れた場所に駐車スペースを見つけた。亡命の前祝いのつもりなのか、タキシードを着込んで大勢の人が集まる場所に姿を見せるようなブコロフの神経に、タッカーは腹を立てていたが、今さら怒ったところで仕方がない。それでも、この暴挙からタッカーはあることを学んだ。ブコロフは精神が不安定なのか、ただの馬鹿なのか、それとも怖いもの知らずなのか――いずれの場合も、この先の旅路に明るい兆しが見えてくるとは思えない。

タッカーはケインを車に残し、ウトキンとともに通りを歩いた。まばゆい照明が光るオペラ劇場の正面入口の向かい側で立ち止まり、石造りの巨大な白いファサードを指差す。

「俺はここで待っている」タッカーは伝えた。「おまえはあそこでお偉い先生を捕まえて、車まで連れていってくれ。あわてないこと。あと、俺の方を見るな。ボルボのところで合流する。わかったか?」

「わかった」

「行け」

ウトキンは通りを横切り、正面入口へと向かった。

劇場の向かい側で待ちながら、タッカーは建物の正面に掛かる深紅の垂れ幕を見つめていた。燃えるような色の垂れ幕には、炎に包まれた悪魔の姿が描かれている。悪魔と契約した学者を題材にした『ファウスト』にぴったりの絵だ。

〈この状況にもぴったりでなければいいんだが〉

数分後、ウトキンがアブラム・ブコロフとともに姿を現した。ロシアの製薬業界を牽引(けんいん)する億万長者は、助手よりも身長が三十センチ低く、体重は二十キロほど上回っている。頭頂部ははげ上がっていて、それを取り囲むように白いものの交じった髪が生えている様は、どこか修道士を思わせる。

タッカーの指示通り、ウトキンはブコロフを車まで案内した。タッカーは二人が前を通り過ぎるのを待ち、少し遅れて後を追った。尾行している人間がいないことを確信してから、車の前で二人に合流する。

「やあ、どうも！」ブコロフは声をかけ、手を差し出した。

いらだちを覚えたタッカーは、自己紹介を後回しにした。リモコンで扉のロックを解除する。

「ウトキン、君は前に乗れ。ブコロフ、あんたは――」

「ドクター・ブコロフだ」

「はいはい。ドクター、あなたは後ろに乗ってください」

タッカーは運転席側の扉を開け、車に乗り込もうとした。

だが、背後ではブコロフが立ち止まったまま、車内をのぞいている。「後ろに犬がいるぞ」

「おやおや、本当ですか？」タッカーは嫌味をたっぷり込めて応じた。「どうやって車に入り込んだんですかねえ」

「隣に座るのはごめん――」

「早く乗って。さもないと、その犬があなたのタキシードをくわえて車の中に無理やり引きずり込みますよ、ドクター」

ブコロフが口を閉じた。頰が紅潮している。今までにそんな口のきき方をされた経験が多くあるとは思えない。それでも、ブコロフは車に乗った。

車が二ブロック進むと、製薬業界の大物は再びしゃべり始めた。「オペラは実に素晴らしかったぞ、スタニミール――もっとも、君にはあのオペラの機微（きび）を理解できないだろうがな。ところで運転手君、名前は何というのかね？　これは君の飼い犬か？　私のことをずっと見ているのだが」

タッカーは眉をひそめながらウトキンを一瞥した。助手はすぐにその意図を察した。

「ドクター・ブコロフ、オペラについての話は後にしませんか？　私たちは――」

だが、ブコロフは助手の言葉を無視して、タッカーの肩を指でつついた。「運転手君、カザンまではどのくらい時間がかかりそうかね？」

肩に触れた指をへし折ってやりたいという衝動をこらえながら、タッカーは歩道沿いにボルボを停め、ギアをパーキングに入れた。運転席に座ったまま体をひねり、ブコロフの顔を見る。

「カザン？　いったい何の話です？」

「カザンがある州は――」

「場所なら知っていますよ、ドクター」カザンはここから西に約六百五十キロのところにある都市だ。「なぜそこに行くんですか？」

「こいつは驚いた、話を聞いていないのかね？　実にけしからん！　アーニャが一緒でなければこの国を離れんぞ。我々はカザンに立ち寄り、彼女と会わねばならんのだ」

〈頼むから勘弁してくれよ〉

「アーニャというのは誰です？」タッカーは訊ねた。

「私の娘だ。彼女を残してロシアを離れることはできん」

午後十一時二十二分

当初の計画通り、タッカーはペルミの市街地を出て、ボルボからマルシャF2SUVに乗り換えた。車はタッカーの指示通り、市街地の南の外れに置かれていた。ガソリンは満タンで、偽のナンバープレートが取り付けられている。

連邦道路P242に出ると、タッカーは西に一時間ほど走り続け、その間のべつまくなしにしゃべるブコロフの声を気にしないように努めた。ブコロフの話は、謎のアーニャのことからロシアの産業界の歴史、さらにはケインの「妙に知的な物腰」に至るまで、多岐にわたった。

クングルという小さな町の外れで、タッカーはホテルの駐車場に車を入れた。ペルミからこれだけ離れれば十分だろう。作戦を練り直す必要がある。

タッカーは車を降りてハーパーに連絡を入れ、ここまでの経緯を説明した。

「アーニャとかいう女性の話は私も初耳だわ」ハーパーは反応した。

「ファイルによれば、このドクターは変わり者ということだったが、ずいぶんと控え目な表現を使ったものだな」

「彼はちょっと――」ハーパーは間を置いて言葉を選んだ。「理解しにくいところのある人間かもしれないけれど、天才であることは間違いないわ。それにロシアを離れたがっているということも事実だし。あと、あなたがまだ口に出していない質問に答えてあげるけど、彼は信頼の置ける人間よ」

「そうだということにしておくよ」

「彼は今どこにいるの？」

「SUVの後部座席だ。ケインとにらめっこをしている。こっちは外の空気が吸えてほっとしているよ。いいか、ハーパー、ブコロフを国外に連れ出すためにはアーニャも一緒に、という条件なら、こっちはそれでかまわない。だが、カザンに向かう前に、彼女が実在の人物だと確認しておきたい。ここから車でたっぷり七時間はかかるからな」

「確かにそうね。彼女のフルネームを教えて」

「ちょっと待ってくれ」タッカーは車の扉を開けて中をのぞき込んだ。「ドクター、アーニャの名字は？」

「ブコロフに決まっとる！　私の娘だぞ。どうしてそんな馬鹿げた質問を――？」

タッカーは体を伸ばし、ハーパーに伝えた。「聞こえた？」

「ええ」

ドクターの話は続いている。「彼女はカザン生化学・生物物理学研究所で働いている。とても優秀で――」

タッカーは勢いよく扉を閉め、ブコロフの無駄話を遮った。

電話の向こうからハーパーの声が聞こえた。「これから確認するわ」

ブコロフがウインドーを十センチほど引き下げた。「すまん。うっかりしていた。アーニャは母方の名字を名乗っている――マリノフだ。アーニャ・マリノフ」

ブコロフの声はハーパーにも届いた。「わかったわ。マリノフね。それでタッカー、この先の計画は？」

「差し当たってのところはホテルにチェックインする。こっちはそろそろ日付が変わる頃だ」

タッカーはブコロフがウインドーを元に戻すまで待った。さらに車から数歩離れると、より慎重な扱いが必要な話題を切り出す。

「ハーパー、ウトキンに関しては？」

この助手の名前は情報漏洩の容疑者リストから消えていない。しかも、容疑者の数はそれほど多くない。だが、漏洩は偶然によるものだったのか、それとも意図的なものだったのか？

タッカーは自分の直感を信じている。相手のことを読み取る自分の能力にも自信がある。あの若者からはまったく悪意が感じられない。問題があるとすれば、世間知らずなところだけだ。

ハーパーも同じ結論に達していたらしい。「こちらの情報からはウトキンに関して何も出てこない。とても誠実な人ということみたいよ」

「そうなると、うっかり口を滑らせたのかもしれない。それが悪い人間の耳に届いてしまった。ウトキンの……あるいは、ブコロフの口から漏れたのかも。よく言うじゃないか、天才と馬鹿は紙一重って」

「引き続き調べておくわ。とりあえず、アーニャの件を今夜中に調査して、朝にはそっちに連絡するから」

電話を終えると、タッカーは全員をホテルに案内し、ツインルームを一部屋予約した。ケインの居場所は扉を入ってすぐのところに決める。今夜の番はケインに任せておけば大丈夫だろう。

タッカーが椅子に座ってまどろむ中、ブコロフは室内を落ち着きなく歩き回り、ぶつぶつと不満を漏らしていたが、そのうちに大人しくなった。午前一時頃、ブコロフはベッドの端に腰掛けた。ウトキンはもう一つのベッドですでに眠りに落ちている。

「すまない」ブコロフが切り出した。「君の名前を忘れてしまった」

「タッカーです」続いて相棒の方を顎でしゃくる。「こっちはケイン」

「君の犬はかなりきちんとしつけされているようだな。私を助けにきてくれたことに、礼を言うよ」

「どういたしまして」

「私の発見について、彼らから話を聞いているかね？」だが、タッカーが返事をするより先に、ブコロフは自らの質問を打ち消すかのようにかぶりを振った。「いいや、そんなはずはないな。まだ彼らに伝えていないのだから、知っているわけがない」

「教えてください」

ブコロフは指を一本立てて左右に振った。「そのうちにな。でも、これだけは言っておく。とてつもない発見だよ。医学界を一変させることになるだろう――そのほかにもいろいろ。だから連中は私を追っているのだ」

「アルザマス16の将軍たちですね」

「その通りだ」

「誰なんですか？」

「具体的にという意味かね？　私もわからん。賢いやつらだから、なかなかしっぽを見せないのだ」

タッカーは向かい側に座る男性を見つめ、人物を評価しようとした。この男は偏執症なのか？　被害妄想の気があるのだろうか？　タッカーは首筋に手を伸ばし、治りかけの傷に指を触れた。ここを銃弾がかすめたことは事実だ。

「それなら、アーニャのことを教えてください」

「ああ……」ブコロフの表情が和らいだ。かすかな笑みが顔をよぎる。「彼女は素晴らしい。私にとってのすべてだ。我々は共同で、二人一組で仕事をしている——もちろん、距離という壁があるし、密かに進めているわけなのだが」

「スタニミールがあなたの主任助手だと聞いていますが」

「彼が？　笑わせないでくれたまえ！　まあ、それなりに優秀な人間だが、十分な頭脳は持っていない。少なくとも、私が進めている仕事には不十分だ。もっとも、それだけの能力がある人間はほとんどいないのだがね。だから私が自らやらなければならないのだ」

その言葉とともに、ブコロフは靴を脱ぎ、ベッドの上に仰向けに寝転がり、目を閉じた。

タッカーは半ばあきれて首を振りながら、本格的に眠るため椅子に座り直した。

ブコロフが目を閉じたまま小声でささやいた。「言っておくが、私は変人ではないぞ」

「そういうことにしておきます」

「念のために教えただけだ」

タッカーは両腕を組んだ。ある事実をはっきりと認識する。今回の件は何もかもわからないことだらけだ。

三月十三日午前六時十五分
ロシア　クングル

椅子に座ったままの姿勢だったにもかかわらず、タッカーは途中で目を覚ますことなく五時間眠った。起き上がって様子を見ると、連れの二人はまだ眠っている。

つかの間の静かな時間を利用して、タッカーはケインを散歩に連れ出した。ケインはうれしそうに歩き回りながら、自分がここを訪れた痕跡を残している。散歩の途中でハーパーから連絡が入った。

「アーニャは実在するわ」ハーパーは前置きなしで切り出した。

「そいつはいい知らせなのかな、悪い知らせなのかな」

アーニャがドクターの想像の産物なら、すぐにでも出国できたのだが。

ハーパーの説明は続いている。「カザン生化学・生物物理学研究所でアーニャ・マリノフという女性が勤務していることは確認できたけど、それ以外の情報はほとんどないの。彼女のファイルはその大半が非公開扱いになっている。ソヴィエト時代に『ナウコグラード』と呼ばれていた秘密科学都市と比べると、カザンはだいぶましな方だけど、その研究所の大部分は国防省の管轄下にあるのよ」

「つまり、俺たちはカザンに行く必要があるだけでなく、軍部の拠点からこの女性を連れ出さなければいけないわけか」

「何か問題でも？」

「方法を考えなければいけないな。もっとも、選択肢がいくつもあるわけじゃない。君からは彼をロシア国外に連れ出すように依頼されたし、こっちもそのつもりだ——ただ、どうやら彼とその娘を、ということになったようだ。そこで一つ問題が生じる。手元にあるのはブコロフ用の新しいパスポートだけだ。アーニャの分はない。それにウトキンはどうするんだ？　俺たちと別れたら、あいつは一日たりとも生き延びられやしないぞ。見捨てることはできない」

タッカーの頭の中に、はあはあと息をしながら舌を垂らし、しっぽを振るアベルの姿が浮かんだ。

チームメイトを敵の手の中に置き去りにするなんて、二度とごめんだ。

数秒間、ハーパーから言葉が返ってこなかった。地球を半周した距離にいても、タッカーは電話の向こうにいる女性の頭の中で、ギアの回転している音が聞こえたような気がした。状況の変化に合わせて、計算をやり直しているのだろう。

「わかったわ。こっちも何とかする。アーニャとの接触はいつ頃の予定？」

「二十四時間以内だな。それ以上の時間をかけると危険だ」

「だとしたら無理よ。そんな短時間では、アーニャとウトキンの新しいパスポートを用意して、あなたのところまで送り届けられない。でも、そこから先のルートを教えてくれれば――」

「まだ決めていない。今までの出来事を振り返ると、一つ先の段階以上のことをあらかじめ決めるのは厳しい。現時点で言い切れるのは次の段階――アーニャを確保することまでだ」

「それなら、ちょっとそのまま待っていて」しばらくしてから、再びハーパーの声が聞こえた。

「アーニャを連れ出した後、ヴォルゴグラードに向かうことは可能？　直線距離だとカザンから南西に九百五十キロくらいだけど」

　タッカーはズボンの後ろポケットからラミネート加工した地図を取り出し、位置を確認した。

「何とかなりそうな距離だな」

「よかった。あなたがヴォルゴグラードまでたどり着けるなら、全員を出国させられるわ。心配いらないから」

「出国」とは耳に心地よい言葉だ。「心配いらない」も。

　しかし、やはり今までの出来事を振り返ると、タッカーはどちらの言葉も鵜呑(うの)みにすることはできなかった。

14

三月十三日午後二時十三分
ロシア　カザン

同じ日の午後二時過ぎ、タッカーはカザン中心部の歩道に立ち、気難しい表情を浮かべた男性の胸像が上に付いたブロンズ製の記念碑を見上げていた。予想通り、説明はすべてキリル文字で記されている。

〈ただし、今日は専属のガイドがいる〉

「見たまえ、ここは近代有機化学の発祥の地だ」アブラム・ブコロフが両手を大きく広げて説明した。「多くの偉人たちがカザンで生まれている。ブートレロフ、マルコフニコフ、アルブゾフ。枚挙に暇がない。ここにおられる素敵な紳士が誰だか、君は当然知っているはずだ。そうだろう？」

「あなたの口からお願いしますよ、ドクター」タッカーは促した。

「彼の名はニコライ・ロバチェフスキー、双曲幾何学の父とでも言うべき人物だ。どうだね、ぴんと来たかね？」

〈かちんと来たぜ〉

タッカーはブコロフが双極性障害を患っているのではないかと疑い始めていた。朝早くホテルを発って以来、ブコロフは興奮を抑え切れずにはしゃいだ状態と、むっつりとふさぎ込んだ状態を何度も行き来している。けれども、少し前にカザン市街の外れに達した途端、ドクターは目を輝かせ、カザン生化学・生物物理学研究所内の案内役を自ら買って出たのだ。

タッカーはいくつかの理由から同意した。

理由その一：ブコロフを大人しくさせるため。

理由その二：研究所内を下見するため。

理由その三：自分たちを警戒する動きがあるかを見定めるため。自分たちが今もなお追われているのだとしたら、ハンターたちはかなり慎重な行動を取っていることになる。

しかし、何よりも大きな理由は、この研究所内のどこでアーニャ・マリノフが働いているのかを突き止める必要があるからだった。タッカーは夜の闇に紛れて彼女をこっそり連れ出そうと考えていた。

後ろからはウトキンがケインとともについてくる。ウトキンは携帯電話を耳に当て、アーニャと連絡を取ろうとしていた。小声での会話が漏れ聞こえてくる。娘がどこに住んでいるのか、あるいは娘の研究室がどこにあるのか、父親が知ってさえいれば話は簡単だったのだが。

「ここに来るのは初めてでね」そう答えた時のブコロフは、ほとんど涙声だった。娘のことが心配で、いてもたってもいられない様子に見えた。

そんなブコロフに穏やかなやり取りは期待できなかったので、タッカーは研究所への問い合わせをウトキンに任せた方がいいと判断したのだった。

ウトキンはようやく通話を終え、タッカーとブコロフに声をかけた。「問題が発生しました」

〈やれやれ〉

ブコロフがウトキンの袖口をつかんだ。「アーニャの身に何かあったのかね?」

「いいえ、彼女は大丈夫です。ただ、ここにはいないのです」

「どういう意味だ?」タッカーは訊ねた。「どこにいる?」

「クレムリンだよ」

タッカーは深呼吸をして気持ちを落ち着かせてから口を開いた。「モスクワにいるのか?」

ウトキンは手を振って否定した。「違うよ。カザンにもクレムリンがあるんだ。ここから一キロほどのところの、ヴォルガ川沿いに」

ウトキンは街中を流れる川の方角を指差した。

「なぜそんなところにいるんだ?」タッカーは安堵のため息を漏らしながら訊ねた。

ブコロフが反応した。「そうか、史料室があるからだ!」

よく通る大きな声に、たまたま近くを通りかかった研究所の警備員が反応した。余計な注目を集めたくなかったので、タッカーは二人を促しながら予約した市内のホテルに向かって歩き始めた。

　その間もブコロフはしゃべり続けている。「確か何かを発見したという話だったな」そう言いながら首を左右に振る様は、頭の中の緩んだねじを元に戻そうとしているかのように見える。「今まですっかり忘れていたよ。私のために取ってくるものがあると言っていた。とても重要なものだとか」

「何ですか？」タッカーは訊ねた。

　見上げたドクターの瞳がきらきらと輝いている。「今は亡き偉大なるパウロス・デクラークの日誌だ」

「その人は何者なんです？」

「そのうちに教えてあげよう。とにかく、パズルの完成に必要な最後のピースを持っているのが、デクラークかもしれないのだよ」

　タッカーはこの件をこれ以上追及するのをあきらめ、ウトキンに注意を戻した。「彼女が研究所に戻る予定はいつだ？」

「三日後か四日後だとか」

「そんなに長くは待てん！」ブコロフが強い口調で言い放った。

　それに関してはタッカーも同意見だった。

ウトキンもうなずいた。「聞いた話によると、カザンのクレムリンよりもこの研究所の方が警備は厳しいみたいです。研究所内のアーニャが作業をしているところでは、すべての出入口に護衛がいて、入るには磁気カードが必要だし、防犯カメラも設置されているので」

タッカーはあきらめて大きく息を吐き出した。

〈どうやらクレムリンに侵入してアーニャを連れ出すことになりそうだ〉

午後三時二十三分

一時間後、タッカーはツアー客の後ろからカザン・クレムリンの敷地内に入った。タッカーを含めた数人には、ほかのツアー客とは別に、英語を話すガイドが付き添っている。身長が一メートル五十センチほどの小柄な金髪の女性で、常に笑みを絶やさないが、すぐに怒鳴る傾向がある。

「さあ、離れないでください！」ガイドは大声で呼びかけ、手を振りながら前に進むように促した。「クレムリンの南の入口から入りますよ。ちょうど今くぐり抜けている巨大な壁からおわかりのように、ここは城塞として建設されました。これからご覧になる内部の建物の中には、六百年以上も前に建造されたものもあります」

タッカーは周囲を見回した。カザン・クレムリンに関しては、すでに入念な調査をすませている。各種のウェブサイトを読み、グーグルアースと照合し、旅行ブログにもいくつか目を通した。頭の中では計画がまとまりつつあるが、まずは自分の目で現地を見る必要があると判断したのだ。

「私たちが歩いているのはシェインクマン通りです」ガイドが解説した。「クレムリンの目抜き通りに当たります。上に見えるのがスパスカヤ塔で、『救世主の塔』の名前でも知られています。ここには全部で十三の塔があって、それぞれの名前は時計回りに……」

これは今日の最後から三番目のツアーだ。タッカーはウトキンをホテルに残してある作業を任せ、ブコロフにも手伝ってもらっている。二人の番をしているのはケインだ。

一行が敷地内を歩き続ける間、タッカーはガイドの長ったらしい説明を耳から締め出し、敷地内の様子を記憶することに神経を集中させた。モスクワのクレムリンならこれまでに二回、見たことがある。あれも立派な建物だが、ここカザンのクレムリンの方がより威厳を醸し出しているような印象を受ける。

高さのある真っ白な外壁と小塔に囲まれたカザン・クレムリンの内部には、機能性だけを考慮した中世の兵舎から壮麗なロシア正教会の大聖堂に至るまで、様々な時代の様々な建築様式が混在していた。何よりも目を奪われるのは、空に向かって伸びるミナレットと青いドームを備えた巨大なモスクだ。

それから四十五分間、タッカーは周囲に目を配りながらガイドの後について回り、石畳の敷かれた細い路地、外から見えない中庭、広い並木道などを発見した。歴史ある美しさを味わいつつ、兵士としての目で観察を続ける。見張りの位置、警備の盲点、脱出経路にも注意を払う。

ツアーが終わると、参加者はそれから三十分間、一般に公開されている場所をほぼ自由に歩き回れるようになり、写真撮影も許可された。タッカーはあちこちに腰を下ろしては、見張りや観光客とすれ違った回数を数えた。

〈何とかいけるかもしれない〉タッカーは判断した。

ようやく電話が鳴った。ウトキンからだ。短いメッセージが聞こえた。

「こっちは準備オーケー」

タッカーは立ち上がり、すべてが整っていることを祈りながらホテルに戻った。ぐずぐずしている時間はない。たった一つのミスで、すべてが水の泡となってしまうかもしれない。

午後四時十四分

タッカーはケインの姿を見ながら感心した。

ホテルのベッドの上に立つシェパードは、いつものＫ９ストームのベストを着用しているが、それをすっぽり覆うように新しいキャンバス地のベストも着込んでいた。濃い藍色の布地には、「カザン・クレムリンＫ９」を意味するキリル文字が入っている。

「うまいじゃないか、ウトキン」タッカーは声をかけた。「裁縫で第二の人生を歩めるぞ」

「実を言うと、ベストはこのあたりのペットショップで買って、文字はアイロンでプリントしたのさ」

顔を近づけたタッカーは、キリル文字の一つが剝がれかけていることに気づいた。

「それは直しておくよ」そう言いながら、ウトキンは偽のベストを脱がせた。

完璧な偽装とは言えないが、インターネット上でカザン・クレムリンの護衛の写真を見つけ、それをもとにして作ったにしては上出来だ。それに偽装は短時間だけ通用すればいい――しかも、暗くなってからの話だ。

ベストのほか、死んだスペツナズの兵士から奪った冬用の迷彩服をウトキンが手直しする間、タッカーはブコロフに目を向けた。

「アーニャと連絡は取れましたか？」タッカーは訊ねた。

「やっと連絡がついた。君の指示通り、準備をしておくと言っていた」

「わかりました」

タッカーはブコロフの顔色が青ざめ、目もどこかうつろなことに気づいた。娘のことが心配でたまらないのだろう。ようやく本人の声が聞けたことで、かえって不安が募ってきたに違いない。

タッカーはブコロフが座るベッドの隣に腰を下ろした。少し気を紛らせてあげた方がよさそうだと考えたからだ。「アーニャが探しているという文書に関して詳しく教えてください。彼女はもう見つけたのですか？」

ブコロフは表情を輝かせた。娘を誇りに思う父親の顔になる。「見つけたのだよ！」

「それでデクラークとかいう人ですが、なぜ彼の日誌がそんなにも重要なんですか？」

「私から情報を引き出そうというつもりならば――」

「そうじゃありません。好奇心から聞いているだけです」

ブコロフはそれで納得したようだ。「君はボーア戦争についてどのくらい知っているかね？」

「南アフリカのですか？」タッカーは急に話題が変わったことに面食らい、顔をしかめた。

「基本的なことだけです」

「それなら、君が背景を理解できるように講義してあげよう。簡単に言ってしまえば、南アフリカを言いなりにさせておきたかった大英帝国に対して、ボーア人の農民たちが反発し、戦争になったということになる。多くの血が流れた醜い戦争で、大量処刑や捕虜収容所など、双方の側にひどい話がいくらでも転がっている。しかし、パウロス・デクラークという人物は兵士であっただけではない。彼は医師でもあったのだ。なかなか珍しい人物だな。だが、私が彼にひかれた理由はそのことではない。もちろん、彼の日誌が私の研究に大きな意味を持つ理由も違う」

ブコロフはそこで言葉を切り、盗み聞きしている人間がいないことを確認するかのように周囲を見回した。続いて身を乗り出し、タッカーにも近づくように合図する。

「パウロス・デクラークは植物学者でもあったのだよ」ブコロフはウインクした。「わかるだろう？」

タッカーは返事をしなかった。

「兵士と医師という二つの仕事の合間に、彼は時間を見つけては南アフリカの植物相を研究していた。大量のメモを記し、何百もの詳細なスケッチを残している。彼の業績は世界各地の研究図書館、大学、さらには自然史博物館などでも目にすることができる」

「このカザン・クレムリンの史料室にも？」タッカーは訊ねた。

「そうだ。研究所が設立される以前から、この一帯は学問の地として知られていた。この地にクレムリンを建設したイワン雷帝の時代から、ロシア歴代の皇帝たちは学術書を収集し、クレムリンの内部に保管していた。膨大な量の書籍や文書があるのだが、その大半はまともに分類すらされていない状態だ。デクラークに関する様々な資料は、ロシアやヨーロッパ各地に散逸してしまったため、それを当たるだけで多くの年月を費やしてしまったよ。その中でも最も重要な手がかりがここで、我々の敵の目の前で発見されたのだ。というわけだから、なぜそれほどまでに重要なのか理解できたのではないかね？」

「いいえ、完全にはまだ」

正しくは「まったく理解できていない」状態だったが、そう答えるのはやめておいた。ブコロフは顔を離し、鼻を鳴らしてから、「話は終わり」とでも言うかのように手を振った。

とりあえず、引き出すことができたのはここまでだ。

ウトキンの呼ぶ声が聞こえた。再びケインにベストを着せている。「これで大丈夫だと思う」

タッカーは腕時計を確認した。

本日最終のツアーにちょうど間に合う時間だ。

タッカーは素早く冬用の迷彩服を着用し、黒のブーツをはき、濃い藍色の帽子をかぶった。ブーツと帽子は近くにある軍の物資を扱う店でウトキンが購入してくれたものだ。タッカーは自分の格好とクレムリンで撮影した写真の護衛を、ウトキンに見比べてもらった。

「通用するんじゃないかな」そうは言うものの、確信が込められた口調ではない。

だが、これでいくしかない。もう時間がない。

タッカーが顔を向けると、ケインがしっぽを振ってこたえた。「さあ、出番が来たぞ、同志ケイン」

15

三月十三日午後五時四十五分
ロシア　カザン

「これで本日のツアーは終わりになります」冷え込んだ屋外に集まった一行に向かってガイドが告げた。「あと十五分間、中を自由に見て回ってもけっこうです。ゲートは午後六時ちょうどに閉まります」

赤い野球帽をかぶり、レプリカのレイバンのサングラスをかけたタッカーは、観光客の一人にしか見えない。この変装はさっきと同じ金髪の女性がガイドだった場合に備えてのものだ。だが、今回は男性のガイドだったので、ここまで用心する必要はなかったかもしれない。

タッカーのすぐ隣を歩くケインには、最初こそ好奇の目が集まったものの、介助犬だということを示す証明書で券売所は問題なく通ることができた。また、ケインがうれしそうに体やしっぽを動かして、愛嬌を振りまいてくれたことも効果があった。それに犬用のバックパックにはキリル文字で「カザン大好き」とプリントされている。ゲートにいたまだ十代と思わる係員はケインのバッグパックをろくに調べもしなかったし、タッカーの小さなバッグも簡単に持ち込むことができた。

自由行動が許されると、タッカーは時を移さず行動を起こした。ケインを連れてさりげない風を装いながらシェインクマン通りを歩き、かつて兵学校の生徒が暮らしていた緑色の屋根を持つ兵舎に向かう。アーチの付いた入口をくぐり、タッカーは中庭に入った。ぶらぶらと歩き回りながら、噴水やそこに展示された十九世紀の大砲の写真を数枚撮影する。一通り見物を終えると、タッカーは近くにある石のベンチに腰掛けた。アーチの向こう側には、出口に向かってシェインクマン通りを歩く観光客の姿が見える。

誰一人としてタッカーの方を見ない。護衛の姿も見当たらない。

その隙にタッカーはケインを連れて中庭を横切り、南西の角にある扉をくぐって建物内に入った。その先の廊下は薄暗い明かりに照らされていて、両側には扉が連なっている。廊下を先に進んだタッカーは、クルミ材の床がきれいに磨き上げられていて、各部屋の前の床にはブーツのかかとの跡があることに気づいた。ガイドブックによると、かつて兵学校の生徒たちは毎日四時間、各部屋の点検が行なわれる間、気をつけの姿勢で部屋の前に立ち続けていたという。その記述を読んだ時、タッカーはどうせ作り話だろうと思ったが、どうやら事実だったらしい。

廊下の先にある階段の手前で、タッカーは「立入禁止」のロープをまたいだ。急いで二階に上がり、誰もいないことを確認してからしばらく探すうちに、格好の隠れ場所を見つけた。かつての教室の片隅にある用具入れで、現在は使用されていない。

タッカーはケインとともに中に入り、後ろ手に扉を閉めた。

用具入れの中に立ったまま、大きく息を吸い込み、ゆっくりと吐き出す。

真っ暗な中で、タッカーは床に座り、ケインとともに壁に寄りかかった。

〈第一段階……終了〉

「何だったら昼寝をしていてもいいぜ、相棒」タッカーはささやいた。

ケインは腹這いになり、タッカーの膝に頭を乗せた。

それから二時間、タッカーは頭の中で計画をおさらいし、練り直し、見直した。最大の不確定要素はアーニャだった。ブコロフの娘のことはほとんど知らないし、緊迫した状況に置かれた彼女がどんな反応をするかも読めない。このクレムリンの敷地内でアーニャの身辺警護に当たっている人物に関しても、ブコロフが娘から聞き出した以上のことはわかっていない。

ブコロフの話によると、二人の男性はGRUの私服隊員で、彼女を二十四時間警護している。そいつらにどう対処するかについての計画はあるが、まだ完全に固まっていない部分もある。

中でも問題になりそうなのはクレムリンのK9パトロール隊だ。

昼間の二回のツアー中に、タッカーは八組の犬とハンドラーに遭遇した。犬の多くはジャーマン・シェパードで、ケインならば紛れ込んでも不審に思われないだろう。だが、そのほかにもサウスロシアン・オフチャルカを何頭か見かけた。むく毛をした牧羊犬の一種で、ロシアでは軍用犬や警察犬として使用されている。

タッカーはそうした犬たちと出くわす事態を恐れていた。タッカーは今まで動物を殺したことがないし、これからもできるだけ殺したくないと思っている。犬は本能に基づいて、あるいは受けた訓練に従って、行動を起こす。決して悪意はない。動物を傷つけたくないというのがタッカーの唯一の弱点であり、自分でもそのことは自覚している。結局、そのような状況に陥った場合にどうするか、結論は出ないままに終わった。

暗闇の中で腕時計が振動し、第二段階開始の時間が訪れたことを告げた。

午後八時三十分

タッカーとケインはあらかじめ準備しておいた装備に着替えたが、狭い空間内で行なわなければならず、しかも音を立てるわけにもいかないため、手間取ってしまった。警察官用のブーツは、ジーンズの裾の下に隠してすでにはいていた。残りの服装は二つのバッグに分けて持ち込んだものだ。タッカーは冬用の迷彩服を着込み、帽子を深くかぶり、今まで着ていた服を詰め込んだバックパックは用具入れの天井近くに隠した。

慎重に用具入れから教室内に出ると、タッカーはすっかり暗くなった通りを見下ろす窓に近づいた。夜も更けて気温が下がり、外は霧でうっすらかすんでいた。水分が地表を濡らし、石畳がガス灯の光を反射して輝いている。

タッカーはそのまま十五分間、じっと待機した。夜の護衛がパトロールする経路を確認したかったせいもあるが、アーニャとの接触には完璧なタイミングが要求されるためでもある。

午後九時ちょうどに、アーニャは調査を行なっている研究室を出て、かつての知事公邸に案内される。そこは一般に公開されていない建物の一つで、厳重な警備下に置かれている。アーニャがその建物の内部に入ったら最後、接触するチャンスは失われてしまう。

時間が近づくと、タッカーはケインをリードにつなぎ、教室を離れた。一階に下り、冷たい霧にかすんだ表の通りに出る。すぐ後ろにケインを従えながら、タッカーは行進する兵士の足取りを真似て歩き始めた。

道が交わる地点に差しかかると、こちらに向かって歩いてくる護衛と犬の姿が見える。タッカーはケインにロシア語で指示を与えた。ウトキンから教わった言葉だが、この地方の訛りも繰り返し練習させられた。ケインはロシア語を理解できないため、タッカーは相手から見えないように注意しながら指示の内容を手でそっと伝えた。

〈お座り〉

ケインは指示に従った。

護衛が交差点に近づくと、タッカーの心臓の鼓動が大きくなる。

〈そのまま歩き続けろ〉

ケインとは違って、護衛はタッカーの心の指示に従わなかった。護衛と犬は不意に立ち止まり、タッカーたちに不審そうな目を向けてくる。

タッカーは一か八かで片手を上げ、護衛に軽く手を振った。だが、相手から反応はない。

〈ここは押すしかない〉タッカーは思った。前に二歩踏み出し、これもウトキンから教わった言葉をぶっきらぼうに口にした。「すべて順調か?」というような意味のはずだ。

「ダー、ダー」護衛は返事をすると、ようやく手を振り返した。「ア・ウ・ヴァス?」

〈君の方は?〉

タッカーは肩をすくめた。「ダー」

護衛と犬は再び歩き始め、タッカーとケインの前を通り過ぎた。

タッカーはすぐに護衛とは反対の方向に歩き始めた。スパスカヤ塔のある南へと向かう。足の運びを意識しなければならないほど、両脚に力が入っていたが、それもやがて抜けていく。

百メートルほど進むと、タッカーは目的の場所に到達した。かつて馬小屋として使用されていた建物で、現在はカザン・クレムリンの展示ホールの一つになっている。

三十メートルほど離れた地点で、スパスカヤ塔の護衛がタッカーに向かって手を振った。霧は濃さを増していて、相手の姿はかろうじて確認できる程度だ。

タッカーは腕を高く上げてこたえた。

こちらも護衛らしくみせるために、懐中電灯の光でかつての馬小屋の窓や壁を照らしてみる。別のK9パトロール隊の護衛と犬が、隣のモスクを囲む広場を横切っているのが見える。

タッカーが手を振ると、向こうも手を振り返した。

「みんなが仲良く働いているのはいいことだ」タッカーはつぶやきながら歩き続けた。

アーニャとの打ち合わせ通り、建物の北東の角にある出入口の扉の鍵が開いている。タッカーは扉を引き開け、素早く中に入り、後ろ手に閉めた。

内装は馬小屋の面影を残していた。中央の通路の両側に、かつての馬房が連なっている。ただし、馬房に置かれているのはガラスケースで、その中には兵学校で使用されていた品々――鞍、乗馬用の鞭、槍、騎兵用の剣などが展示されていた。室内の照明は落とされているが、非常灯の明かりのおかげで十分に視界は利く。

アーニャは建物の地下にある史料室で作業中だ。そこは近いうちにクレムリン古書・写本博物館になる予定だと聞いている。ボーア人の植物学者の日誌がどんな経緯でここまでたどり着いたのか、タッカーにはわからない。南アフリカからカザンまではかなりの距離がある。

タッカーは体をかがめ、ケインのリードを外した。

作戦開始だ。

タッカーは前方を指差した。「偵察して戻ってこい」

誰かと鉢合わせするような事態は避けなければならない。

ケインは足音を立てずに歩き出し、いちばん手前の陳列ケースの向こう側に姿を消した。ケインがかつての馬房をすべて見回るのに要した時間は九十秒だった。戻ってきたケインはタッカーのすぐ横に座り、顔を見上げた。

〈よくやった〉

タッカーとケインは中央の通路を進み、南側の壁に向かった。扉があり、その先にある階段は地下に通じている。階段の下から白っぽい色の光が漏れ、蛍光灯の立てるかすかな音も聞こえる。

タッカーとケインは階段を下り始めた。

階段の下まであと数段のところで、ロシア語の大声が聞こえた。「そこにいるのは誰だ？」

その反応を予期していたタッカーは、ケインに小声でささやいた。「友達ごっこ」

ケインはその指示が大好きだった。しっぽをうれしそうに振りながら耳をぴんと立てると、小走りに階段を下りてその先の通路へと向かっていく。

タッカーもその後を追った。通路の三メートルほど先で、サイズの小さすぎる背広を着た首の太い男が、しっぽを振る犬をにらみつけている。

アーニャを警護している男の一人だ。

「ドーブルィ・ヴェーチェル」タッカーは夜の挨拶の言葉をかけた。

相手の注意が散漫になっている隙を突いて、タッカーはそのまま歩き続けた。

男は腕を前に伸ばし、大きな声のロシア語で何かを言った。タッカーが理解できたのは「名前」という単語だけだった。あと、詰問口調だということも。

タッカーはケインに合図を送りながら、あわてた護衛がいたずら好きな犬を叱るふりをした。

「サーシャ……ほら、サーシャ……」

相手との距離は二メートルもない。言うことを聞かないタッカーに業を煮やしたのか、男は上着の下に手を入れようとした。

タッカーは偽装をやめ、ケインに指示した。「ズボン」

ケインは男のズボンの裾に嚙みつき、全身の筋肉を使って手前側に引っ張った。男の体が大きく後ろに傾く。バランスを取ろうと片方の腕をぐるぐる回しながらも、もう片方の腕はまだ銃をつかもうとしている。

タッカーはすでに行動に移っていた。一気に距離を縮め、上着の下の銃を取ろうとしている手をつかむ。さらにもう片方の拳で男の喉の真ん中を打ち砕いた。

男は声にならない声をあげながら、仰向けに倒れた。意識はあるものの、目を大きく見開いたまま、苦しそうに口を開いたり閉じたりしながら、何とか呼吸をしようとしている。

タッカーは男のショルダーホルスターから拳銃――ＧＳｈ−18を取り出し、鋼鉄製のグリップを相手のこめかみに叩き込んだ。

何回かまばたきした後、男のまぶたが閉じた。

タッカーは片膝を突いた姿勢になり、通路の先に拳銃を向けた。比較的静かに相手を倒すことができたが、もう一人の男がどのくらいの距離にいるのかはわからない。

すぐに誰かが駆け寄ってくる気配はないため、タッカーは前方を指差した。「角を偵察」

ケインは通路の先に進み、突き当たりの手前で立ち止まった。左右に通路が延びている。まず左を、次いで右をのぞき、タッカーの方を向き直るとそのままじっと見つめる。「異常なし」の意味だ。

タッカーはケインのもとに向かい、その先を調べた。

上の階とは異なり、地下室はほぼ昔のままの造りのようだ。壁は今にも崩れそうな煉瓦で、床には荒削りの花崗岩が使用されている。明かりはむき出しになった天井の梁に取り付けられた蛍光灯だけだ。

交差した通路の左側には箱が積まれていて、行く手をふさいでいる。一方、右側は奥まで見通せる。通路の突き当たりの手前では、漏れた光が向かい側の壁面を長方形に照らしていた。入口だ。

タッカーはその光を目指して通路を進んだ。壁に背中をつけ、扉の陰から中をのぞき込む。

そこはアーチ状の天井を持つ巨大な倉庫だった。一階部分とほぼ同じくらいの広さがあるだろうか。壁面はすべて本棚で覆われている。中央には架台式のテーブルが何列も連なっていて、その上にも本や写本や紙の束が山積みになっている。

赤いブラウスを着た黒髪の美しい女性が、いちばん手前のテーブルの脇に立っていた。女性は両手をテーブルに置き、体を半ば入口の方に向けた姿勢で、テーブルの上の写本を読んでいる。女性の左側にはもう一人の警護担当者が別のテーブルの前に腰掛け、タバコを吸いながらソリティアを楽しんでいるところだ。

タッカーは首を引っ込め、ケインに「待て」の合図をしてから、開いた扉の反対側に移動した。奪った拳銃をポケットの中に押し込む。次に「注意を引きつけて戻ってこい」とケインに合図をしてから、入口を指差した。

ケインは巨大な倉庫の中に数メートル入ってから吠え始めた。

ロシア語の大きな怒鳴り声に続いて、石の床をこする椅子の音が響き渡った。

ケインが再び廊下に出てきた。タッカーは廊下を元来た方向に戻るよう合図した。

その直後、男が姿を現した。ケインに追いつこうとあわてている。タッカーは男が廊下に二歩踏み出すのを待ってから、大きく振り回したパンチを脇腹にお見舞いした。男があえぎ声を発し、両膝から崩れ落ちる。タッカーは男の喉に右腕を巻き付け、左の手のひらで男の後頭部を前に押した。そのまま五秒間、頸動脈を締め上げる。男の両腕から抵抗する力が抜けた。念のため、タッカーはさらに三十秒数えてから力を緩め、男の体を床に寝かせた。

ケインがしっぽを振りながら戻ってきた。

タッカーはシェパードの脇腹をさすってやってから、倉庫内に足を踏み入れた。

女性は入口の方に体を向けていた。手で喉を押さえた姿からは、不安がにじみ出ている。目を見張るような青い色の瞳が、タッカーのことをじっと見つめていた。恐怖に揺れるその瞳が、二十代半ばの実年齢よりもさらに若く見せる。女性はおぼつかない足取りで後ずさりした。怯(おび)えているのだろう。だが、この状況を考えれば無理もない。

「あなた……タッカーなのね、そうでしょ?」女性はかすかに訛りのある英語で訊ねた。

タッカーは左右の手のひらを見せ、落ち着かせようとした。「そうだ。君はアーニャだな?」

女性はうなずいた。安堵感から今にもその場に座り込みそうだ。だが、すぐに冷静さを取り戻した。「危うく間に合わないところだったわよ」

「でも、ぎりぎりセーフだったろ」

ケインがしっぽを高く立てて室内に入ってきた。

アーニャは内気そうな笑みを浮かべながらケインを見た。「いきなり吠えた時にはびっくりしたわ。でも、とても可愛いじゃない」

「名前はケインだ」

アーニャは青い瞳でタッカーの顔を見た。「聖書に出てくるのは……カインとアベルだったかしら」

タッカーは声を詰まらせた。「ここにいるのはケインだけだ」踵を返して扉の方を向く。「ぐずぐずしていられないぞ」

タッカーは倒した二人の男の持ち物を調べ、身分証明書を手に入れてから、アーニャを連れて階段に向かった。

アーニャはタッカーのすぐ後ろをついてきた。ラインストーンを散りばめたレザーのショルダーバッグを胸にしっかりと抱えている。ケインが中にすっぽり入るくらいの大きさだ。こんなバッグを持っていると、かなり人目につく。地下から上がる階段の途中で、アーニャはタッカーの視線に気づいた。

「プラダのコピー品。これまでの生活も、仕事も、全部捨てることになるのよ。バッグ一つくらい、いいじゃない」かつての馬小屋の通路に戻ると、アーニャはタッカーの顔を見た。「それでこれからどうするつもりなの、私の救世主さん？」

タッカーはアーニャが無理に明るく振る舞おうとしていることに気づいた。不安を隠そうとしているのだろう。けれども、芯の強さも秘めているように見える。最初に受けた印象よりもタフな女性かもしれない。

「正面から堂々と出ていくのさ」タッカーは答えた。

「それだけ？」

「君の演技がうまければ大丈夫だ」

午後九時九分

タッカーは馬小屋の通路で数分間、これから先のことを説明しながらアーニャとリハーサルを行なった。準備が完了すると——このくらいの準備でいいだろうと判断すると、タッカーはアーニャを連れて出口に向かった。

霧に煙った夜のクレムリンに出る前に、タッカーは再びケインにリードを取り付け、迷彩服と帽子を直してから、アーニャの腕を取った。

「さあ、本番だぞ」タッカーは声をかけた。

「本当にお酒を飲んでいたらもっと簡単なんだけど」それでも、アーニャは笑みを浮かべ、手を振って促した。「始めましょ」

二人は揃って建物の中から表の通りに出た。すぐにスパスカヤ塔からメインゲートに向かう。タッカーは片手でケインのリードを握り、もう片方の腕で足もとのおぼつかないふらふらな状態のアーニャの体を支えようとした。

ゲートの閉まった出口の三十メートルほど手前まで来ると、護衛がゲート脇の小屋から出てきて声をかけた。おそらく「どうしたんだ?」の意味だろう。

「この女、兵学校の部屋の中で寝ていたんだ!」タッカーはロシア語で答えた。この時のためにウトキンから教わったフレーズだ。

アーニャも演技を始めた。早口のロシア語を大声でまくしたてる。もちろん、タッカーはちっとも理解できない。あらかじめ指示しておいた内容を、いかにも酔っ払いが使いそうな卑猥な単語を交えてわめいているると信じるしかない。〈この護衛はいやらしい男……犬もくさいし……クレムリンで寝てはいけないって法律はないでしょ……お酒を飲んで何が悪いの……ゲートを閉めるのが早すぎるんだから……あたしのパパは『カザン・ヘラルド』の編集長だから、あとが怖いわよ……〉

タッカーはアーニャをゲートに向かって手荒に押しやりながら、護衛に対して暗記したもう一つのロシア語のフレーズを叫んだ。「急いでくれ！　警察がこっちに向かっている！　さっさとこの女を引き渡さないと！」

背後から呼びかける声が聞こえた。肩越しに振り返ると、騒ぎを聞きつけた別のK９パトロール隊が通りの奥から近づいてきている。

自分がわめきたい気持ちを抑えながら、タッカーは近づいてくる護衛に向かって素早く手を振った。「こっちは大丈夫だから」という意味に受け取ってくれることを祈りながら。

タッカーは小声でケインにささやいた。「騒げ」

ケインが大声で吠え始め、混乱に拍車をかける。

その間もアーニャの悪態は止まらない。

それでも、犬を連れた護衛は近づいてくる。

アーニャが機転を利かせた。真っ赤な顔をして体を折り曲げ、タッカーの腕にぶら下がるような格好になりながら、手で口を押さえたのだ。苦しそうに体を震わせるその様子は、胃の内容物を古い石畳の上に今にもまき散らそうという万国共通の動作だ。

「急いでくれ！」タッカーは知っている数少ないロシア語の言葉を繰り返した。

ようやく護衛が今にも吐きそうな女性から顔をそむけ、ベルトに吊り下げた鍵をいじりながらゲートに向かった。鍵を回してゲートを開くと、顔をしかめながら腕を振って叫ぶ。その女を外に出せと言っているのだろう。

タッカーはアーニャを引きずりながら外に出た。

背後でゲートが大きな音とともに閉まった。Ｋ９パトロール隊も出口のゲートまでやってきて、護衛と並んでこっちを見ている。

タッカーは二人に向かって、「いい女だが後始末が大変そうだ」という意味を込めながら手を振った。

下品な笑い声とはやし立てるような口調からすると、タッカーの意図はうまく伝わったようだ。

ゲートから七、八メートル離れると、アーニャが演技をやめようとした。

タッカーは小声で指示した。「完全に見えなくなるまで続けろ」

アーニャはうなずき、再び大声で叫ぶと、タッカーの手を振りほどこうとした。タッカーは「ニエット」と「ポリツィア」という単語だけを理解できた。

「いや」と「警察」だ。

逮捕を免れようと抵抗する女の姿に、ゲートの方からひときわ大きな笑い声が起こる。

「いいぞ」タッカーは小声でささやいた。

タッカーはそのままアーニャを引きずり、角を右に曲がり、護衛たちの視界の外に出た。

アーニャは背筋を伸ばし、服の乱れを直した。「走った方がいい？」

「いいや、歩き続けるんだ。余計な注目を集めたくない」

それでも二人は並んで足早に歩き、ブラゴヴェシチェンスキー大聖堂の北側に広がる木々に囲まれた公園に達した。タッカーは木の下に停めてある黒のマルシャのＳＵＶを指差した。

タッカーとアーニャが前に座り、ケインは後部座席に乗る。

タッカーはエンジンをかけ、車をＵターンさせ、南に向かった。ウトキンの携帯電話に連絡を入れる。

「脱出成功。五分でそっちに着く」

事前の計画通り、ウトキンとブコロフはホテルの裏の路地で待っていた。車を寄せ、二人がケインのいる後部座席に飛び乗ったのを確認すると、タッカーはすぐに再び車を走らせた。

ブコロフは身を乗り出し、アーニャを後ろから抱き締め、頬にキスをした。目には涙が浮かんでいる。

だが、いつまでも再会の喜びに浸っているわけにはいかない。外から姿を見られるといけないので、タッカーは全員に対して姿勢を低くするよう指示した。そのまま後ろを振り返ることなく、カザンの街を出て南に向かう。

今度はロシアを出国する番だ。

16

三月十三日午後十時四十二分
ロシア　カザンの南

「やってのけたとは信じられん」三十分後、ブコロフが口を開いた。「君は本当にやってのけたんだな」

タッカーはＳＵＶのハンドルを握り、連邦道路Ｐ２４０を南に向かいながら、凍結した暗い路面に神経を集中していた。車内のヒーターの出力は最大にしてある。

「もう安全だと思うかい？」後部座席から身を乗り出しながら、ウトキンが訊ねた。表情からはまだ恐怖がうかがえる。「何もかもがあっと言う間だったから」

「あっと言う間に事が運ぶのはいいことだ」タッカーは応じた。「スムーズに事が運べばもっといい」

本心では、タッカーも作戦がほぼ計画通りに進んだことに驚いていた。それでも、警戒を緩めて一息つきたいという気持ちは抑えなければならない。

ハイビームのヘッドライトがサービスエリアの標識を照らし出した。

〈ちょうどいいな〉

このまま南に三・五キロ走ると連邦道路のジャンクションがある。その前に、ちょっとした片付け仕事をすませておかなければならない。タッカーはサービスエリアへと通じる道に車を進めた。凍りついたシラカバの木々に囲まれた中に、小さなトイレと雪の積もったベンチがいくつか設置されている。

「少し脚を伸ばした方がいい」そう言いながら、タッカーは車を駐車場に入れた。三人の顔を交互に見る。「だがその前に、携帯電話やラップトップ・コンピューターなどの電子機器を持っていたら俺に渡してくれ」

「なぜだね？」ブコロフが訊ねた。

アーニャがその質問に答えた。「私たちが誰かに連絡を入れるかもしれないと思っているのよ」

「誰のことだね？」ブコロフは再び答えを求めた。「我々が誰に連絡するというのだ？」

「それだけではありません」タッカーは説明した。「使っていない場合でも、電子機器の電波から居場所を特定されるおそれがあります。渡してください」

三人は指示に従い、携帯電話をタッカーに渡した。

「電話をかける必要ができたらどうすればいいの？」アーニャが訊ねた。

「その時は何とかする」タッカーは答えた。

〈無事にロシアを出国し、身柄をシグマに預けた後ならば、という条件付きだがな〉

タッカーはケインを連れて車外に出て、トイレ休憩をすませた。ほかの三人に対しても、カザンからの緊迫の脱出行でこわばっているに違いない脚をほぐすように指示する。三人が見ていない隙に、タッカーはサービスエリアの脇を流れる小川に電子機器を投げ捨てた。自分の衛星電話だけは、ポケットの奥深くにしまったままだ。

十分後、車は再び走り出した。

「これからどうするの？」アーニャが訊ねた。「どこへ行くつもり？　空港を探すわけ？」

「そのうちわかる」タッカーは曖昧な返事をして、計画を明かさなかった。

連邦道路Ｐ２４０の道路状態が比較的良好だったこともあり、タッカーはそのまま南に向かって六時間、車を走らせ続け、カザンからできるだけ距離を置こうと努めた。夜の道を走り続けるうちに、農地の広がる田園地帯に入り、ついには隣の州との境を越えた。ロシアの各州の間には検問所が設置されていない。検問所があれば厄介なことになっていただろう。

夜明けの二時間ほど前、タッカーたちはディミトロフグラードという小都市に到着した。ソヴィエト時代の面影がいまだに色濃く残っている街だ。タッカ！は街中の大通りを走りながら、人目につきにくいながらもそれなりの設備が揃っていそうなホテルを探した。目的にかなったホテルを発見すると、二階の続き部屋を予約する。一つはアーニャと父親用、もう一つは自分とウトキン用だ。二つの部屋をつなぐ扉の前にはケインを配置した。

同じ場所に長時間とどまることは避けたい。そのため、チェックインから四時間後、タッカーはすでに目を覚まして行動を開始していた。ほかの三人にはもう少しゆっくり寝ていてもらうことにして、近くまで出かける。一人きりになりたかったせいもある。タッカーは夜に市内を走っていた時に見つけたインターネットカフェに向かった。店内はソーセージと熱いプラスチックのにおいがするが、時間が早いのでほかに客はいない。五脚のテーブルの上には一九九〇年代の製品と思われるＩＢＭのコンピューターが置かれている。モデムの代わりに音響カプラーが使用されているほど古い代物だ。

店の主人は椅子から立ち上がろうともしない年配の男性で、ありがたいことに口数も多くない。タッカーはカウンターの上にあった手書きの紙から何とか料金を解読し、男性に百ルーブル紙幣を渡した。男性は「好きなものを使ってくれ」とでも言うかのように手を振った。

予想通り、接続速度はかなり遅い。タッカーはロシアの新聞社のウェブサイトを何カ所かのぞいた。翻訳機能を利用して、自分が探していた記事を――正確には、発見したくないと思っていた記事を発見した。

ホテルに戻ると、アーニャとウトキンの姿が見えなかった。ケインはベッドの上に座り、タッカーをじっと見つめている。タッカーの胸の内をいらだちが一瞬よぎったが、すぐに消えた。全員を部屋から外に出さないように、ケインにきちんと指示を与えておかなかった自分のせいだ。

タッカーはブコロフを揺すって起こした。「アーニャはどこです？　ウトキンは？」

「何だって？」ブコロフはベッドの上で飛び起きた。「いないのかね？　連中がここまで来たのか？」

「落ち着いて」

タッカーが部屋の入口の方を振り返りかけた時、扉が開き、ウトキンとアーニャが入ってきた。二人は段ボールでできたトレイを一つずつ抱えていて、トレイの上のテイクアウト用のカップからは湯気が上がっている。

「どこに行ってたんだ？」タッカーは強い口調で問いただした。

「紅茶を買ってきたの」アーニャはトレイを少し高くかざしながら答えた。「みんなの分を」

タッカーは怒りを抑えつけた。「二度とするな。俺の許可なしでするんじゃない」

ウトキンがぼそぼそと謝った。

アーニャは困惑の表情を浮かべながら、トレイをテーブルに置いた。

ブコロフは肩に手を回して娘をかばおうとした。「待ちたまえ、タッカー、そんな口のきき方を――」

タッカーはブコロフの鼻先に指を突きつけてから、ウトキンとアーニャに対しても指先を向けた。「この国の外に出た後なら、好きなようにしてもらってもかまわない。それまでの間は、俺の言うことを聞いてくれ。あんたをここまで連れてくるために、無関係な人間の血が流れてしまったんだ、ドクター・ブコロフ。愚かな行動のためにその血が無駄になるようなことがあってはならない。誰であろうと、そんな行動は許さない」

憤然として隣の部屋に戻り、タッカーは頭を冷やそうとした。ケインが近づいてくる。タッカーの怒りを察しているのか、しっぽが元気なく垂れている。

タッカーはシェパードの毛をなでてやった。「おまえに怒っているんじゃない。おまえは悪くないよ」

続き部屋の間の扉を閉めながら、ウトキンも戻ってきた。「ごめん、タッカー。そこまで考えが及ばなかったんだ」

タッカーは若者の謝罪を受け入れたが、どうしても気になる疑問があった。「君たちはずっと一緒にいたのか？」

「アーニャと僕のこと？　いいや、ずっと一緒だったわけじゃない。僕の方が早く目を覚ましたんだ。ちょっとこのあたりを一回りしようかと思って。本当にごめん、どうしても外の空気を吸いたくなったものだから。今回の件は何もかも、その——精神的にこたえるんだよ。みんなが眠っているのに、この静かな部屋でじっと座っているのが耐えられなくて」

「君とアーニャはどこで一緒になったんだ？」

ウトキンは考えながら眉間にしわを寄せた。「駐車場だよ。彼女は少し先にある喫茶店の方から来た。紅茶のカップが載ったトレイを二つ、手に持ってね」

「どっちの方角だ？」

ウトキンは指差した。「西だよ」

「誰かが彼女と一緒にいるのを見なかったか？　彼女と話をしている人は？」

「いいや。ずいぶん落ち着かない様子だけど、何かあったのかい？　このこと以外で、という意味だけど」

タッカーはウトキンを観察しながら、この若者が作り話をしているのか否かを判断しようとした。嘘をついている人間は、必ず仕草にそれが現れる。どこを見ればいいか知っていれば、相手の嘘を見抜くことができる。観察の結果、ウトキンに対するタッカーの評価は変わらなかった。この若者からは策を弄しているような気配が微塵も感じられない。

タッカーは説明した。「カザンのニュースをチェックした。アーニャ・マリノフが誘拐されたという事件が報道されていた」

「まあ、ある意味、それは間違っていないね」

「彼女はナイトクラブの出口近くの路地で誘拐され、連れの男性は犯人に殺された、記事にはそう書いてあった」

ウトキンはベッドに腰を下ろした。「どうしてそんな隠蔽工作が？」

「自分たちにとって都合のいい話をでっちあげるためだ。ただ、どうも腑に落ちないのは、俺たちがカザンを離れてから二時間もたたないうちに、作り話が発表された点だ」

「それはずいぶん早いね。でも、何か意味があるのかな？」

「あるかもしれないし、ないかもしれない」

「君の顔とか外見の特徴についての記述は？」

「なかった。けれども、今頃は誰かが結びつけているはずだ。アーニャと、彼女の父親と、俺のことを」

「僕はどうなの？」

「連中がたどり着くのは時間の問題だな」

ウトキンの顔から血の気が引いた。「じゃあ、君たちみんながいなくなった後、僕が追われるってことなんだね」

「いいや、そんなことにはならない」

「どうして？」

タッカーはウトキンの肩に手を置いた。「君も俺たちと一緒に国を離れるからだ」

「何だって？　本当に？」安堵感に包まれたウトキンは、まるで子犬のような顔でタッカーをじっと見つめている。

〈こんなことじゃ頼りなくて先が思いやられる〉

この若者にはもう少し強くなってもらわないと困る。「だが、君にもしっかりと役割を果たしてもらう必要がある。銃を撃ったことはあるか？」

「あるわけないじゃないか」

「だったら、近いうちに初めての経験をすることになるかもな」

三月十四日午前九時十二分

タッカーは二階の部屋のバルコニーに出て、外の空気を吸っていた。足音を耳にして振り返ると、アーニャが両腕を組んで壁にもたれかかっていた。

「話があるんだけど」

タッカーは肩をすくめた。

「さっきは勝手なことをしてごめんなさい。あと、父があんな言い方をしたことも……私をかばおうとしていただけ。それだけなのよ」

「君のお父さんは」タッカーは当たり障りのない言葉を選ぶのに苦労した。「誰とでもうまくやっていける人じゃないみたいだな」

「いちばん苦労するのは娘よ」

タッカーは笑顔を返した。

「表には出していないかもしれないけれど、父はあなたのことが気に入ったみたい。めったにないことだわ」

「何でわかるんだい？」

「だって、あなたのことを無視しないもの。今朝は何だか押しつぶされそうな気分になっちゃって。外に出ずにはいられなかったの。閉所恐怖症みたいなことなのかしら」

「まあ、狭いところに閉じ込められていると、頭がどうかしてしまいそうな時もあるよ」

アーニャは笑みを浮かべた。「確かに、頭がどうかしてしまいそうなことばかりね。でも、一つ聞きたいんだけど、あなたはなぜ私たちを助けてくれるの？」

「依頼されたから」

「誰に？」そう訊ねてすぐ、アーニャは手を振った。「今の質問は忘れて。聞くべきじゃなかったわ。でも、どこに向かうつもりなのかだけでも教えてくれない？」

「南だ。順調にいけば、明日の朝までにはシズラニに着ける。そこで俺たちの仲間と落ち合う予定になっている」

アーニャはほっとしたような表情を浮かべた。

「市内の合流地点――チャイカ・ホテルに君たちを送り届ける予定だ。アメリカに着いたら何をするか、考えたかい？」

「まだよくわからない。父がどうするのかによっても変わってくるわね。そのことをちゃんと考える時間がなかったから。父が行くところに私もついていくわ。父の研究には私の手伝いが必要だし。ねえ、あなたはどこに住んでいるの？」

タッカーはその質問に不意を突かれた。ノースカロライナ州のシャーロットに私書箱があるが、長時間ゆっくり腰を落ち着けるような場所はどこにもない。そんな自分の生き様を他人に説明するのは難しい。過去に何度か試みたことはあるものの、今ではしないことにしている。どう説明すればいいというのか？〈人間があまり好きじゃないんだ。犬だけを連れて世界各地を歩き回り、たまに仕事を請け負っている。それが性に合っているんでね〉

話を簡単にするために、タッカーは嘘をついた。「メイン州のポートランドだ」

「そこはいいところなの？　私も気に入るかしら？」

「君は海が好きかい？」

「ええ、大好きよ」

「それなら気に入るはずだ」

駐車場を眺めるアーニャの視線は、そのはるか遠くを見ているかのようだった。「そうね、きっと気に入るわ」

〈行く機会があったら、そこがどんなところかわかる絵葉書でも送ってくれ〉

言うまでもなく、タッカーがその地を訪れたことなどない。

さらに数分ほど話を続けた後、アーニャは室内に戻っていった。

誰もいなくなった隙に、タッカーはハーパーに電話をかけた。回線がつながると、手短に言葉を伝える。

「明日の朝。シズラニのチャイカ・ホテル」

午後七時五分

一行はとっぷりと日が暮れてから再び移動を開始し、暗い夜の道を南に向かった。タッカーはヨーロッパ最長の川として知られるヴォルガ川に沿って延びる幹線道路に入った。記憶を頼りに、この川が名前の由来となった都市ヴォルゴグラードを目指す。用心のために、幹線道路と脇道を行き来しながら車を走らせた。

翌朝四時、タッカーはバラコヴォの街外れにあるトラック用のドライブインに車を停めた。「カフェインを体に入れないと」タッカーは目をこすりながら眠たそうな声を発した。「ほかに欲しい人は？」

三人は目を閉じたままだ。タッカーの問いかけへの反応は、そっけない手の動きと、眠りを妨げられたいらだちのつぶやきだけだ。外に出たタッカーは、熱いブラックコーヒーの入ったカップを手に車へ戻った。

再び車に乗り込んだタッカーは、カップホルダーの中にわざと残しておいた衛星電話がそのままになっていることに気づいた。電話には誰も手を触れなかったようだ。

タッカーはその後も運転を続け、百五十キロを二時間で走破した。サラトフの街に着いた頃には、すでに太陽が地平線から完全に姿を見せていた。

後部座席のアーニャが体を動かし、伸びをしてから周囲を見回した。「ここはシズラニじゃないわ」

「そうだな」

「シズラニに向かうって言っていなかった？　チャイカ・ホテルだって」

「急遽、計画に変更があってね」タッカーは答えた。

タッカーは幹線道路を外れ、少し離れたところにあるホテルに向かった。

「仲間の人が心配するんじゃないの？」アーニャが訊ねた。

「大丈夫だ。連絡を入れたから」

タッカーはホテルの駐車場に車を入れ、エンジンを切った。ウトキンも目を覚ました。ブコロフはアーニャが体を揺すらないと起きなかった。

タッカーは車から降りた。「部屋が取れたらキーを持ってすぐに戻る」

ロビーに向かう途中で、タッカーの衛星電話が着信を知らせた。ポケットから取り出して画面上のメッセージを確認する。

チャイカ・ホテルで動きなし。

直近の八時間、この電話が使用された形跡なし。

満足すると、タッカーはロビーを通り抜けてトイレに向かった。用を足し、手を洗い、髪の毛を整え、洗面所の横の瓶から口臭予防のミントキャンディーを一粒つまんで口に放り込む。タッカーは五分間待ってからホテルを出て、ＳＵＶに戻った。

「残念ながら満室だ」タッカーは告げた。「このままヴォルゴグラードまで行く方がよさそうだ」

ウトキンはあくびをしながら、新たな一日を迎えて明るくなった外を指差した。「昼間の運転は安全じゃないって話じゃなかったっけ？」

「ここまで来たら、一気に目的地に向かう方がいい」

ウトキンの言葉に間違いはない。確かに安全ではないが、ヴォルゴグラードまではあと三百キロ強だから、危険を冒す価値はある。それに簡単なテストをしてみた結果、三人の誰一人としてチャイカ・ホテルの偽情報に食いつかなかったし、衛星電話をこっそり使おうともしなかった。

〈ここまでは順調だ〉

このまま進んでも問題はないだろう。

それに敵が自分たちを追跡しているとすれば、今まで包囲網の狭まる気配がないのもおかしい。

トンネルの先に光が見えてきたことを意識しつつ、タッカーは運転しながら晴れた朝の車窓を楽しもうとした。もうすぐ三人はロシアを出国できる。アーニャやほかの人間に対する疑念も的外れだったようだ。

運転席側の窓から見えるヴォルガ川は、朝の陽光を浴びて光り輝いている。助手席側の窓の外には起伏に富んだ丘陵地帯が広がり、真っ白な雪に覆われた農地が春の訪れを待っている。

全員の気持ちが明るくなり、話し声や笑い声が車内を満たす。

「ロシアの歴史クイズといこうじゃないか」ブコロフが陽気な声で提案した。「みんな参加するかね？」

タッカーは笑みを浮かべた。「得意科目じゃないんですけどね」

「確かにそうだね」ウトキンが応じた。

アーニャが割り込んできた。「タッカー、あなたにはボーナスポイントをあげるわ。それなら公平でしょ」

タッカーは口を開きかけたが、言葉が外に出ることはなかった。前方の交差点をクローム塗装の車体が横切る。フロントガラスに太陽の光が反射し、エンジンの轟音がとどろき——金属と金属がぶつかってつぶれる鈍い音が響く。
次の瞬間、タッカーのまわりの世界が回転した。

17

三月十五日午前八時九分
ロシア　サラトフの南

頭ががんがんと鳴っている中、タッカーは言うことを聞こうとしないまぶたを無理やり開き、周囲を見回した。数秒の間を置いてから、シートベルトが締まったまま、頭を下にした体勢で宙吊りになっていることに気づく。顔の前では空気の抜けたエアバッグが揺れている。

回転したＳＵＶは屋根を下にして停止していた。換気口から車内に水が流れ込んでいる。フロントガラスに目を向けると、驚いたことにワイパーが作動していた。

うめき声をあげながら右に目を向けると、タッカーの体の下の天井にはウトキンが体を丸めて倒れている。ぴくりとも動かない。顔は上を向いているが、頭の下には十センチ以上の水がたまり、水かさは徐々に増しつつある。

タッカーが次に心配したのは……

〈ケイン〉

ほかの人たちの無事を確認しようと口を開きかけて、タッカーは思い直した。別の車に衝突されたことを思い出したからだ。

何者かの車がぶつかってきた——意図的に。

タッカーは目を閉じ、考えを巡らせようとした。

車が落下したのは道路脇の水路だ。運転中、道路に並行して延びる排水用の幅の広い水路を目にした覚えがある。道路よりもかなり低い位置にあったように見えた——深さは十メートルくらいだろうか。両側は急な斜面になっていた。ただし、一年のうちのこの時期は、氷のような冷たい水が浅く流れているだけだ。

薄い膜がかかったかのような頭で、タッカーは二つのことに意識を集中させた。

車をぶつけた連中はここにやってくる。

生き延びなければならない。

タッカーは上着のポケットを確認した。マグナムは中にある。

背後で水しぶきが聞こえる。首をねじって後ろを見たタッカーは、毛に覆われた二本の前足が水の中を動いていることに気づいた。ブコロフとアーニャの体も見える。二人は天井の上にもつれ合った状態で倒れていた。どちらも意識を失っている。アーニャの片足はシートベルトに絡まったままだ。

「ケイン」タッカーは小声で呼びかけた。「こっちに来い」

シェパードはぐったりとしたブコロフとアーニャの体を乗り越えた。

タッカーは手探りでシートベルトの掛け金を外し、音を立てないように注意しながら冷たい水の中に下りた。ケインが隣にやってきた。鼻先をタッカーの顔に近づけ、心配そうに頬を舌でなめる。

〈大丈夫だよ〉

目の上に三センチほどの切り傷があるものの、それを除けばケインに怪我はないようだ。

「外に出ろ」タッカーは指示を与え、ケインの体を開いたままになっている運転席側の窓の方に押した。「隠れて見張れ」

ケインは隙間から車の外に出ると、水路の岸に茂る丈の高い草むらに姿を消した。タッカーもケインに続いて車外に這い出た。両肘を地面に着けた低い姿勢のまま、泥と草の間を進んでいく。ケインの後を追って堤防を三メートルほどよじ登ったところで、タッカーは目の前に相棒の尻があることに気づいた。

ケインは腹這いの姿勢で静止していた。立ち止まったのには何らかの理由があるはずだ。

タッカーもケインにならって動きを止め、耳を澄ました。

ロシア語の声がする。

二人もしくは三人。水路の左手の方角から聞こえる。

「待て」息を殺してケインにささやく。

タッカーは体を右方向に回転させた――一回、二回、三回。続いて堤防を水路の方に滑り下り、声のした方向と自分との間にSUVの車体が入るようにする。バンパーの近くに移動した後、タッカーはうずくまり、車の陰から様子をうかがった。

SUVの先に目を向けると、水路の先の堤防を下る私服姿の三人の男が見えた。男たちは裏返しになった車の方に近づいてくる。三人は各自がコンパクトなサブマシンガンを携帯していた――PP-19ビゾンだ。

タッカーは再び車体の陰に隠れ、素早く状況を判断した。

違和感を覚えると同時に、タッカーの頭の中で警告音が鳴り響く。

〈相手は三人。だが、普通なら二人一組で行動するはずだ。ということは……〉

タッカーは再び様子をうかがった――今度は堤防の上の道路に視線を向ける。

幹線道路の脇から四人目の男が姿を現した。ビゾンの銃口は水路の車に向けられている。

タッカーは男に発見される前に身を隠した。あの男がもう少し早くあの場所にやってきていたら、タッカーとケインはSUVから脱出する瞬間を目撃されていたに違いない。

危ないところだった――ただし、そんな幸運が何度もあるとは限らない。

ここから必要なのは生き延びるためのスキルだ。

タッカーは水際まで下がってSUVの陰に隠れ、両手だけを突き出した。車体の陰の暗がりに位置しているため、ケインに送る合図は上の男から見えないはずだ。タッカーは拳を手のひらで覆ってから、指を一本立て、右に振った。

〈隠れたまま……右に移動〉

タッカーはケインが見ているはずだと信じていた。シェパードの鋭い視力なら、暗がりの動きも難なく認識できる。タッカーがケインに伝えられるのは、それが精いっぱいだった。相棒は今、タクティカルベストを着用していないのだから。

ケインへの指示を終えると、タッカーはバンパーの反対側に移動した。道路にいる男からは離れた側に当たる。タッカーは水路にうつ伏せになり、中央に移動しながら底に潜った。水深は五十センチもない。タッカーはどうにか全身を水中に沈めた。水草を指でしっかりとつかみ、体が浮き上がらないようにする。その姿勢のまま、弱い流れに身を任せて、SUVから離れ始めた。朝の太陽はまだ高く昇っていないため、傾斜の急な堤防に挟まれた水路は暗い影に包まれている。その影に紛れて、自分の動きが見えないことを祈るしかない。男たちは今、SUVに意識を集中しているはずだ。それでも、いつ背中に銃弾を撃ち込まれるかと思うと、気が気ではない。

何事もないまましばらく下ってから、タッカーは水路を横切り始めた。ケインや銃を持った男たちがいる側の岸へと向かう。タッカーは浅瀬に移動し、仰向けの姿勢になった。水面から顔を出し、まばたきをしながら目に入った細かい泥を流す。

水路が緩やかに曲がっているうえに、両側の堤防の傾斜が急なため、この地点から道路にいる男の姿を直接見ることはできない。すぐ近くで草が動いた。その動きがタッカーの方に近づいてくる。意識して探さなければ見落としてしまうようなかすかな動きだ。

タッカーの密かな動きも、ケインの目をごまかすことはできなかった。

丈の高い草と暗がりの間を移動しながら、相棒はタッカーの後を追っていたのだ。

アザラシが砂浜に上陸するかのように、タッカーは水から這い出して冷たい泥と草の上に寝転がった。ケインが合流する。一人と一頭は音を立てないように気を配り、草が密生している場所を選びながら、水路脇の堤防をよじ登った。三人の男たちはSUVまで到達したらしく、ひときわ大きな話し声が聞こえる。

時間はあまり残されていない。

ようやく堤防の上まで登ったタッカーは、道路に目を向けた。銃を持った男が一人、左手にいる。男は全神経をSUVに集中させている。

タッカーは姿勢を低くすると、ケインの耳元にささやいた。「迂回、隠れて、静かに接近、ボスを倒せ」

タッカーは複雑な指示をもう一度繰り返した。

ケインは驚くほど多くの語彙を理解する一方で、複数の指示をつなぎ合わせる能力にも優れている。この場合、ケインは道路を横切り、相手から隠れながら目標との距離を詰め、それから攻撃しなければならない。

「理解できたか、相棒？」タッカーは訊ねた。

ケインは鼻先をタッカーの鼻にぶつけた。黒い瞳の輝きが、質問に対する答えを示している。

〈当たり前だ、馬鹿にするなよ〉

「だったら行け」

ケインは足音を立てずに、冷たいアスファルトの上を横切る。向こう側に渡ると、密生した藪の間に入り込む。冬の寒さのせいで、枝がもろくなっている。草や茂みの枝がかさかさと音を立てないように注意する。地面は氷と泥が入り混じった状態だ。ケインは歩き続ける。最初はゆっくりと、足を踏み出すごとに確認しながら進む。

大丈夫だと判断すると、ケインは足を速める。

道路上を吹く風が、相棒のにおいを運んでくる。自分のにおいと同じように、身近なにおい。温かみと、愛情と、満ち足りた気持ちのにおい。

前方にいる獲物のにおいも届く。ろくに洗っていない肌のすえたにおい、ガンメタルと油の強烈な香り、虫歯の悪臭。獲物のかすかな動きも、耳の向きを微妙に変えることでとらえる。アスファルトをこする靴音、レザーのストラップがこすれる音、落ち着かない様子の息遣い。

ケインは道路に沿って進み続ける。姿を隠したまま、草木の間の影を抜けながら。

ようやく獲物の真向かいに到達する。姿勢を低く保ち、獲物から視線を外すことなく、道路のすぐ脇に移動する。獲物は背中を向けているが、くさい息を吐くたびに首を動かし、周囲の様子をうかがっている。ケインが隠れている場所にも顔を向ける。

危険だ。

けれども、相棒からの指示は頭に焼き付いている。

攻撃しなければならない。

ケインは後ろ足を動かし、筋肉に力を込め、来たるべき突進に備える。その瞬間を待ち——

——左手の方向に動きがある。

相棒が隠れていた場所から動き、路肩に姿を現した。動きがおかしい。体が傾き、足取りもおぼつかない。ケインはその動きが偽りだと理解している。意図的にふらついているのだ。相棒の腰のあたりに鋼鉄の輝きが見える。獲物からは見えない位置だ。

道路の向こう側で獲物が相棒の動きに気づき、そちらに神経を集中させる。ケインの体の奥深くから、相棒への称賛の気持ちと愛情が湧き上がる。強い絆で結ばれた自分たちは、一組になって行動する。

獲物の注意がそれるのを見て、ケインは道路に飛び出す。

タッカーは自分に向けられたサブマシンガンの銃口を真っ直ぐに見つめていた。ケインの方に視線を移したくなる気持ちを必死に抑えつける。相棒はアスファルトを横切りながら獲物に突進している。

ここが危険な瞬間だ。この計画は、相手が自分に気づいてもすぐには射殺しないだろうという仮定のもとに成り立っている。ケインが道路の向かい側に到達したのを確認した後、タッカーは隠れていた場所から姿を現した。おぼつかない足取りで歩き、体を左右に揺すって朦朧とした様子を見せながら、衝突の衝撃で混乱している風を装う。太腿に添えたマグナムは、斜めに傾けた体の陰になっているため、相手からは見えない。

予想通り、男はタッカーの方に素早く体を向け、ビゾンの銃口を向けた。

まるでスローモーションのように、すべての動きが遅く見える。

タッカーはマグナムを前に突き出して走り始めた。

ケインには全幅の信頼を寄せている。長年にわたって行動を共にしているため、ケインは言葉や手による合図以上に、タッカーの声の調子や体の動きから意図を読み取ることができる。しかも、周囲の状況を取り込んだうえで、指示をいつ実行に移すべきかに関しても的確な判断を下せる。

そうした訓練のすべてが、この瞬間、完璧に融合した。

ケインはスピードを緩めず、最後の三メートルの距離をひとっ跳びで詰めた。体重三十キロを超える軍用犬の突進を脇腹に受け、男は路肩に倒れた。その体にケインがのしかかる。男の体が地面に叩きつけられた時には、すでにケインの顎が目標を挟みつけていた。男のむき出しになった喉笛に、百キロ以上の力が加わる。

走り寄ったタッカーは、両膝を突いて道路を滑りながら、倒れた男のすぐ隣で停止した。体を反転させ、男の腰に念のための銃弾を撃ち込む。

タッカーはマグナムを左手に持ち替え、右手で男のビゾンを奪い取ると、ケインの体を飛び越えた。尻から草の上に着地し、そのまま堤防の急斜面を滑り下りる。

下の状況を一瞥し、残った三人の敵の位置を把握する。

一人は左側にいて、距離は約七メートル……

一人はＳＵＶの車体の脇にひざまずいている……

一人はバンパーの近くに立っている……

草がタッカーの顔面を打ち、小さな石が尻や太腿に食い込む。斜面を下りながら、タッカーはマグナムでバンパーの近くにいる男を狙い、発砲した。繰り返し引き金を引く。一発目の銃弾は大きく外れたが、二発目は男の脚に、三発目は胸骨に命中した。

まず一人。

タッカーは続いてひざまずいた姿勢の男に目を向けた。位置は真下だ。ビゾンを構えようとしたが、斜面を滑り落ちるスピードが速すぎて、先に堤防の下まで達してしまった。

堤防を下り切る寸前に、タッカーは両脚を前に蹴り出した。宙を舞う体が、ＳＵＶの脇にいる男と激突する。タッカーの目の前に星がちらついたが、相手に馬乗りになることができた。

男の体は水中にある。水中から一本の手が伸び、タッカーの体を叩いた。指が必死に何かをつかもうとしている。次の瞬間、泥まみれの顔が水面から飛び出し、咳き込みながらあえいだ。

相手が空気を吸い込もうとした時、タッカーは男の顔を肩で押して再び水中に沈めた。

相手の呼吸を封じたまま、タッカーはビゾンを構えてＳＵＶの車体の先に向けた。三人目の敵の姿が見える。三メートルほど離れた地点で、周囲に遮るものは何もない。タッカーはビゾンを連射した。狙いは外れたものの、相手は後ずさりして姿を消した。

その頃までに、水中に沈んだ男がもがく動きは止まっていた。溺死だ。

タッカーは体を起こした。残った一人が攻撃に転じるはずだ。

だが、五つ数える間、何も起こらない。

草のこすれる音を耳にして顔を上げると、ケインが堤防を駆け下りてくる。

相棒の姿を確認してから、タッカーはＳＵＶの車体の陰を移動し、バンパーの向こう側の様子をうかがった。

最後の敵はタッカーに背を向けて、この場を離れつつある。右手に握られたビゾンの銃口は下を向いている。水路を走る水音が大きく響く。もはや勝ち目はないと判断したのだろう。

「くそっ」タッカーはつぶやいた。

男を逃がすわけにはいかないが、背中を向けている相手を撃つような真似はしたくない。

「ストイ！」タッカーは大声で叫び、空に向けて発砲した。「止まれ！」の意味だ。

男は従ったが、こちらを振り返ろうとしない。その場で両膝を突き、武器を捨て、両手を頭の上に乗せた。

ケインが男に追いついたが、タッカーは制止した。

「待て」

タッカーは水路を歩き、ひざまずいた男に近づいた。まだ少年の面影が残っている。せいぜい十九歳か二十歳ぐらいだろう。

「こっちを向け」タッカーは命令した。

「言わない、誰にも」少年は訛りの強い英語で懇願(こんがん)した。

〈いいや、言うはずだ。おまえが言いたくなくても、言わされることになる〉

タッカーは不意に疲労感に包まれた。もはや気力はほとんど残っていない。「こっちを向け」

「嫌だ(ニエット)」

「こっちを向け」

「嫌だ(ニエット)!」

タッカーは大きく息を吸い込み、ビゾンを持ち上げた。「悪く思わないでくれ」

18

三月十五日午前十時十分
ロシア　ヴォルガ川沿い

マルシャSUVの見た目はお世辞にも美しいとは言えないが、タッカーはそれに対して何の不満もなかった。そのおかげで全員の命が救われたのだ。

水路の底にたまったやわらかい泥のおかげもある。

タッカーは裏返しになった車に背を向けた。三人は路肩をよろよろと歩いている。三人をSUVの車内から引っ張り出し、手早く怪我の程度を調べた後、タッカーはウトキンを揺すって起こし、アーニャとブコロフの手当てを手伝わせた。

全員が打撲のほか、軽い切り傷やすり傷を負っていた。怪我がいちばん重かったのはブコロフで、片方の肩を脱臼していたほか、軽い脳震盪(のうしんとう)も起こしていた。タッカーはドクターがまだ意識を失っている間に、外れた肩を元に戻した。脳震盪を治すには時間と休息が必要になる。

だが、今はここにとどまって休息する時間ではない。

タッカーは三人を連れて新しい車に向かった。襲撃者たちが使用していた濃紺のプジョー408だ。フロントバンパーがへこんでいることを除けば、目立った傷はない。車を衝突させてタッカーたちを水路に押し出した人間は、すべて計算ずくで運転していたのだ。タッカーはトランスミッターやGPS機器のようなものが車内にないか探したが、何も見つからなかった。

アーニャがブコロフに手を貸して車に乗せている時、ウトキンがタッカーを手招きした。

「何の用だ?」一刻も早くこの場を離れたいと思いながらも、タッカーは訊ねた。

ウトキンは人目を気にするような様子を見せている。「これを見てもらった方がいいと思って」

ウトキンはタッカーに携帯電話をそっと手渡した。襲撃者たちが持っていた電話はこの一台だけだ。

「カメラのデジタルメモリーの中にあった写真だよ」

タッカーは目を細くして、画面上に表示された不鮮明な自分の写真を見た。コンピューターの前に座り、両手はキーボードの上で静止している。その場所を認識すると同時に、胃の奥に不快感が募っていく。これはディミトロフグラードにあったあの薄汚いインターネットカフェだ。

〈何者かが俺の写真を撮影した〉

その意味をどう解釈したらいいのか判断がつかないまま、タッカーは写真をメールに添付して自分の衛星電話に転送し、元の写真は削除した。襲撃者の携帯電話のアドレス帳を調べたが、一件も登録されていない。着信および発信の記録も同じだった。すべてきれいに消去されている。タッカーは腹立ちまぎれに携帯電話のバッテリーケースとＳＩＭカードを取り外し、靴のかかとで踏みつぶした。道路を横切り、残りは水路に投げ捨てる。

タッカーは写真が持つ意味に考えを巡らせた。何者かが密かに自分たちの後を追っていたのは明らかだ。しかし、どうやって？　誰が？　タッカーはひっくり返ったままのＳＵＶに視線を移した。あのマルシャのどこかに探知機のようなものが取り付けられていたのだろうか？

タッカーにはわからなかった……わかりようがない。

そのことだけではない。わからないことが多すぎる。

タッカーはウトキンに向き直った。「ほかの二人にこの写真を見せたか？」

「いいや」

「ならいい。これは俺たちだけの秘密にしておこう」

数分後、四人は再び車でヴォルガ川沿いを南に疾走していた。

幹線道路から早めに離れること、および待ち伏せを受けた場所からできるだけ距離を置くことのほかに、差し当たってタッカーの頭の中には何も計画がなかった。十五キロほど走った後、タッカーは幹線道路を外れて未舗装の道に入った。道はヴォルガ川を見下ろす公園に通じている。タッカーは公園の手前で車を停め、全員を降ろした。

ウトキンとアーニャはブコロフに手を貸して、近くにあったピクニックテーブルに座らせた。タッカーは水量の多い川に臨む断崖に近づいた。考えるための、態勢を立て直すための時間が必要だ。断崖の端に腰掛け、脚をぶらぶらさせながら、葉の落ちた木々の枝の間を通り抜ける風の音に耳を傾ける。ケインが近づき、すぐ隣に寝そべった。タッカーは片手をシェパードの脇腹に置いた。

「気分はどうだい、相棒？」

ケインはしっぽを一振りした。

「ああ、俺も大丈夫だ」

〈何とか、だけどな〉

タッカーはケインの頭の傷を消毒してやったが、それよりも精神的なダメージの方を気にかけていた。道路上にいたあの男を殺したことについて、シェパードがどう感じているかをうかがい知ることはできない。ケインは戦場で人を殺した経験があるし、そのことが後々まで影響を及ぼしてはいないように思える。一方、タッカーの場合、事情はもっと複雑だった。アベルが命を落とし、自らも軍を離れた後、タッカーは仏教の教えの一部を受け入れるようになったが、ケインが持っている禅の境地にまで達するのはとても無理だと考えていた。ケインの考え方は、一言でまとめれば、「起きてしまったことは仕方がない」といったところだろうか。

崖っぷちに座ったタッカーの心は、ヴォルゴグラードをひたすら目指すべきだという本能と、ゆっくりと慎重に進むべきだという思いとの狭間で揺れていた。しかし、どうにも釈然としないことがいくつもある。そのためにタッカーはここに立ち寄ったのだった。

〈四人の男〉タッカーは心の中で振り返った。〈なぜ四人だけだったんだ?〉

待ち伏せを受けた地点で、タッカーは襲撃者たちの所持品を調べたが、あるのは運転免許証とクレジットカードだけだった。しかし、その正体がスペツナズなのは刺青からほぼ間違いない。それならば、なぜ大人数で仕掛けてこなかったのか? ネルチンスクでは一個小隊の兵士に加えて、ヘリコプターまで動員していたのに。

どうも今回の襲撃は、一部のグループによる単独作戦のにおいがする。ロシア国防省内の何者かが、上層部の目を盗んでブコロフを拉致しようと考えているのではないだろうか? けれども、現時点で最も急を要する問題はそのことではない。

さっきの衝突は偶然の事故ではなかった。

敵は自分たちの居場所を知っていた。だが、どうやって?

タッカーは携帯電話の中にあった写真を思い浮かべた。

あれは何を意味するのか?

ウトキンが近づき、タッカーと並んで断崖に腰掛けた。「いい眺めでしょ?」

「自由の女神を眺めている方がいいよ」

タッカーの反応に、ウトキンが笑い声を漏らした。「僕も見てみたいな。アメリカには行ったことがないんだ」

「俺が連れていってやるよ」

「それで計画は立てたのかい？　ここからどこに行くの？」

「ヴォルゴグラードまでたどり着かないといけない」

「でも、またどこかで待ち伏せされるかもしれないと考えているんだね？」

わざわざ返事をするまでもない。

ウトキンは話題を変え、腕を大きく振って川とこの一帯を指し示した。「僕がこのあたりで生まれ育ったことは知ってた？」

もちろん、タッカーは知っていた。ウトキンに関するファイルに書いてあった。けれども、タッカーは黙っていた。この若者は何でもいいから、昔話でもいいから、話をしたい気分なのだろうと察したからだ。

「川沿いにあるとても小さな村で、ここから南に八十キロくらいのところさ。子供の頃はおじいちゃんと一緒にヴォルガ川でよく釣りをしたなあ」

「楽しそうな子供時代だな」

「うん、楽しかった。でも、単に昔を懐かしんでいるわけじゃないよ。君はヴォルゴグラードまで行きたいんだろう？」

タッカーはウトキンの方を見た。この男は何を言いたいんだ？

「それも、なるべく大きな道を使わずに」ウトキンは続けた。

「そうだとありがたいな」

「それなら、別の方法がある」ウトキンは眼下を流れる川を指差した。「何千年間も使われてきた方法だから、今でも大丈夫なはずさ」

午前十一時一分

タッカーにはあと一つだけ、先に進む前に片付けておかなければならない問題があった。アーニャにはブコロフと一緒に公園で待っているように伝え、ケインに対しては二人を守るように指示を与える。この最後のひと仕事にはウトキンの力が必要だった。

再びプジョーに乗り込むと、タッカーはまったく人通りのない川沿いの細い道を走った。道案内をするのはウトキンだ。小一時間走ったところで、木々に囲まれた中にある、今は使われていない農家を発見した。

「ここは昔の集団農場の跡だよ」ウトキンは説明した。「少なくとも築百五十年といったところかな」

タッカーはリモコンを使ってトランクを開けた。

トランクの中には、全身を縛られ、口にガムテープを巻かれた人間が寝かされている。タッカーたちを待ち伏せした男たちの最後の生き残り、まだ十九歳か二十歳と思われる少年だ。

「どうしてこいつを生かしておいたの?」ウトキンが小声で訊ねた。

タッカーにもはっきりした答えはわからない。抵抗しない人間を処刑同然のやり方で殺すことができなかっただけだ。その代わりに銃尻で少年の頭を殴り、ロープで縛り、トランクに押し込んでおいたのだった。

少年は目を大きく見開き、タッカーとウトキンのことを見つめている。二人は少年をトランクの外に出し、農家まで歩かせた。ウトキンが玄関の扉を開けると、蝶番が耳障りな音を立てる。

内部はタッカーの想像通りだった。節のある木材を使用した壁と床、板を打ち付けた窓、低い天井、あらゆる表面に厚く積もったほこり。

タッカーは少年の背中を押して家の中に入れ、床に座らせた。少年の口からガムテープを剝がす。

「通訳を頼めるか?」タッカーはウトキンに訊ねた。

「尋問するつもりなの?」

タッカーはうなずいた。

ウトキンは一歩後ずさりした。「こういうことに関わるのは勘弁——」

「拷問するわけじゃない。名前を聞いてくれ」

ウトキンはタッカーの指示に従い、答えを聞き出した。

「イシュトヴァンだって」

タッカーは相手の警戒心を解くために、少年自身に関する当たり障りのない質問から始めた。五分が経過する頃には、少年の態度がいくらか和らぎ、檻の中に閉じ込められたネズミのような表情も消えていた。

タッカーはウトキンに手を振った。「殺すつもりはないと言ってくれ。協力してくれれば、地元の警察に連絡を入れ、ここに君がいるから救出するように伝えると」

「安心しているみたいだ。でも、殴ってほしいと言っている。話に信憑性を持たせるために。そうしないと、上司が――」

「わかった。彼の部隊について質問してくれ」

「スペツナズだ。君の予想通りだね。でも、彼と三人の仲間はロシア軍の情報機関から直接に指示を受けていたらしい」

「GRUか？」

「そう」

〈ネルチンスクにいたスペツナズと同じだ〉

「GRUの誰から指示を受けていたんだ？」

「ハルジンという名前の将軍。アルトゥール・ハルジン」

「それで、その部隊の任務は？」

「ブコロフを追跡すること。ここで僕たちの車を待ち伏せするように言われたらしい」

「ハルジンの指示だな」

「うん、ハルジンから命令を受けたって」

その男はおそらく、ブコロフの言っていた「アルザマス16の将軍たち」の一人に違いない。

「ドクターの身柄を確保した後は？」タッカーは訊ねた。「どうするつもりだったんだ？」

「彼をモスクワに連れて帰る」

「なぜハルジン将軍はブコロフを欲しがっているんだ？」

「知らないって」

タッカーは自分の衛星電話を取り出し、インターネットカフェで撮影された不鮮明な写真を少年に見せた。「これをいつ、どうやって入手した？」

「昨日の午後」ウトキンは通訳した。「メールで送られてきた」

「どうして俺たちがここを通ると知っていたんだ？」

ウトキンは首を横に振った。「命令を受けただけだって」

「おまえは彼の言うことを信じるのか？」

「うん、本当のことを言っていると思う」

「確かめてみるとするか」

タッカーは上着のポケットからいきなりマグナムを取り出し、少年の右の膝頭に銃口を押し当てた。「答えが信じられないと伝えてくれ。ハルジンがブコロフを取り返そうとする理由を教えろと」

ウトキンはタッカーの要求を通訳した。

イシュトヴァンが何やら早口でまくしたて始めた。顔から血の気が引き、体を震わせている。

「本当に知らないと言っているよ」ウトキンはあわてた様子で伝えた。少年よりも怯えているように見える。「植物だか花だかが関係しているらしい。何らかの発見とか、兵器とか言っている。でも、それしか知らないみたいだよ。息子の命にかけて誓うって」

タッカーは少年の膝に銃口を押し当て続けた。

ウトキンが小声で訴えかけた。「タッカー、彼には子供がいるんだよ」

タッカーは感情を押し殺し、表情を変えまいとした。「子供がいる人間はこいつだけじゃない。そんなことが理由になってたまるか。もっとよく考えるように伝えろ。何か忘れているんじゃないのか？」

「例えばどんなことを？」

「ほかに俺たちの後を追う人間はいないのか？　ＧＲＵ以外に？」

ウトキンは少年に質問し、何でもいいから思い出すように言い聞かせた。しばらくして向き直ったウトキンは、つっかえながら答えを伝えた。「女がいたと言っている。女がハルジンを手伝っていたって」

「女が?」

「金髪の女性。一度だけ見たことがあるらしい。名前までは知らないけれど、ハルジンが傭兵か暗殺者として雇ったに違いないって」

タッカーの脳裏にフェリス・ニルソンの顔が浮かぶ。これは新しい情報ではない。「続けろ。そのことならもう知っていると――」

「川から救出された後、彼女は病院に連れていかれたって」

タッカーはみぞおちに強烈な一発を食らったような気分になった。

「その後、彼女に会ったことは?」

「ないって」

〈あの女、本当に生き延びたのか?〉

タッカーは凍結した川面と激しい流れを思い返した。フェリスは流れに引き込まれて氷の下に姿を消した。その後で氷の割れ目を見つけ、無線で救助を要請したのだろうか? スペツナズの発見が早ければ、彼女が一命を取り留めた可能性もなくはない。

タッカーはマグナムを少年の膝から離し、上着のポケットにしまった。安堵のため息を漏らした少年の体から、緊張感が抜けていく。

タッカーの仕事は終わった。少年に背を向けながら、あの狡猾(こうかつ)な女が再び向かってくる姿を思い浮かべる。けれども、タッカーは恐怖を感じなかった。心にあるのは強い決意だけだ。

〈フェリス、俺はおまえを一度殺した。必要とあらば、もう一度殺してやるぜ〉

19

三月十五日午後一時十五分
ロシア　ヴォルゴグラードの北

プジョーに戻り、ケインとアーニャとブコロフを拾ってから、タッカーは主要道路を避けながら再び南を目指した。轍（わだち）の付いた道や牛しか通らないような小道など、地図にも載っていない道を選んで進むには、この周辺の地域に関するウトキンの知識が大いに役に立つ。

アーニャが重苦しい沈黙を破り、心配事を口にした。おそらく、ずっと気になっていたのだろう。「トランクにいた若者をどうしたの？」

「彼を殺したのか、という意味か？」タッカーは聞き返した。

「そういうこと」

「彼は無事だよ」

〈今のところは〉タッカーは心の中で付け加えた。タッカーとウトキンは、ガムテープで古い農家の柱に縛り付けたうえで、イシュトヴァンを置き去りにしてきた。別れ際には、少年に対

してはっきりと伝えた。〈今回はひとまず見逃してやる。ただし、再び戦いの場に姿を見せたら、命はないと思え〉

「傷つけたりもしなかったわよね、そうでしょ?」

「傷つけてもいない」

タッカーはバックミラーでアーニャの顔色をうかがった。ミラーの中に映る青い瞳が、タッカーのことをじっと見つめている。

しばらくして、アーニャは視線を外した。「その言葉を信じるわ」

ウトキンの案内に従ってそのまま南に五十キロほど走り続けると、ヴォルガ川の河畔に広がる農村にたどり着いた。

「シチェルバトフカの村だよ」ウトキンが教えた。

〈そう言われたら、信じるしかないな……〉

村の建物の半分は、板が打ち付けられているか、あるいは人の住んでいる気配がないかのどちらかだ。村の外れには細い未舗装の道があり、崖をジグザグに下った先は川にへばりつくように造られた船溜まりに通じている。

四人は桟橋の手前で車を降りた。油のしみこんだ支柱の上に木製の板が隙間の空いた状態で置いてあるだけの桟橋で、今にも崩れ落ちそうな代物だ。

ウトキンは桟橋の先端で折りたたみ椅子に座っている男性に向かって手を振った。男性の傍らの川面にゆらゆらと揺れているのは、錆びついたハウスボートだろうか。テントボートと形容する方が正確かもしれない。平らな甲板の上には、青い防水シートがかぶせられているだけだ。

ウトキンは男性と数分間話をした後、車のところに戻ってきた。「彼がヴォルゴグラードまで連れていってくれる。料金は五千ルーブル。燃料代は別だって」

タッカーが気にしているのは値段のことではない。「あいつは信用できるのか?」

「あのさ、ここの人たちは電話を持っていないし、テレビもないし、ラジオすらない。追っ手がサラトフからヴォルゴグラードまでの間に住むすべての漁師を尋問しない限り、僕たちは安全だよ。そのうえ、ここの人たちは政府が嫌いなんだ。国の政府のことも、州の政府のことも」

「なるほど」

「もう一つ言わせてもらうと、僕はあの男性をよく知っている。おじの友人なんだ。名前はヴァディム。条件をのんでくれるなら、日没後に出発するって言っているけど」

タッカーはうなずいた。「そうしよう」

ヴァディムの船の荷物室に各自の持ち物を移した後、タッカーはプジョーを運転してシチェルバトフカの村に戻った。村を通り過ぎ、ウトキンの手描きの地図に従ってさらに一・五キロほど進むと、ヴォルガ川の支流に到達する。このあたりはかなり水深がある。タッカーは川岸に車を停め、ギアをニュートラルに入れてからエンジンを切り、車を降りた。

ケインも車外に出ると、伸びをしながら両側の茂みを見回している。

タッカーは車のキーを素早く川に投げ込み、車体の後ろに回り込むと、川の中央に向かって押し出した。やがてプジョーの車体が水面下に沈んで見えなくなる。

タッカーはケインの方を見た。

「ちょっと散歩でもするか？」

午後八時三十分

火のついたタバコを上下の奥歯で挟みながら甲板上に立つヴァディム船長は、がっしりとした体格の気難しそうな男性だ。一週間ほど剃っていないと思われる顎ひげの方が、頭部に残っている髪の毛よりも量が多そうに見える。四人と比べると身長は頭一つ分ほど低い。すでに太陽は沈み、冷え込んできているというのに、着ているのはシャツ一枚としみの付いたジーンズだけだ。

船長は桟橋と船をつなぐ板の方へとタッカーたちを手招きした。何事かぶつぶつとつぶやいたが、おそらく「俺の船にようこそ」といった意味だろう。

ブコロフはアーニャの手を借りながら、桟橋と船の間に差し渡された板の上をおそるおそる歩いた。小走りに板の上を駆け抜けたケインに続いて、タッカーとウトキンも船に乗り込む。ヴァディムはもやい綱を引き抜き、船に飛び乗ると、板を甲板の中に引き入れた。彼が早口でしゃべりながら指差した公衆便所のような構造物は、甲板下の船室への入口らしい。

ウトキンがにやりと笑った。「一等船室は下にあるって。ユーモアのセンスがある人だな」

〈面白くもないユーモアだがな〉タッカーは思った。

「父を船室に連れていった方がよさそうね」アーニャが言った。「もう少し休ませないと」

ブコロフは疲労困憊といった様子だ。頭を強く打った影響がまだ残っているのだろう。だが、アーニャが手を貸そうとすると、ドクターはその手を払いのけた。

「お父さん、ちゃんと言うことを聞いてちょうだい」

「そんな言い方はやめてくれ！　もうろくした老いぼれを相手にしているみたいな口のきき方じゃないか。一人で大丈夫だ」

不機嫌そうに言い返したものの、結局ブコロフはアーニャの手を借りながら船室に下りていった。

タッカーがケインの姿を探すと、シェパードは緩やかな弧を描いた船首付近に立ち、鼻を高く上に向け、周囲に漂うにおいを嗅いでいた。

〈犬にとっては幸せな時間だな〉

西に目を向けると、太陽はすでに切り立った崖の向こうに姿を消している。日中に吹いていたさわやかな風はほとんどやみ、ヴォルガ川の川面は穏やかだ。だが、水面の下では、ゆったりとした流れが大きな渦を巻いている。

ヴォルガ川の流れは危険なことで有名だ。

ウトキンはタッカーの視線に気づいたようだ。「落ちないように気をつけて。この船には救命具がないから。あと、ヴァディムも泳げないんだ」

「あらかじめ教えておいてもらってよかったよ」

ヴァディムは後甲板に飛び乗り、舵輪の後ろの位置に就いた。低いうなり声のような音とともに、ディーゼルエンジンがかかる。排気集合管から黒煙が噴き出した。船長が船首を流れの方に向け、船は桟橋を離れた。

「ヴォルゴグラードまでの所要時間は？」タッカーは訊ねた。

ウトキンはヴァディムの方を見た。「いつもよりも流れが速いから、十時間かそこらだろうって言っている」

タッカーはケインと並んで船首に立った。二十分ほどすると、アーニャが甲板に戻ってきた。

タッカーのもとに近づいてきたアーニャは、寒さのせいかウールのジャケットを体にぴったりと巻き付けている。本人は気づいていないのだろうが、そのせいで体の曲線がいっそう強調されていた。

「お父さんの具合は？」タッカーは訊ねた。

「ようやく寝てくれたわ」

そのまましばらく、二人は暗い川岸が後方に過ぎ去っていくのを見守っていた。晴れ渡った夜空には星が冷たく瞬いている。その時、何かがタッカーの手に触れた。目線を下に向けると、手すりに置いた自分の手の上にアーニャの人差し指が乗っている。

アーニャもそれに気づき、あわてて手を引っ込め、拳を握り締めながら膝の上に置いた。

「ごめんなさい。そんなつもりじゃ――」

「気にするな」タッカーは返事をした。

背後の甲板を歩く足音が聞こえる。タッカーが振り返ると、ウトキンも手すりのところにやってきた。

「僕はあそこで育ったんだ」そう言いながら、ウトキンは下流方向の西岸に沿って点在する光の列を指差した。「コリシュキノの村さ」

アーニャは驚いた表情を浮かべてウトキンの顔を見た。「あなたは農家の生まれなの？　本当に？」

「いいや、漁師なんだ」

「ふーん」アーニャは特に感情を込めずに返事をした。

それでも、タッカーには聞こえた――おそらく、ウトキンにも聞こえていたはずだ。アーニャの質問と反応に含まれていた、かすかな軽蔑の念が。金持ちは単に貧しいという理由だけで相手を見下す。ブコロフからも同じような態度を見て取ることができた。そのような気持ちが、仕事仲間としてのウトキンに対するブコロフの心証にも何らかの影響を与えているに違いない。アーニャも同じような思いを抱いているのかどうかまではわからないが、両親の持つ偏見は子供たちにも受け継がれるものだ。

タッカーは自分の生い立ちに思いを馳せた。家族は全員が早くに他界してしまったが、自分の中にある社会に盾突く傾向は祖父から受け継いだものに違いない。祖父は牧場に一人で暮らし、まるでノースダコタの冬のように、自分にも他人にも厳しい人だった。けれども、祖父は家畜には驚くほど優しく接し、人間に対しては決して見せないような愛情を込めて世話をしていた。そのことはタッカーの心に深く刻まれ、動物の飼育や責任について、祖父と幾度となく真剣な話をしたものだ。

結局のところ、家族がかつて進んだのと同じ道を歩むことになるのは、ごく自然な流れなのかもしれない。それでも……

しばらくすると、アーニャは甲板を離れ、父親のいる船室に戻った。

「あまり気にするな」タッカーはつぶやいた。

「何も気にしていないよ」ウトキンは静かに答えた。

「それならいいんだが」

午後九時二十二分

甲板を離れたタッカーは、この船では食堂に当たると思われる部屋でくつろいでいた。質素ながら清潔な部屋で、漆を塗ったマツ材のパネル、緑色をした合成皮革のソファー、小さな調理場などが、隔壁に取り付けられた燭台の炎で明るく照らされている。

船長を除く全員がここに集まっていた。一人きりでいると心細いのだろう。ブコロフも顔を見せた。一眠りして元気を取り戻したらしく、ついでにいつもの短気も取り戻していた。

タッカーは軽食と飲み物を配った。ケイン用のビーフジャーキーもあった。シェパードは甲板に通じる梯子のそばに座り、ビーフジャーキーの塊をうれしそうにかじっている。

タッカーはブコロフの向かい側の椅子に座り、左右の手をダイニングテーブルの上に置いた。

「ドクター、そろそろ話の続きをする時間ですよ」

「何の話だね？　また我々を脅迫するつもりじゃないだろうな？　ああいうのは二度とごめんだ」

「アルトゥール・ハルジンについて何を知っているんですか？　ロシア軍の情報部と関係のある将軍のことです」

「彼については何も知らん。なぜ私が知っていると思うのかね？」

「俺たちを追っている人物だからですよ。ハルジンはあなたの研究が生物兵器に関連していると考えているようです。正確に言えば、そう強く信じているために、我々を殺すように命令しました——もちろん、あなたを除いてですが」タッカーはアーニャの方を見た。「以上のことに関して、君の意見は？」

「質問なら私の父にして」アーニャは胸の前で腕を組んだ。「これは父の発見なんだから」

「それならば、もっと簡単な質問から始めるとしよう。君は誰だ？」

「そんなこと、聞かなくてもわかっているでしょ」

「君が誰を名乗っているかは知っている。同時に、初めて出会った時以来、君が俺から情報を引き出そうとしていることも知っている。なかなか上手だとほめてやりたいところだが、見事なお手並みとまではいかないようだな」

実際のところ、この最後の点に関して、タッカーは自分の言葉とは裏腹に、十分な確証があるわけではなかった。確かに、アーニャは多くの質問をしてきた。けれども、その質問は純粋な好奇心のため、あるいは父親を心配するがゆえのものとも考えられる。

「どうしてこんなことをするわけ？」アーニャが強い口調で言い返した。「そんな疑いはディミトロフグラードで晴れたと思っていたけど」

「ところが、その後で待ち伏せされた。だから、聞かれたことに答えてもらいたい。さもないと、君のお父さんと二人きりで、この件についてじっくり話をさせてもらわなければならない。たぶん、お父さんは嫌がるんじゃないかな」

アーニャは不安と愛情をいっぱいに浮かべた目で、ブコロフの顔を見た。やがて頭を一振りすると、指先で父親の前腕部に触れる。その指が手の甲に下りてくる。アーニャは父親の手をしっかりと握った。決して離すまいとするかのように。

ブコロフはもう片方の手をアーニャの手の上に置いた。「大丈夫だ。彼に話したまえ」

アーニャはタッカーの顔を見上げた。その目は涙で潤んでいる。「私は彼の娘じゃないの」

タッカーは驚きを表情に出すまいとした。これは予期していた答えと違う。

「名前はアーニャ・マリノフだけど、ドクター・ブコロフの娘じゃないの」

「しかし、なぜそんな嘘を?」タッカーは訊ねた。

アーニャは恥じ入るような表情を浮かべながら顔をそむけた。「私の方からこの計画をアブラムに持ちかけたの。彼が私のことを娘だと主張すれば、あなたが私も一緒に連れていってくれるだろうと思ったから」

「どうか理解してもらいたい」ブコロフが訴えた。「アーニャは私の研究に欠くことのできない存在だ。君が彼女の同行を拒むような事態は避けなければならなかったのだよ」

道理で計画のこの部分に関してはハーパーにも知らされていなかったわけだ。

「だが、今言ったことは嘘ではない」ブコロフは強調した。「アーニャは私の研究にとってどうしても必要なのだ」

「それで、その研究とは何なのですか？　もう嘘はたくさんです。本当の答えを教えてください」

ようやくブコロフは観念した。「君には説明を受ける資格があると言わざるをえないな。だが、これはとても複雑なのだ。君には理解できないかもしれん」

「試してみたらどうです？」

「わかった。君は地球の歴史に関して、どのくらい知っているかね？　もう少し具体的に言うと、今から十億年以上も前に存在していたとされる植物に関しては？」

「何一つ知りません」

「無理もなかろう。何十年も前から、科学界にはＬＵＣＡ(ルカ)――『全生物の共通祖先』と呼ばれるものに関する仮説が飛び交っている。つまるところ、ここで話をしているのは地球上で最初の多細胞植物のことだ。これまで地球上に存在したありとあらゆる植物の起源、とでも言い換えたらいいかな。もしＬＵＣＡが仮説上の産物でなければ――そうではないと私は信じているが――それはトマトからラン、タンポポからハエトリソウに至るまで、この地球上のあらゆる植物の祖先に当たる」

「さっきあなたは、『理論』ではなく『仮説』という言葉を使いましたね」タッカーは応じた。

「今まで誰もＬＵＣＡを見たことがないのですか？」

「その質問の答えは、イエスでもあり、ノーでもある。それに関してはもう少し後で説明する。だが、その前に幹細胞の話をさせてもらいたい。幹細胞というのは、正しく導けば人体の中のどんな細胞にもなれる力を秘めた細胞のことだ。遺伝子がまっさらな状態、とでも言ったらいいかな。幹細胞を操作することにより、科学者たちはマウスの背中に耳を成長させることができる。研究所内の実験では、肝臓を丸ごと作り出すことにも成功している。まるで魔法のようじゃないか。そうした研究の重要性に関しては、君も理解できると思う。幹細胞の研究は、すでに数十億ドル規模の産業にまで成長している。今度もさらなる成長が続くことだろう。医学の未来を握っていると言っても過言ではない」

「続けてください」

「ごく簡単にまとめると、動物にとっての幹細胞が、植物にとってのＬＵＣＡに相当する。それがなぜ重要なのか？　例をあげて説明しよう。誰かがブラジルで新種の花を発見して、その花が前立腺癌の治療に有効だったとする。だが、熱帯雨林は消滅しつつある。あるいは、その花は絶滅の危機に瀕している。あるいは、薬を製造するためにはとてつもない量の花が必要だ。ところが、ＬＵＣＡがあれば、それらの問題は解決する。ＬＵＣＡがあれば、単に必要な植物を複製するだけでいいのだから」

ブコロフの身振りが大きくなり、それに合わせて話の内容も大きくふくらんでいく。「そればかりか、ＬＵＣＡを使って熱帯雨林を元の状態に戻すことだってできる。あるいは、ＬＵＣ

Aと大豆を組み合わせれば、不毛の荒れた土地を耕作地に一変させることも可能だ。どうだね、可能性が見えてきたのではないかね？」

タッカーはソファーにもたれかかった。「きちんと理解できているかどうか、確認させてください。あなたの言う通りだとすると、LUCAはあらゆる植物を複製することができる。なぜなら、そもそもの始まりには、LUCAだけしか植物は存在しなかったからだ。そのため、幹細胞と同じように、遺伝子がまっさらな状態にある」

「そうなのだ、その通りなのだよ。そればかりか、成長を加速させることもできると私は信じている。LUCAは単なる複製のための種ではない。ブースターのような存在でもあるのだ」

アーニャがうなずきながら、話に割って入った。「植物を環境に強くすることもできるわ。サボテンしか育たないような場所で、ジャガイモや米を栽培することができるようになるのよ」

「素晴らしい話ばかりみたいですが、これはまだ証明されていない仮説にすぎないという話じゃなかったですかね」

「そうなのだ」ブコロフは答えた。その目は輝きを発している。「だが、それも時間の問題だ。私が間もなく世界を変えるのだから」

20

三月十五日午後九時五十分
ロシア　ヴォルガ川

タッカーは世界を一変させるような科学的発見の話から、より現実的な問題に目を向けた。例えば、なぜ自分たちは命を狙われているのかといった問題だ。

「ハルジン将軍の話に戻りましょう」タッカーは促した。

「隠し事はもうやめることにしたからな」ブコロフは応じた。「彼のことは知っている。個人的に、という意味ではない。評判を聞き及んでいるだけだ。隠していたことを悪く思わないでくれ。私は他人のことをなかなか信用できない性格でね。アーニャにでさえ、ＬＵＣＡの話をしたのは何カ月もたってからのことだったのだ」

「彼について何を知っているのですか？　どんな評判なんです？」

「一言でまとめると、やつは化け物だ。一九八〇年代、ハルジンはカザン郊外にあったアルザマス16の責任者だった。軍事兵器研究所だったその施設が閉鎖された後、保管されていた資料類はカザンの生化学・生物物理学研究所に移送された」

「さらにそれから数年たって、カザン・クレムリンの地下に移されたというわけ」アーニャが付け加えた。

「その間ずっと、ハルジンはＬＵＣＡの存在をかたく信じ続けていた――ただし、彼のもとで働く研究者たちは、当時はほかの名前で呼んでいた。しかも、彼はＬＵＣＡの持つ破壊力ばかりに目を向けていたのだよ」

「具体的には？」

「初めに理解しておいてもらいたいのだが、はるか古代の地球の環境は今とは比べものにならないほど厳しかった。そうした環境下に生息していた生命は、極めて攻撃性が高かったと考えられている。生き延びるためには、そうでなければならなかったのだ。現代の世界に解き放たれた場合、それを防ぐための手段は存在しない。私が思うに――ハルジンも同じ考えなのだが――誰にもそれを止めることはできない」

　タッカーにもその危険性が見えてきた。

　ブコロフの説明は続いている。「ＬＵＣＡの主な目的は、近くにある植物の細胞を乗っ取り、自分に都合のいい細胞へと変えることにある。そうすることにより、ＬＵＣＡは繁殖する――その速さはウイルス並みだ。世界で最も致死性が高く、最も無差別な攻撃を行なう外来種となりうる可能性を秘めている」

これなら容易に兵器への転用が可能だろう。敵国にＬＵＣＡをばらまけば、その国の農業は全滅し、銃弾を一発も放つことなく相手を壊滅させることもできる。

「あなたたちはこの研究をどの程度まで進めているのですか？」タッカーは訊ねた。「あなたとハルジンは、という意味ですが」

「かつて我々は同じような研究を別個に行なっていた。現在の植物を逆行分析して、ＬＵＣＡを、あるいはＬＵＣＡに似た有機体を、研究所内で生成しようとしていたのだ。私の目的は世界をよりよくすること、彼の目的はＬＵＣＡを兵器として使用すること、という違いはあったがね。だが、我々は二つの問題に直面した」

「問題というのは？」

「一つ目は、二人とも安定したサンプルを生成できなかったこと。二つ目は、仮に成功したとしても、そのような生物をいかにして制御するか、その方法を二人とも突き止められなかったことだ」

タッカーはうなずいた。「ハルジンにとっては、生物爆弾を殺すためのスイッチが必要だった」

「スイッチがなければ、制御することもできない。兵器として安全に使用することができないのだ。十分な防御策なしに解き放ったりすれば、ＬＵＣＡは地球規模に拡散するおそれがある。生態系を次々に破壊していくことになる。その結果、ハルジンの敵ばかりか、ロシアにとっても大きな脅威となってしまうのだよ」

「それで、何が急に変わったのですか？」タッカーは訊ねた。「今回の追跡劇が始まったきっかけは？　なぜあなたは急遽ロシアを離れなければならなくなったのですか？」

二人の間で長年続いていた膠着状態が、何かをきっかけにして破られたに違いない。

「なぜなら、ＬＵＣＡのサンプルの在り処がわかったからだ……少なくとも、その近縁種が存在するのは確かだ」

タッカーはうなずいた。「ハルジンはあなたの発見について知った。そこで手を伸ばしてきたというわけですね」

「あいつが先にあれを手に入れるようなことがあってはならん。君もそのことは理解してくれるだろう？」

言われるまでもないことだ。「しかし、そのサンプルとやらはどこにあるのです？　どうやってその存在を知ったのですか？」

「パウロス・デクラークのおかげだ。答えは百年以上前から、我々の目と鼻の先にあったのだよ」

タッカーはブコロフから聞かされたボーア人の植物学者の話を思い出した。彼の日誌が研究に大きな意味を持つとかいう内容だった。

「いいかね、私は長年にわたって、彼の日記や日誌の断片を収集してきた。あまり人目を引かないような形でな。しかも、彼は大量の文書や報告書を残していて、その大部分が散逸してしまったり、失われてしまったり、ろくに分類すらされずに埋もれたりしていたものだから、一筋縄ではいかない作業だった。だが、徐々にではあるが、重要度の高い部分を照合することができるようになった。例えば、アーニャがクレムリンからこっそり持ち出した文書だ」

タッカーはアーニャが胸にしっかりと抱えていた大きなプラダのバッグを思い出した。

「デクラークは何十年間も、十代の頃から死の間際まで、日記をつけていた。そのほとんどは、日常生活に関して細かく記した大して面白くもない内容だが、第二次ボーア戦争中に記した一冊の研究用の日誌の中に、極めて魅力的であると同時に世にも恐ろしい記述があった。その中に見つけたいくつかのスケッチや詳細な研究メモから判断して、私は彼が現存するLUCAの群生を、あるいは仮説上の植物と同じような力を持つ何かを、発見したと確信するに至ったのだ」

「なぜそう考えたのですか？」

「そう考えたのは私だけではない。アムステルダムの博物館で発見した日誌のあるページには、デクラークが自分の発見について『ディー・オールスプロング・ファン・ディー・レーウェ』と記している。アフリカーンス語で『種の起源』の意味だ」

「そのサンプルとやらはどうなったのですか？　彼はどこでそれを発見したのですか？」

「トランスヴァール地方の洞窟内――彼とボーア人の部隊が立てこもったところだ。イギリス軍に包囲されていたらしい。デクラークがＬＵＣＡの群生を発見したのは、この包囲戦の最中だった。植物学者でもあり、医者でもあった彼が、この植物に強く興味をひかれたのもうなずける。その洞窟内でいったい何が起きたのか、その全貌はまだつかめていない。まるでページが半分欠けている小説を読んでいるかのような気分だ。しかし、デクラークは部隊が大いなる不幸に見舞われたことを示唆している」

「彼のその後の運命は？」

「残念ながら、その洞窟で命を落とすことになる。洞窟内に進入してきたイギリス軍に殺されてしまったらしい。イギリス軍は日誌を含むデクラークの所持品を、彼の妻に返却した。それ以上のことは、現段階ではわかっていない。アーニャが見つけてくれた文書を読んでいる途中なのでね。読み進めていけば、空白の部分のいくつかを埋めることができるはずだ」

「自分が何を発見したのか、デクラークが理解していたことを示す記述は？」

「いいえ、完全には理解していなかったみたい」アーニャが答えた。「でも、あなたがクレムリンに来てくれた時に私が集めていた文書の中で、彼は自分の発見をこう命名していたの。『ディー・アポカリプス・サード』って」

「『黙示録の種子』という意味だ」ブコロフが訳した。「彼は自らの発見を恐れたが、同時に興味をひかれた。だから地図を残したのだ」

「何の地図です？」

「洞窟の場所を記した地図だ。日誌の中に暗号として隠されていた。デクラークはイギリス軍の包囲を生き延びることができたなら、再び洞窟を訪れて研究を続けたいと考えていたのではないかな。残念ながら、それは実現しなかったわけだが」

「あなたはその地図を手に入れたのですね？」

「そうだ」

「どこにあるんです？」

ブコロフは指先で頭を突いた。「ここだよ。見つけた地図は燃やした」

タッカーは唖然（あぜん）としてドクターを見つめた。

〈道理でみんなに追われているわけだ〉

午後十時十八分

話を終えた後、タッカーは頭をすっきりさせるために外の空気を吸いたい気分になった。

ケインと一緒に甲板に出たタッカーは、船の操縦を続けるヴァディムに向かって手を振った。

それにこたえて、船長は火のついたタバコを挟んだ手で敬礼した。

船首に座ったタッカーは、船体を打つ波の音を聞きながら、家や農場を示す小さな光をぼんやりと眺めた。川沿いでは普通の人々が生活している。タッカーはルース・ハーパーに連絡を入れようかと考えた。しかし、今日の出来事を振り返ると、どうしてもためらわれる。自分の衛星電話の通話が第三者に漏れることはないはずだが、絶対に安全な通信機器など存在するのだろうか？　ヴォルゴグラードに到着するまで、慎重には慎重を期するべきだ。

背後で足音が聞こえた。ケインが体を動かしたが、すぐに元の姿勢に戻る。

「ちょっといい？」アーニャが訊ねた。

タッカーは自分の隣の甲板を指差した。アーニャは腰を下ろしてから、十センチほど離れた。

「嘘をついていてごめんなさい」

「過ぎたことは川に流そうぜ」

「それって、水に流そうってこと？」

「周囲の状況に合わせただけさ」タッカーが言うと、アーニャの口からややこわばった笑い声が漏れた。「その声を聞けてうれしいよ」

「笑い声のこと？　言っておくけど、普段の私は笑顔の絶えない人間なの。たまたまこの二、三日は、そんな気分になれるような状況じゃなかっただけ」アーニャは口ごもった。「状況をさらに悪化させてしまうかもしれないんだけれど」

タッカーはアーニャを一瞥した。「何がだい？」

「その前に、私のことを撃ったり、ボートの外に放り投げたりしないって約束してくれる？」

「約束はできないな。でも、口に出した方がすっきりするぞ、アーニャ。まだサプライズが残っているのなら、今日のうちに全部片付けておいてもらいたいね」

「私はＳＶＲの人間なの」アーニャが切り出した。

タッカーはゆっくりと息を吐き出した。この新たな情報を理解しようと努める。

「ＳＶＲは――」

「何の略なのかはわかっている」

Sluzhba Vneshney Razvedki――ロシア対外情報庁。ロシア版のＣＩＡのような組織だ。

「工作員なのか？　それとも分析官か？」

「工作員よ。六年になるわ。でも、生化学の学位は持っている。それは嘘じゃない。だから私が派遣されたの」

「ブコロフに接近するためだな」

「ええ」

「しかも、君は美人だ」タッカーは付け加えた。「妻に先立たれた年配の研究者には格好の餌というわけか」

「そんなことは絶対にしていないわ」アーニャは強い口調で言い返した。「必要に応じて彼を誘惑するように指示を受けたのは事実。でも……できなかったの。それに、そんな必要もなかったわ。ドクターは仕事のことしか頭にないの。私が仕事に興味を示して手伝うだけで、彼の信頼を勝ち取ることができたのよ」

タッカーはアーニャの話を信じることにした。「SVRは何を追っているんだ？　LUCAか？」

「いいえ、必ずしもそうではないの。アブラムが重要な何かに取り組んでいることは察していた。しかも、大きな進展がありそうなことも。あれだけの大物だから、SVRは彼が何に取り組んでいるのかをもっと詳しく知りたいと思ったわけ」

「そしてその情報をつかむことができた」タッカーは返した。「連中はいつやってくるんだ？　どこで待ち構えているんだ？」

「その心配はいらないわ。SVRが姿を現すことはない。私がうまくごまかして報告しているから。信じてもらえるかどうかわからないけれど、私はアブラムのしていることが正しいと思っている。彼が何を成し遂げようとしているかを知った時、気が変わったのよ。私にはまだ科学者としての心が残っている。彼はLUCAを善良な目的のために使用したいと心から願っているの。そんなにも重要なものを彼の手から奪うわけにはいかないと、何カ月も前に決心したのよ。それ以降、上司には偽の情報を送っているわ」

「ブコロフはそのことを知っているのか？」

「いいえ。気が散るようなことを彼に伝える必要はないわ。彼の仕事を完成させることが最優先だから」

「ハルジンについて君が知っていることは?」

「この件に関与していることはさっき初めて聞いたけど、彼の評判なら知っているわ。情け容赦のない人間で、昔ながらのやり方を好み、同じような考えを持つ信奉者を取り巻きとして従えている。ソヴィエト時代の強硬派の集団だわ」

「君のところのボスは? 俺がクレムリンから連れ出した後、連絡を取り合っていたんじゃないのか?」

「いいえ。あなたが私たちの携帯電話を取り上げたじゃない」

「ディミトロフグラードで……君が姿を消した時は?」

「紅茶よ」アーニャは答えた。「本当に紅茶を買っただけ。連絡は一切入れていない。誓ってもいいわ」

「俺が君を信じなければならない理由は? 今までの話が嘘ではないと信じなければならない理由は?」

「具体的な証拠を出すことはできない。でも、よく考えてみて。もし私が今もSVRと連絡を取り合っていて、組織に対する私の忠誠心が変わっていないとしたら、なぜ彼らはここにいないわけ?」

タッカーはアーニャの言い分も一理あると認めた。

「私の本当の名前はアーニャ・アヴェリン。私の話をあなたの上司に確認してもらうといいわ。

ヴォルゴグラードに着いたら、あなたのところの人間に私の身柄を引き渡したってかまわない。私を尋問させなさいよ。私はあなたに真実しか話していないから！」アーニャの声は訴えかけるような調子だが、強い決意も込められている。「デクラークの洞窟の場所を知っているのはアブラムだけ。私にも教えてくれなかった。彼に確認するといいわ。アブラムをロシアから出国させて、アメリカ政府の保護下に置けば、ＬＵＣＡは安全よ――ＳＶＲも、ハルジン将軍も、誰も手出しはできない」

タッカーは水面の先に目を凝らした。川岸に連なる小さな家々は、すでに眠りに落ちている。ここで行なわれている虚々実々の駆け引きとは無縁の世界だ。この世界で暗躍するスパイたちは、どうやって正気を保っているのだろうか？

「どうするつもりなの？」アーニャが訊ねた。

「とりあえず、君の秘密はブコロフに教えないでおく。ただし、国境に到達するまでの話だ」

アーニャはかすかにうなずき、タッカーに感謝を伝えた。一瞬、タッカーはこのままアーニャを川に投げ込んでしまおうかと思ったが、その衝動を抑えつけた。

アーニャが立ち去った後、タッカーは寝袋と毛布をつかみ、船の船首楼（せんしゅろう）の隅にちょうどいい場所を見つけた。ケインが毛布の上で体を丸め、まぶたを閉じる。タッカーもそうしようと思ったが、なかなか目をつぶることができなかった。

タッカーは過ぎゆく景色をじっと眺めた。月が川岸の上に姿を見せる。ケインは夢を見ているのか、小さな鳴き声を漏らしながら後ろ足をぴくぴくと動かしている。

タッカーは目的地を思い描こうとした。

ヴォルゴグラード。

あの街の悪名高い歴史なら知っている。スターリングラードと呼ばれていた時代の話だ。第二次世界大戦中、市内ではドイツ国防軍とロシア赤軍との間で激しい戦闘が繰り広げられた。半年以上に及んだ戦いで、スターリングラードは一面の瓦礫(がれき)と化し、二百万人の死傷者が出たという。

〈そんな街で、俺は救済が見つかることを望んでいる〉

なかなか寝付けないのも無理はない。

21

三月十六日午前六時五分
ロシア　ヴォルガ川

日の出までまだ二時間近くあるため、薄い霧の立ちこめた川面は暗いままだ。しかし、前方の地平線にぼんやりとした輝きが見える。船はヴォルゴグラードの街に近づきつつある。エンジンと川の流れが船をさらに下流へと運ぶにつれて、街の明かりがゆっくりと姿を現し、両側の川岸に連なり、やがて周囲の平地にも広がっていく。

タッカーは腕時計を確認してから衛星電話を取り出し、シグマに連絡を入れた。ハーパーが電話に出ると、ここまでの経緯を報告する。その中には、昨夜のアーニャの告白も含まれていた。

「彼女のことは調べておくわ」ハーパーは約束した。

「あと一時間かそこらで市の中心部に到着する。そこでは何を手配してくれたんだ？」

一瞬、ハーパーは答えをためらった。「それに関しては寛大な心で聞いてもらいたいんだけど」

「そんな前置きをされると、かえって不安が募るな」

「エコツーリズムに関する知識は？」

「ゼロに等しい」

「ロシアのその地域はエコツーリズムのメッカになっている——特にヴォルガ川が中心で、そこにはほかで見られないような動植物が生息しているみたいね。そのため、ひと儲けしようと目論む人たちがヴォルゴグラードで新たなビジネスを興しているの。潜水艇によるエコツアーよ」

「冗談だろ。ロシア人どもは環境に優しいタイプには見えないぜ」

「そうかもしれないけれど、最新の調査によると、そうしたツアーを提供する会社がヴォルゴグラードには十一社あるわ。合計すると約四十隻の電動小型潜水艇が利用可能。各潜水艇は、操縦士のほか六人乗り。潜水深度は約十メートル。月一回の安全検査を除くと、政府は基本的にノータッチだわ。潜水艇は好きな場所を行き来できる」

「素敵な響きの言葉だな」

タッカーにはそこから先の話の予想がついた。シグマは資金繰りの苦しいツアー会社を見つけ出し、通常よりも「長距離の」ヴォルガ川ツアーを引き受けさせたのだろう。

ハーパーから詳細を聞いた後、タッカーは電話を切り、ヴァディムのもとに向かった。

「英語はしゃべれるか？」タッカーは訊ねた。

「ああ。少し。ゆっくりなら」

タッカーは説明を試みたが、結局は身振りを交えながらの会話がほとんどだった。ウトキンを起こして通訳してもらった方が早かったかもしれない。

だが、ようやくヴァディムは笑みを浮かべ、うなずいた。「ああ！　ヴォルガ・ドン運河。知ってる。あんたたちの乗る船、見つける。二時間後、そうだね？」

「そうだ」

「間に合う。心配ない。あんたと犬、もう行っていいよ」

どうやら話は終わりということらしい。タッカーが船室に下りると、全員がすでに目を覚まし、紅茶、黒パン、ハードチーズという簡単な朝食を取っていた。

ブコロフが問いかけた。「ところでタッカー、君の計画は？　どうやって私を国外に連れ出すつもりなのかね？」

「すべて手配済みです」タッカーは風変わりな交通手段について伝えるのを控えた。情報が敵のもとに漏れることを危惧したからではない。反対の声があがるのを避けるためだ。無理やり自信に満ちた声を絞り出し、全員に伝える。「もう出国できたも同然ですよ」

午前八時十三分

九十分後、梯子の上からヴァディムの声が聞こえた。「着いたよ」

タッカーが三人とともに甲板に上がると、外の世界は濃霧に包まれて真っ白だった。東に目を向けると、太陽がすっかりかすんだ空で鈍い円形の輝きを発している。霧に包まれた周囲からは、ブイのぶつかる音や霧笛が聞こえてくる。川面を移動する黒い影は、ヴォルガ川を行き来する船舶だろう。

ヴァディムは船を岸の近くに停泊させた。エンジンはニュートラルの状態だ。

「気味が悪いわ、こんなに濃い霧が出るなんて」アーニャがつぶやいた。

「だが、我々にとっては都合がいい、そうだろう？」ブコロフが訊ねた。

タッカーはうなずいた。

ヴァディムは再び舵輪の後方に立ち、ウトキンに向かって何かを伝えた。

「君の友人は遅刻だと言ってるよ」

タッカーは腕時計に目を落とした。「それほどの遅れじゃない。そろそろ来るだろう」

全員が霧の中に立ち、無言のまま待ち続けた。

やがて激しいエンジン音が聞こえた。その音が次第に大きくなり、船の方に近づいてくる。身構える間もなく、とがったスピードボートの船首が左舷前方の霧の中から現れた。スピードボートがタッカーたちの乗った船と並んだかと思うと、ギャフの先端のフックが船縁をしっかりととらえた。

ポケットの中のマグナムに片手を添えたまま、タッカーは甲板の左舷側に向かい、手すりの先に目を凝らした。

丸い顔をしたはげ頭の男性が立っている。前歯の二本の金歯を見せながら笑みを浮かべた男性は、タッカーに向かって一枚の紙を差し出した。その上には九桁の英数字が記されている。タッカーは紙に書かれた数字とアルファベットを慎重に確認してから、別の九桁の英数字が記された紙を相手に手渡した。男性は渡された紙の英数字に目を通してからうなずいた。

ハーパーが手配した互いを確認するための方法だ。

「あんたがタッカーだね？」男性が訊ねた。

「そうだ。ということは、君がミーシャだな？」

再び金歯を見せて笑顔を浮かべてから、ミーシャは後ろに一歩下がり、自分のスピードボートを指し示した。「ワイルド・ヴォルガ・ツアーズをご用命いただき、ありがとうございます」

タッカーはほかの三人を呼び寄せ、ヴァディムに支払いをすませてから、全員をスピードボートに移らせた。

タッカーが抱えたケインを見て、ミーシャは不思議なものでも見るかのような顔をした。

「それはオオカミかい？」

「本人がそのつもりでいる時もあるかもしれない。だが、十分に訓練されている」〈だからオオカミよりも危険なのさ〉タッカーは心の中で付け加えた。

だが、タッカーの言葉にミーシャは安心した様子だ。「さあ、出発だ」

スピードボートは霧の中を走り出した。視界から判断して安全と思われる以上の速度で飛ばしている。ボートはほかの船舶の間を縫い、巧みによけながら進んでいく。タッカーも知らず知らずのうちにスピードボートの手すりをきつく握り締めていた。

ようやくエンジン音の調子が変わり、スピードボートの速度が落ち始める。ミーシャがボートの針路を岸に向けると、霧の中から桟橋が姿を現した。船体が桟橋の横に取り付けられた衝撃吸収用のタイヤと軽くぶつかる。霧の中から今度は男たちが現れ、スピードボートを係留した。

「降りてくれ」そう言うと、ミーシャは桟橋に飛び移った。

タッカーは三人と一頭を連れてガイドの後を追い、川沿いの湿地帯上に延びる幅の広い遊歩道を歩いた。遊歩道の先に半円形の屋根を持つプレハブの建物が見える。薄い黄色に塗られた壁には、鋲(びょう)を打ち付けてある屋根から垂れた錆が縞模様を描いていて、あたかも抽象画を見ているかのようだ。

一行は建物内に入った。左手には赤と青に塗られた二隻の小型潜水艇が、メンテナンス用の足場の上に置かれている。潜水艇は長さが約九メートル、幅は二メートル強。船体には舷窓が一列に並んでいるほか、船底からも下をのぞけるような構造になっているようだ。船の中央には腰くらいの高さの艦橋があり、先端にはホイールを手で回して開閉するハッチがある。その下の側面から左右に突き出しているのは、船体制御用のセイルだ。船首部分は透明で丸みを帯びた形をしている。おそらくあそこが操縦席だろう。

タッカーは三人の顔を見た。全員が口をあんぐりと開けている。「素敵な乗り物じゃないか」

誰一人として返事をしない。

「どうだい、すごいだろう?」ミーシャが陽気な声で呼びかけた。

「これは冗談だよね? そうだよね?」ウトキンが確認した。「これに乗ってヴォルゴグラードを離れるっていうのかい?」

〈三人の中で最もものわかりのいい人間の反応がこれか〉

ブコロフとアーニャは無言のままだ。

「ずいぶんと小さいね」ウトキンが感想を述べた。

「でも、乗り心地はいいし、装備も十分だ」ミーシャは反論した。「しかも、とても頼りになる。君たちの目的地までは少し時間がかかるかもしれないけれど、ちゃんとそこまで送り届けるよ。これまで事故は三回しか起こしていないしね」

ようやくアーニャが声を出した。「事故って、どんな種類の事故なの?」

「負傷者や死者は出ていない。ただの停電さ」ミーシャは肩をすくめた。「ヴォルガ川の川底で泥に埋もれてしまう前に、クレーンで引き上げてもらわなければならなかったけどね」

アーニャは訴えかけるような表情を浮かべながらタッカーの方を見た。「これがあなたの計画なの？　私は絶対に――」

意外なことに、冷静な反応を見せたのはブコロフだった。ドクターはアーニャに歩み寄ると、彼女の肩に腕を回した。「アーニャ、大丈夫だ、この乗り物は絶対に安全だよ」

だが、アーニャが納得したようには見えない。

目を丸くして潜水艇を見つめている三人を残して、ミーシャとタッカーは建物内の小さなオフィスに入った。室内に入ると、ミーシャの顔から人のよさそうな笑顔が消える。「あんたのところの人間から頼まれたことはとても難しい。カスピ海がここからどのくらい遠いか、わかっているのか？」

「四百五十一キロ」タッカーは答えた。「君のところの潜水艇の巡航速度、バッテリーの平均充電時間、この季節のヴォルガ川の流れの速さを考慮に入れると、カスピ海までは十八時間から二十四時間といったところかな」

「なるほど」ミーシャはうめいた。「しっかりと予習をしてきたようだな」

「君もしっかりと金額の交渉をしたんだろう？」

その問いかけに対してミーシャが口を開く前に、タッカーは付け加えた。「君が背負うことになるリスクは理解しているし、それについては感謝している。そこでだ、特別手当を用意したい。目的地まで無事に送り届けてくれたら、一万ルーブル追加だ。ただし、条件が一つある」

「続けてくれ」

「君が操縦するんだ。ほかの人間ではだめだ。さあ、のむのか、のまないのか、決めてくれ」

タッカーがワイルド・ヴォルガ・ツアーズのオーナーに望んでいたのは、賭けに参加することだけではない。自らの手で賭け金をつかみ取ってもらいたいと思ったのだ。

ミーシャはタッカーの顔をじっと見つめてから、手を差し出した。「取引成立だ。一時間後に出発するぞ」

22

三月十六日午前九時三十四分
ロシア　ヴォルガ川

ミーシャに率いられた一行はさっきの道を引き返し、湿地帯からスピードボートに戻った。全員が乗り込むと、ボートは桟橋を離れ、下流にあるツアー会社の乗船ポイントに向かう。濃い霧がかかったままで、朝の弱い太陽の光ではこの霧が晴れるまでに時間がかかりそうだ。

「このくさいにおいは何だろう?」数分たってからウトキンが訊ねた。

タッカーもそのにおいに気づいていた。空気中に強い硫黄臭が漂っている。

「あそこにあるルクオイル製油所からだ」そう言いながら、ミーシャは右舷方向を指差した。

「川沿いには石油企業が数多くある」

「ヴォルガ川のこんな近くにあるのかね?」ブコロフが質問した。「何かあれば環境に甚大な影響が及んでしまうではないか」

ミーシャは肩をすくめた。「そのおかげで仕事があるんでね。誰も文句は言わないよ」

スピードボートは旋回して船首を岸に向けた。迷路のように突き出た砂州の間を抜け、川岸からさらに奥に伸びる水路へと向かう。両側に木々が連なる狭い水路の先には木製の桟橋があり、スピードボートはそこにつながれた。桟橋のもう一方の側にはミーシャの小型潜水艇が一隻、停泊している。スピードボートが立てた波に揺られて、潜水艇の船体が桟橋に取り付けられたタイヤにぶつかった。

「オルガ号だ」ミーシャが誇らしげに宣言した。「祖母と同じ名前だ。素敵な女性だったが、かなり太っていてね。祖母も水にぷかぷかと浮かんでいたものさ。でも、決して沈まなかった」

ミーシャは一行を桟橋の先端に停泊したオルガへと案内した。青の作業着姿の従業員が一人、ハッチを開いて艦橋から出てくると、横の梯子を伝いながら下りてきた。従業員はミーシャと握手をすると、二言三言、言葉を交わした。

従業員の肩をぽんと叩いてから、ミーシャはタッカーたちの方に向き直った。「点検もすんで、装備も万全で、いつでも出発できる。さて、いちばん最初に乗りたいのは誰かな？」

「私よ」アーニャが歯を食いしばりながら、前に一歩踏み出した。

タッカーはアーニャに対して好感と尊敬の念を抱いた。恐怖を感じているにもかかわらず、覚悟を決めて立ち向かおうとしている。

アーニャは無言のまま梯子をよじ登った。上にたどり着くとハッチにまず片足を入れ、次にもう一方の足を入れ、艦橋の中に姿を消す。ウトキンが続き、その次はブコロフだった。ドクターは「素晴らしい……こいつは楽しみだ」と小声でつぶやきながら艇内に入った。

ケインの順番になると、タッカーは梯子の段を軽く二回叩いた。するすると登ることはできなかったものの、ケインは素早く梯子の上に到達し、ハッチの中に体を潜り込ませた。

「大したもんだ」ミーシャは感心した様子だ。「芸ができるんだな！」

〈あんなものじゃないぜ〉

タッカーも後に続き、最後はミーシャだった。ミーシャはハッチを閉じ、ゴム製のシール部分にしっかりと密着させた。続いてホイールを回し続けると、防水縁材（えんざい）の横にあるＬＥＤライトが緑色に点灯する。潜水艇の密閉が完了すると、ミーシャは艇内に下り、座席の間を通り抜けながら操縦席に向かった。

潜水艇の内部はタッカーが予想していたほどは狭苦しくない。壁、床、天井は鎮静効果があるとされる淡いクリーム色に塗られていて、艇内に取り付けられたケーブルや管も同じ色だ。薄い青色のビニールレザーを貼った幅のある長椅子が、艇内の中央に置かれている。四人が横になれるだけの長さはありそうだ。

タッカーは舷窓に顔を近づけ、外の様子をうかがった。ようやく太陽が顔をのぞかせ、霧の合間から青空がのぞいている。水面に浮かんだ潜水艇は縦揺れと横揺れを繰り返しているため、舷窓からの視界が緑色の水に時折遮られる。タッカーは舷窓から顔を離し、大きく深呼吸をした。艇内の空気はほのかに金属臭がする。

「おなかが空いたら」操縦席からミーシャが声をかけた。「後部に食べ物と飲み物があるから」

タッカーが後ろを振り返ると、後部隔壁の奥には両開きの扉の付いたキャビネットがある。

「中にはアスピリンとか、船酔い用の薬もある。トイレ休憩のために停まるのは四時間ごとだ。何か質問は？」

「どのくらいの深さまで潜るのかね？」ブコロフが舷窓に顔をくっつけながら訊ねた。まるで冒険に出かける前の男の子のようだ。

「平均で六メートル。ヴォルガ川の水深は少なくともその二倍はある。十分な余裕を持って操船できるよ。それに操縦席には水中聴音機も備わっているから、接近してくる船があればすぐに気づく。さあ、席に着いて。間もなく出発だ」

タッカーは長椅子の最前部に座った。ケインが椅子の下に潜り込む。ほかの三人は長椅子の思い思いの場所に座り、舷窓から外を眺めている。かすかな回転音とともに、電動式のエンジンがかかり、潜水艇は横向きに滑るように桟橋から離れた。何度か大きく揺れた後、潜行を開始する。ヴォルガ川の水が舷窓の上に達するとともに、艇内をやわらかな緑色の光が包み込んだ。

ミーシャの巧みな操縦桿さばきで、オルガは水路からヴォルガ川の河道に入った。潜水艇はまだ上半分が水面から出ている状態だ。

「全員、潜水の準備にかかれ！」ミーシャがくすくすと笑いながら告げた。「つまり、のんびり座って楽しんでくれ、ということさ」

気泡が水面に噴き上がるこもった音とともに、潜水艇の船体は水面下に没した。舷窓から差し込む光が、次第に淡い緑色から濃いエメラルド色に変化していく。長椅子の下部に設置されたハロゲンランプが点灯し、湾曲した壁面にくっきりとした影を投げかける。

数分後、ミーシャがツアーガイド風の口調で伝えた。「予定の深度に達しました。このまま航行を続けます。快適な旅をお楽しみください」

タッカーはその言葉通りだと感じた。潜水艇は音もなく航行し、揺れもほとんど感じられない。舷窓の向こう側を、魚の群れが通り過ぎる。

それから一時間もしないうちに、この数日間は途切れ途切れにしか眠れていないこともあって、全員に疲労が襲いかかった。備え付けのウールの毛布をかぶり、ゴムでできた枕をふくらませると、一人、また一人と、長椅子に横になって眠りに落ちていく。

タッカーは最後まで起きていたが、ミーシャと小声で話をしてすべて順調だと確認すると、長椅子の上で体を丸めた。片腕をベンチの脇に垂らし、手のひらをケインの脇腹に添える。シェパードははあはあと息をしながら、床に開いた舷窓のそばに座り、ガラスの向こう側で動く気泡や小さな魚を一心に見つめていた。

午後一時

スピーカーから聞こえてきたミーシャの声に、タッカーは飛び起きた。

「お休みのところ悪いが、そろそろ最初の休憩時間だ」

ほかの三人も不満そうな声をあげながら体を動かした。

タッカーが体を起こすと、ケインも長椅子の上で体を丸めていた。シェパードは立ち上がり、背中をそらして伸びをしてから床に飛び下りると、操縦席の入口に向かって歩いていく。

「おいおい、君の友人に言ってやってくれ。ダイビングはできないぞって」ミーシャが気さくな調子で伝えた。

「景色を楽しみたいだけだよ」タッカーは答えた。

ブコロフがよろよろと潜水艇の前部に歩いてきて、タッカーの隣に腰を下ろした。「おそれ入った、君には脱帽だよ」

「何がですか？」

「君が本当に私を――我々をロシアから出国させることができるのかと、疑いを抱いていたのだ。だが、君を疑ったのは間違いだったとわかったよ」

「まだ出国していませんよ」

「私は信じているよ」ブコロフは笑みを浮かべ、祖父が孫に見せるような優しさでタッカーの腕を軽く叩くと、さっきまで自分が座っていた場所に戻っていった。

〈嵐の前触れじゃないだろうな〉

オルガが水面に向かって上昇を始めると、耳がつんとなる。舷窓の外の景色はさっきの映像を逆再生しているかのように、濃い緑色が次第に薄くなり、潜水艇が水面に浮かび上がると目もくらむような明るさになった。太陽光線がガラスを通して差し込んでくる。その直後、何かがこすれるような小さな音とともに潜水艇の前進速度が緩やかになり、船体は砂の上で停止した。

ミーシャは這うような姿勢で操縦席から出てくると、梯子を上り、ハッチを開けた。「全員、上陸！」

一行は潜水艇の外に出た。

ミーシャの巧みな操縦により、潜水艇は古い木製の桟橋に横付けされていた。小さな入り江のような場所で、周囲一面が丈の高い草で覆われている。そのさらに先に目を向けると、短い斜面の上には木々の梢が見える。

「ここはどこなのかな？」太陽の光に目をしばたたかせながら、ウトキンが訊ねた。

「アフトゥビンスクの北、数キロの地点だ。予定よりも順調に進んでいる。自由に歩き回ってもらってもかまわないよ。出発は三十分後。こっちはその間に太陽光でバッテリーを充電しておくから」

タッカーはケインを連れて岸に向かい、桟橋近くの一帯を調べた。ケインに素早く偵察させたところ、あたりに人はいない。自分たちだけしかいないことを確認してから、タッカーは三人に桟橋から下りるよう促した。少しは足を動かしておく必要がある。

「ここからあまり離れないように」タッカーは指示した。「人を見かけたら、たとえ相手が遠くにいたとしても、ここに戻ってくること」

三人がうなずくのを見て、タッカーは潜水艇に戻った。ミーシャは傘のような形をした装置を潜水艇の上に設置し、バッテリーの充電を開始している。

作業をしながら、ミーシャが質問した。「なあ、ちょっと聞きたいんだが、あんたたちは犯罪者なのか？　別にどうこう言うつもりはない。金さえ払ってくれるなら、どうでもかまわない」

「違うよ」タッカーは答えた。

「でも、誰かに追われているんだろう？　君たちのことを探している人間がいるんじゃないのか？」

「もう追われていない」

〈そうだといいんだが〉

ミーシャはうなずき、満面の笑みを浮かべた。太陽の光を反射して、金歯がきらりと輝く。

「よくわかった。君たちはもう安全だよ」

　タッカーはミーシャの言葉を信じた。

　アーニャが一人で戻ってきて、潜水艇の中に入ろうとした。

「ほかの二人は?」タッカーは訊ねた。

「私……すませておかないといけなかったから」アーニャの頬が少し赤らんだ。「男の人たちとは別々に。向こうだって同じことをすませておきたいだろうから」

　タッカーはケインの方を見た。確かに、その必要はありそうだ。次に停まるのは四時間先になる。「どうだい、ケイン、今のうちにすませておくか?」

午後二時三十八分

　ヴォルガ川を順調に下り続けるオルガの艇内では、各自が思い思いに、まどろんだり、舷窓から外を眺めたり、資料を読んだりしていた。時折、ミーシャがこのあたりの名所として、チョウザメ釣りの穴場や、ザリガニがたくさん捕れる場所や、ロシアの歴史において重要な役割を果たした村、あるいは脇役程度の存在の村などを紹介してくれるが、水中からは何一つ見ることができない。

ウトキンとアーニャは持っていた科学関係の雑誌を交換し、読書にふけっていた。ブコロフは自身の研究ノートを読み返しながら、新しい着想や見解を書き留めている。

特にすることもないため、タッカーはうとうとしていた――だが、不意にブコロフが隣に座り、肘で突いてきたので目を覚ました。

「これをどう思うかね？」ドクターは訊ねた。

「何の話ですか？」

ブコロフはタッカーの手に薄い日誌を無理やり押しつけた。明らかに古い資料で、傷のついた革製の表紙の内側には、黄ばんでぼろぼろになった紙が綴じられている。「これはデクラークの晩年の日誌の一つだ」

「なるほど、それで？」

ブコロフはタッカーの手から日誌を奪い返し、顔をしかめてから、ページをぱらぱらとめくった。目的の箇所に到達すると日誌を大きく開き、内側の綴じてある部分を指差した。「ここはデクラークが最後に残したところに当たるのだが、ページが欠けている。ここを見たまえ……本の背の近くに、切り取った跡があるだろう？」

「今までこれに気づかなかったんですか？」タッカーは訊ねた。

「記述が自然な形でつながっていたのでね。日付が飛んでいるわけでもないし、書かれている内容にも整合性がある。いいかね、切り取られたページの直前のところでは、デクラークは部隊の兵士の一人が謎の腹痛を訴えていると記している。欠けているページの次のところでは、『黙示録の種子』について書き始めている——発見した場所やその性質などだ」

アフリカーンス語を読むことも話すこともできないタッカーは、ブコロフの説明を信じるほかなかった。だが、ドクターの言う通りだった。ページを切り取った跡が、はっきりと残っている。

「彼はなぜこんなことを?」タッカーは訊ねた。

「理由は一つしか考えられん」ブコロフは答えた。「パウロス・デクラークは何かを隠そうとしていた。しかし、何を? 誰から?」

午後七時五十五分

ミーシャは再び休憩を告げ、オルガを岸の方に向けた。この日三度目の上陸で、潜水艇が横付けしたのは今では使われていない漁船用の桟橋だ。どうやらミーシャはルートを慎重に計画したようで、人目につかない場所を寄港地に選んでくれている。

ハッチの密閉が解除された途端、卵の腐ったような悪臭がタッカーの鼻を襲った。頭がくらくらするような、石油と燃える油のにおいも混じっている。

「うえっ」アーニャが鼻をつまみながらうめいた。「私は中にいるわ。そんなに差し迫った状況にあるわけでもないし」

だが、タッカーは差し迫った状況にあった。ケインも同じだ。タッカーとケインは外に出た。ウトキンとブコロフも続く。

入り江の周囲は湿地帯に囲まれていて、草やアシが密生している。ところどころに枯れた小さなマツの木も見える。湿地帯の上には木製の遊歩道が迷路のように張り巡らされていて、それと平行してパイプが伸びている。パイプが交差している地点の数カ所では、自動車ほどの大きさのある円錐形をした鋼鉄製の装置が、油膜に覆われた水面から突き出ていた。

「景色が悪くて申し訳ない」ミーシャが声をかけた。「ここはルクオイルの工場だ――確か、プロパンガスを精製しているんだったかな。あの金属でできた円錐形の装置は、排気用のバルブだ。残念な光景だね。ルクオイルが土地を購入する前、このあたりはサライという名の漁村だった。上質のチョウザメで知られていたんだ。まあ、過去の話だけれどね」

タッカーたちは桟橋の周辺を歩いた。遊歩道はいくつもの方向に枝分かれしているが、内陸に延びる道はどれもゴーストタウンと化したサライに通じているようだ。

「タッカー、これを見てくれないか！」右手の方角からウトキンが呼びかけた。

タッカーはケインを従えて遊歩道を走り、ウトキンとブコロフのもとに向かった。二人は水中に設置されたガス管の近くに立っている。タッカーはガス管の近くの水面が揺れていることに気づいた。水の中に手を突っ込み、ぬるぬるしたガス管の表面を手のひらで探る。タッカーは目当てのものを発見した。制御バルブが開いている。そのまま探り続けると、指先が短い鎖に触れた。先端には南京錠が付いている。掛け金は半分に切断されていた。

破壊工作だ。

「走れ！」タッカーは二人に向かって叫んだ。「潜水艇に戻るんだ！」

「どうしたの？」ウトキンが訊ねた。「何が――？」

タッカーは腕を伸ばしてウトキンを突き飛ばした。「ブコロフを潜水艇に連れていけ！」

ひざまずいた姿勢のまま、タッカーは潜水艇に向かって叫んだ。「ミーシャ！」

「どうしたんだ？」

「ガス漏れだ！　すぐに出発しろ！」

タッカーは頭の中に湧き上がる疑問――誰が、どうやって、いつ――を押さえつけ、拳銃を抜いた。水面を見回すと、親指ほどの太さのある折れたマツの枝が近くに浮かんでいる。タッカーは枝をつかみ、瓶にコルクで栓をするかのように、ガスが漏れているバルブの口に突っ込んだ。激しく噴き出していたガスの勢いが弱まる。

湿地帯の上空に低い不気味な音がこだました。全方向からいっせいに近づいてくるように聞こえる。

ヘリコプターのローターの回転音だ。

タッカーははじかれたように立ち上がり、走り始めた。ケインもすぐ隣を並走する。

夜空を背景にして、艦橋のハッチから中に入ろうとするミーシャのシルエットが見える。ウトキンとブコロフの二人は、すでに艇内に戻ったようだ。走ってくるタッカーに気づき、ミーシャの動きが止まった。

タッカーは腕を大きく振った。「俺にかまわず行け！」

ミーシャが叫び返した。「缶詰工場！　六キロほど下流にある。そこで待っているから！」

ミーシャの姿が消え、ハッチが閉じられた。

オルガの船体の向こうに、一機のヘリコプターが姿を現した。川の上空を飛行しながら近づいてくる。ヘリコプターは急降下して潜水艇の上を通過し、旋回しながら速度を落とし、湿地帯の上空で静止した。民間のヘリコプターで、ハヴォックの攻撃ヘリではない。ハルジン将軍の影響力も、拠点からこれほどまで離れてしまうと限界があると見える。

ヘリコプターの機体側面の扉が開き、細身の人影が姿を現した。片手には真っ赤な棒状の物体を握っている。身を乗り出した拍子に、ローターの風を受けた長いブロンドの髪がたなびいた。

その光景に、タッカーの心臓が止まりそうになった。

フェリス・ニルソン。

不死身の女のお出ましだ。

距離は約五十メートル。タッカーは銃を構え、引き金を引いた。銃弾が女の頭のすぐ脇の機体に命中する。女はすぐに機内に姿を消した。だが、タッカーの銃弾はわずかに遅かった。まるでスローモーションの映像を見ているかのように、フェリスの手から離れた真っ赤な照明弾が回転しながら落下していく。

タッカーは体を反転させ、全速力で走り出した。ケインもすぐ後を追う。

背後で「シュッ」という音が聞こえた直後、こもった爆発音がとどろく。振り返るまでもなく、タッカーには何が起きたのかわかった。破壊されたガス管から漏れたプロパンガスは空気よりも重い。密生した草がそのガスを閉じ込めたため、地表付近はガスの膜が張った状態にある。

そのガスに照明弾の火花が引火したのだ。

オレンジ色の交じった青い炎が、湿地帯の草の間で渦を巻きながら、タッカーとケインに迫る。背中に熱を感じる。遊歩道が交差した部分に差しかかると、タッカーは左に曲がり、川を目指した。さっきまで潜水艇が浮かんでいた方向だ。だが、潜水艇はすでに潜行しており、その姿はない。

炎がタッカーとケインに追いつき、追い越した。遊歩道の下に広がり、板の隙間から噴き上げる。

桟橋の先端が見えてきた。

タッカーは頭を下げ、最後の数歩を突っ走り、ジャンプした。同時にジャンプしたケインがぶつかってくる。一人と一頭の体が宙を舞う――次の瞬間、噴き上げた炎が壁となって目の前に立ちはだかった。

23

三月十六日午後八時十八分
ロシア　ヴォルガ川

　タッカーは手を伸ばし、かろうじてケインの首に腕を巻き付けた。そのまま一緒に炎の壁を突き抜け、川に飛び込む。ケインは水中に突然沈んでもあわてないような訓練を受けているものの、本能的に浮かび上がろうとした。だが、タッカーはそれを阻止しなければならなかった。たとえ残酷なように思えたとしても。

　水中に沈む勢いが弱まると、タッカーは腕を伸ばし、指先で探り、水の中に生えている草をつかんだ。数本の草をしっかりと握り締め、自分とケインの体を泥に向かって引き寄せる。もう片方の腕に抱えられたケインは、緊張から体をこわばらせたものの、激しくもがいたりはしなかった。

　タッカーは水中で首をねじり、上を向いた。水面をなめる炎の勢いはすでに弱まっている。プロパンガスの膜は短時間で燃え尽きてしまったが、炎が引火した湿地帯の草むらは依然として燃えていた。水でかすんだ視界の先で、暗い夜空を背景にして湿地帯の岸沿いに燃え上がる草が、オレンジ色の松明のように見える。

〈問題は一つ解決したが、大きな問題がまだ一つ残っている〉

フェリスを乗せたヘリコプターはまだ上空にとどまっている。あの執拗なスウェーデン女は、炎がすべてを片付けてくれるなどとは思っていないはずだ。

タッカーは草を持ち替えながら、川沿いの湿地帯の奥に進んだ。肺が限界に達すると、草から手を離して水面に浮かび上がる。

水面から顔を出した途端、桟橋の方向からヘリコプターのローター音が聞こえてくる。

フェリスは空を舞うタカのように、捜索を続けている。

タッカーとケインが大きく空気を吸い込んでいる間も、湿地帯の草はパチパチと音を立て、煙を噴き上げている。水面に落ちた灰が、シュッという音を立てる。タッカーはケインの顔を見た。シェパードの大きく見開いた両目は、落ち着きなく左右をうかがっている。動物としてのケインの本能は「火事だ！　逃げろ！」と告げているに違いない。だが、タッカーへの信頼とこれまでに受けた訓練が、ケインをじっとこの場所にとどめていた。

タッカーは相棒をハグしながら、耳にささやきかけた。「大丈夫だ……大丈夫だ……落ち着け……じっとして……」

言葉そのものは関係ない。タッカーの声の調子と、体を寄せ合っていることに意味がある。

一人と一頭は一心同体だ。ケインの体から、少しではあるが緊張感が抜けた。

周囲に目を向けると、乾燥した草の先端部分をなめ尽くした炎が弱まりつつあり、一帯は煙に包まれている。

タッカーはケインから手を離した。泳いだり這ったりしながら、湿地帯のさらに奥へと向かい、岸を目指す。肺が焼けるように熱く、目がひりひり痛むものの、タッカーは自分たちの動きを隠すために、あえて煙の濃いところを選びながら進んだ。

浅瀬に達すると、水深は三十センチほどしかない。このあたりの草はまだ燃え残っているところが多く、くすぶりながら煙を噴き上げている。それを見たタッカーの頭の中で警告音が鳴り響いた。煙を噴き上げる草は目隠し代わりになると同時に、目印代わりにもなってしまうことに気づいたからだ。自分たちが草を押し分けながら進めば、草の動きに合わせて煙の柱も動いてしまう。

上空のヘリコプターから眺めれば、煙が不規則になった部分は一目瞭然だ。

タッカーはゆっくりと腹這いになり、身をよじりながら泥に半ば体を沈めた。ケインをしっかりと脇に抱える。

〈このまま待て〉

それほど時間はかからなかった。日が落ちた湿地帯の上空を、ヘリコプターがジグザグに飛行し、煙を吹き飛ばしながら近づいてくる。やがてヘリコプターは岸の近くの湿地帯の上空でホバリングした。タッカーは煙の隙間から機影を確認した。

こちらからヘリコプターが見えるということは……

〈身動き一つするな〉タッカーは自分に言い聞かせた。〈湿地帯の一部になるんだ……泥と一体化するんだ……〉

何時間も経過したかのような長さの後、ヘリコプターはようやく上空を離れ始めた。ローターの回転音がゆっくりと遠ざかっていく。それでもなお、タッカーは動かなかった。すでに日は沈み、気温も急速に下がっている。冷たい水が骨の髄にまでしみ込んでくるかのようだ。タッカーは歯を食いしばって耐えた。

〈まだ待て……〉

予想通り、数分後にヘリコプターが戻ってきた。ハンターとしての経験豊富なフェリスは、逃げるチャンスを与えた獲物が動くと読んでいたのだろう。だが、タッカーはそんな手に引っかかりはしない。

ライフルの甲高い銃声がとどろいた。タッカーは思わず身をすくめた。フェリスに発見されたかと覚悟したものの、すぐにそうではないと思い直す。

〈あの女が外すわけはない〉

隠れている場所から追い出そうとしているのだ。

パン！

再び銃声が響いた。さっきよりも近い。左手の方角からだ。

タッカーは手をそっと数センチ浮かし、手のひらをケインの前足の上に乗せた。シェパードは一瞬体をこわばらせたが、すぐに緊張を緩めた。タッカーが落ち着いていれば、ケインも冷静でいられる。

パン！　パン！

銃声がさらに近づいてくる。どうすることもできないもどかしさで、頭がどうかしてしまいそうだ。不規則な間隔を置いて発砲しているが、距離は着実に近づきつつある。タッカーは両目を閉じ、呼吸に神経を集中させた。もはや自分が生き延びられるかどうかは運次第だ。引き金を引くタイミング、ヘリコプターのサイクリックスティックを握る操縦士の手、風の気紛れにかかっている。

パン！

今度の銃声は右側から聞こえた。

フェリスが上空を通過したのだ。

その事実に喜びを表すことなく、タッカーは固唾をのんで次の銃声を待った――再び右側から、さっきよりも遠くから聞こえる。

息詰まるような五分間が経過した後、ヘリコプターは旋回しながら遠ざかっていった。ローターの回転音が次第に小さくなる。

だが、再び戻ってくるかもしれない。タッカーはさらに十分間、冷たい水の中にとどまっていた。寒さのあまり、両手足が震え、歯がガチガチと鳴る。周囲は夜の闇に包まれている。澄み切った夜空には、無数の星が瞬いている。

タッカーは体を起こし、四つん這いの姿勢になった。ケインの尻を軽く叩き、岸に向かって這ったまま進み始める。

ようやく岸に上がると、タッカーとケインは南を目指した。目隠し代わりになる木々が生えているので、岸に沿って進む。木々が途切れた地点では、大きく内陸側に迂回した。ヘリコプターが絶対に戻ってこないとは限らない。

タッカーは歩きながら今回の待ち伏せの意味を考えた。フェリスはどうやって俺たちを発見したのか？　最も怪しい容疑者はミーシャだ。ワイルド・ヴォルガ・ツアーズの本社内で出発まで待っている間、彼には敵に情報を流す時間があった。潜水艇で航行中に、無線で連絡を入れることもできただろう。だが、それを言えばほかの三人――ウトキン、アーニャ、さらにはブコロフでさえも可能だ。トイレと充電のために休憩している時に、無線を使おうと思えば使うことができたはずだ。こんなことは信じたくない。だが、タッカーは仲間のうちの一人が裏切り者だという可能性を排除することができなかった。

タッカーはまたしても鏡の世界に迷い込んでしまったかのような気がした。全員が容疑者かもしれないし、誰も容疑者ではないかもしれない。けれども、タッカーには奥の手が残されていた。脱出計画の最終目的地に関しては、タッカーとルース・ハーパーだけしか知らない。ほかの四人が知っているのは、潜水艇の行き先がカスピ海ということだけだ。

フェリスが再び待ち伏せをする気ならば、その場所を特定するのに苦労するだろう。

午後十時三十七分

木立の陰に身を隠したタッカーは、星明かりに照らされた広い草地の先に見える板張りの建物の様子をうかがっていた。飛行機の格納庫ほどの大きさの建物が、ヴォルガ川の川岸にある。

タッカーはミーシャの最後の言葉を思い返した。

〈缶詰工場！　六キロほど下流にある。そこで待っているから！〉

「なあ、どう思う？」タッカーはケインに小声で問いかけた。「あれが缶詰工場に見えるか？」

相棒はタッカーの顔を見上げるばかりだ。

タッカーはうなずいた。「ああ、俺もそう思う」

タッカーは慎重に行動し、木々の間を西側に迂回しながら建物まで二百メートルほどの地点に到達した。川から建物に向かって、細い運河が通じている。一年のこの時期は水量が少なく、コンクリート製の壁も崩れ落ちている箇所がある。タッカーは運河の中に下り、水面から突き出たコンクリートの塊や瓦礫を伝いながら、缶詰工場までの距離を詰めていった。

工場の外壁に近づいたタッカーは、錆びついたクレーンが一台、運河の近くに放置されていることに気づいた。先端にフックの付いたケーブルは、巨大な釣竿から垂らした釣り糸のように見える。腐った魚のにおいがほのかに漂っている。

運河から上に通じる石の階段がある。タッカーはその階段を上った。階段の最上段の手前でうずくまり、周囲の様子を観察する。鳥と虫の鳴き声のほかは、静まり返っている。ケインのリラックスした様子からすると、その鋭い五感をもってしても、それ以上の何かを識別しているようには見えない。

タッカーは階段の最上段に転がっていた石をつまみ、缶詰工場の壁を目がけて投げた。石が木に跳ね返って音を立てる。だが、何も動きはない。

ミーシャたちはまだここまでたどり着いていないのだろうか？　あるいは、すでに立ち去ってしまったのだろうか？

タッカーはもう一つ、石を投げた。さらにもう一つ。

建物内から何かをこするような音が聞こえてきた――コンクリートの上を歩く足音だ。その音を聞きつけたケインの体が、一瞬にして警戒の姿勢を取る。タッカーはケインを暗い建物内の偵察に送り込もうかと考えた。その時、木のきしむ音とともに扉が開き、人影が一つ、外に身を乗り出した。

「タッカーか？」ミーシャの声だ。

タッカーは返事をしなかった。

「タッカー、あんたなんだろう？」ミーシャが再び呼びかけた。

タッカーは意を決して立ち上がり、扉に近づいた。すぐ後を追うケインの足取りはかたいままだ。タッカーの不安を感じ取っているのだろう。

タッカーの姿を目にして、安堵の表情を浮かべたミーシャの体から緊張が抜けていく。「また会えてよかった、我が友よ」

気持ちのこもった挨拶の一方で、タッカーはミーシャの声がややこわばっていることに気づいた。だが、それも無理はない。危うく自分の潜水艇の中で蒸し焼きにされるところだったのだから。それでも、タッカーは警戒を緩めなかった。ミーシャがどこまで信用できるか、まだ確信が持てない。

「無事だったんだな」ミーシャはタッカーの頭のてっぺんからつま先まで眺めた。

「ところどころ焦げているかもしれないが、大丈夫だ」タッカーは建物内をのぞいたが、暗い缶詰工場の内部には誰もいないようだ。「ほかの三人は潜水艇の中で待っているのか？」

「ああ」

「オルガの状態は？」

「問題ない。爆発の直前に潜ることができたから」

「やつらは君を撃たなかったな」

「撃たなかった」

「無線は機能しているんだな？」

「もちろんだ。ちょっと待ってくれ」ミーシャはタッカーに人差し指を突きつけた。「あんたが本当は何を聞きたがっているのかわかったぞ。連中がどうやって我々を発見したか、不思議に思っているんだ、そうだろう？　俺があんたのことを裏切った、そう考えているんじゃないのか？」

タッカーは肩をすくめた。「自分は疑われる余地が少ないと考える理由は？」

「そんなものはないだろうな」ミーシャの視線はタッカーの目に真っ直ぐ向けられている。「しかし、俺はそんなことをしていない。何者かが潜水艇の爆撃を企んでいると知っていたら、いくらあんたに大金を積まれたとしても、自分でオルガを操縦するはずがない。ぐうたらな義理の兄をはじめとして、気に食わない従業員は何人もいるさ。だが、俺は君の申し出を受け入れて、自分で操縦した。しかも、俺は契約を重んじる人間だ。握手をしたじゃないか」

タッカーはミーシャを信じた。今のところは。時がたてば、また状況が変わるかもしれない。

「無実を証明するためには、どうすればいいんだ？」ミーシャが訊ねた。

「演技がうまいことを証明してもらいたい」

24

三月十六日午後十一時十三分
ロシア　ヴォルガ川

ミーシャはオルガを運河の入口に停泊させていた。入口付近はそれなりの水深がある。艦橋だけが水面から突き出していて、ミーシャが周辺の木々から切り取ったのだろうか、何本もの枝を上にかぶせてカムフラージュされていた。

タッカーはケインとともにミーシャの後について浅瀬を渡り、ハッチを通って潜水艇の中に入った。

「生きていたのね！」梯子を下りてくるタッカーに気づいて、アーニャが大声をあげた。

ウトキンとブコロフもタッカーの手を強く握り、腕が抜けそうなほどの力で引っ張ってくる。喜びに満ちあふれた笑顔に、嘘はないように思える。

「再会の喜びはそのくらいにしてくれ」ミーシャが不機嫌そうな声で告げた。「話をしなければならない」

タッカーはミーシャの方を見た。「何の話だ？」

「あんたは嘘をついた。危険はないと――誰にも追われていないと、俺に言ったじゃないか。もうたくさんだ！　これから引き返す。ヴォルゴグラードまであんたたちを安全に連れ戻すこと、およびこの件について誰にも言わないことは約束する。ただし、この航海はここまでだ」

タッカーは足を一歩前に踏み出した。「話が違うじゃないか」

「それはこっちの台詞だ」

タッカーはポケットからマグナムを取り出し、ミーシャの胸に銃口を向けた。

アーニャが悲鳴をあげた。「タッカー、やめて！」

「約束通り、目的地まで連れていけ」

「撃つなら撃てよ」ミーシャは肩をすくめた。「だけど、このままここから動けやしないぞ。ここがどこだかすらも、わからないくせに。オルガを操縦できるとでも思っているのか？　ヴォルガ川のことを知っているつもりか？　泥に埋もれて死ぬのがおちだ」

にらみ合いが十秒間ほど続いた後、タッカーは銃を下ろし、ポケットにしまった。「こいつの言う通りだ」

アーニャがわめいた。「ヴォルゴグラードに戻ることはできないわ。タッカー、この人に言ってやって」

ブコロフも同意見だ。「こんな馬鹿げた話があってたまるか」

「ちょっと回り道をすることになるだけだ」タッカーは緊迫感に満ちた声で応じた。「これから連絡を入れて、ヴォルゴグラードから脱出する手段を手配してもらう」次の言葉はミーシャに向けたもので、脅迫の意図がたっぷり込められていた。「ヴォルゴグラードで誰かが俺たちを待ち構えていたら、最初の銃弾はおまえの頭にぶち込んでやる。わかっているだろうな？」

「ああ、わかっているさ」そう返事をしながら、ミーシャは操縦席に向かった。「さあ、みんな座ってくれ。出発するぞ」

ミーシャが潜水艇を操縦して川の本流へと向ける中、タッカーは全員を艇内の後部に集めた。声を落として三人に伝える。「さっきも言ったが、ちょっと回り道をするだけだ。何も問題はない」

ブコロフがうめいた。「生きてこの国を出るのは無理だ。せっかくの発見も私とともに消える運命なのだ」

「心配する必要はありません。次の休憩地点で仲間と連絡を取ります。みんなも少し睡眠を取った方がいい」タッカーはミーシャを一瞥した。「俺はあいつの説得を続ける。何とかして翻意させるつもりだ」

絶望と敗北感に打ちひしがれて三人がベンチに座り込むと、タッカーは前かがみになりながら操縦席に向かい、ミーシャの隣の狭い隙間に入り込んだ。計器盤から漏れるオレンジ色の光を除けば、操縦席を照らす明かりはない。フロントガラスの向こうに目を向けると、真っ黒なヴォルガ川が渦を巻きながら流れている。

タッカーは二メートル後方にケインを座らせ、ほかの三人が潜水艇の前部に入り込まないようにした。

「どうだったかな？」ミーシャがささやいた。

「主演男優賞に値する演技だ」タッカーは答えた。「ヴォルゴグラードを目指して北に航行していなくても、本当に三人は気づかないだろうか？」

ミーシャはフロントガラスの前方を指差した。真っ暗な中をヴォルガ川の水が流れているだけだ。「気づくと思うか？」

ミーシャの言う通りだ。潜水艇がどこに向かっているのか、タッカー自身もさっぱりわからない。

タッカーは身を乗り出してフロントガラスの向こう側に目を凝らした。「こんなヘドロの中をどうやって操縦しているんだ？　しかも夜だぜ」

ミーシャは頭上に手を伸ばし、小物入れからラミネートフィルムに挟んだ紙の束を取り出すと、タッカーに手渡した。「ヴォルガ川の地図だ。岸に沿って赤い正方形が書いてあるだろう？　そこはこれまで我々が休憩のために立ち寄った地点だ。だが、地図がなくても操縦できる。この川のことならここに入っているからな」ミーシャは自分の頭を指差した。「明かりを消したベッドの上でも、女性の体のことはわかるだろう？　それと同じで、この川のあらゆる曲線や窪みを知っているのさ。それでも、一定の間隔を置いて、特に休憩地点の二キロほど手前に到達したら、潜水艇のアンテナだけが水面から出る程度にまで浮上して、ＧＰＳの信号を確認している」

「アストラハンに到着するまでどのくらいかかりそうだ？」目的地はヴォルガ川がカスピ海に注ぐデルタ地帯の中にある。

「明日の午後には着くはずだ。だけど、日没までは水面に浮上してほしくないんだろう？」

「そうだな」

「それならば、到着は日没後だ」

「途中の休憩時間も五分以内にとどめてほしい」

「わかった。ただし、アストラハンまでたどり着くためには、朝のうちに一度は三十分間ほど停泊して、ソーラー電池の充電をする必要がある」

「わかった」

タッカーはしばらく黙っていたが、再び口を開いた。「ミーシャ、悪いんだがもう一つだけ頼みがある。アストラハンに着くまで、無線での交信は控えてもらえないか」

ミーシャは肩をすくめた。必要性を理解したに違いない。ミーシャは手を上に伸ばすと、グースネックマイクのヘッド部分を取り外し、笑みを浮かべながらタッカーに手渡した。

「これでしばらくの間は妻の小言を聞かずにすみそうだ」

三月十七日午前六時四分

翌朝になると、再び舞台の幕が上がった。

潜水艇は休憩をぎりぎりまで先に伸ばしながら、南に向かって七時間航行を続けた。ミーシャは静かな暗い入り江を見つけ、そこにオルガを停めた。

タッカーはミーシャも含めた全員に対して潜水艇を降りるように指示した。それを聞き、ミーシャが怒りの演技を披露する。

「無線はあんたが使えなくしたじゃないか。この中に俺が一人残ったとしても、何ができるっていうんだ？」

「俺たちを置き去りにするかもしれない。さっさと動け」

「わかったよ、わかったってば……」

全員が潜水艇の外に出た。桟橋はなく、潜水艇は川底の浅い砂の上に半ば乗り上げるような形で停まっている。夜明け前で気温が低いうえに、十センチ以上の深さがある水の中を歩かなければならず、自然と不満が口をついて出る。三人は川岸の草むらの中で別れて用を足した。

タッカーとともに潜水艇の近くにとどまっていたミーシャが小声で話しかけた。「あの三人の中で天文学に詳しい人はいるのか？」そう言いながら、星がきらめく夜空に向かって親指を突き出す。

タッカーはそこまで考えていなかった。三人の中に天測航法の知識のある人間がいるかどうかはわからないが、おそらく問題はないだろう。

「目を離さないようにしていてくれ」タッカーはミーシャに告げると、ケインを連れて草の陰に移動した。用をすませた後もしゃがんで姿を隠したまま、シグマの司令部に電話を入れる。

ハーパーが電話を取ると、タッカーは周囲を警戒しながら手短に要求を伝えた。「アストラハンの近くに目立たない空港を手配してくれ。また後でかける」

タッカーは電話を切り、立ち上がった。大きく体を動かしながら、衛星電話の電波を探している風を装う。小声で静かに毒づいて効果を添えるのも忘れなかった。

不意にケインが低いうなり声をあげた。

振り返ったタッカーは、三メートルほど離れた草むらにウトキンが立っていることに気づいた。

「電話が通じないのかい？」ウトキンはズボンのチャックを上げながら訊ねた。

「衛星の電波が入りにくいみたいだ」

ウトキンが草むらから出て、近づいてくる。「誰かと話をしている声が聞こえたように思ったんだけど」

「ケインとだよ。昔からの癖でね。そっちの気分はどうだい？」

「疲れた。何だか疲れちゃったよ。どうも僕はこういう冒険には向いていないみたいだ」ウトキンは笑みを浮かべたが、無理に作ったような笑みにも見える。この若者のこんな表情を、タッカーは初めて目にした。

ウトキンは両手をポケットに突っ込み、タッカーの方にさらに近づいた。

ケインが体を伸ばし、二人の間に割り込む。

マグナムの銃尻に添えたタッカーの指先に力が入る。

ウトキンが周囲に漂う緊張感を察した。「攻撃を受けてから、君は僕たち全員を疑っている、そうなんだろう？」

「それも仕事のうちなんでね」

「ふーん……」

「君が俺だとしたら、誰を疑う？」

「全員だね」ウトキンはきっぱりと答えた。

「自分も含めてか？」

「僕も含めて」

「ブコロフとアーニャはどうなんだ？　同じ研究仲間なんじゃないのか？」

ウトキンは地面に目を落とし、小石を蹴飛ばした。「そういう風に思っていた時もあったかもしれない。でも、今は違うよ。世間知らずだったのかな。それとも、単なる願望だったのかも。貧しい漁師の息子のことを、あの二人が対等の仲間と見なしてくれるなんて、期待する方がおかしいよね」

ウトキンは踵を返し、歩き去った。

タッカーはその後ろ姿を目で追った。

いったい何があったんだ？

午前十時四十六分

潜水艇は川岸にある目立たない入り江に停泊していた。空高く昇った午前中の太陽の光がさんさんと降り注いでいる。ソーラー電池の充電には格好の天気だ。

傘のような形状の集光機が大きく開き、太陽エネルギーを蓄えている間、タッカーは三人とともに川岸に立っていた。「三十分間の休憩だ」タッカーは伝えた。「有効に使ってくれ。ヴォルゴグラードに到着したら、何が起きてもいいような心構えでいてもらわなければならない」

三人は葉の落ちたヤナギの木立の中に向かった。木に止まった無数のカラスが、突然の侵入者に対して大きな鳴き声をあげて警告する。

タッカーはケインの脇に片膝を突き、小声で指示を与えた。「偵察、群れをマーク、警戒」この休憩の間、牧羊犬となったシェパードは密かに周囲を歩き回り、三匹のヒツジたちが遠くに離れたり、逆に近づきすぎたりしないように見張る。何か問題が発生すれば、鳴き声で知らせてくれる。

誰からも見られていないことを確認してから、タッカーはオルガの艇内に戻り、三人の荷物を調べ始めた。アストラハン到着前に、一行の誰かが現在地に関する情報を漏らしていないかどうか、確認しておかなければならない。

タッカーはバッグの中をあさり、服を取り出し、ノートをめくり、ありとあらゆるものを調べた。手慣れた手つきで、ズボンやシャツの縫い目から靴底まで探る。さらにはもっと個人的な持ち物も確認した。アーニャが好んで読むのはかなりきわどい内容のロマンス小説のようだ。ウトキンはトランプが好きらしく、ケースが二つあったが、一つは空っぽで、もう一つには使い古したカードが入っている。タッカーはブコロフのタバコ入れの中身まで調べた。調査を進めながら、タッカーは罪悪感を覚えた。これでは三人の秘密の趣味をのぞき見しているも同然だ。

そこまでして調べたにもかかわらず、タッカーは何も発見することができなかった。

続いてタッカーは操縦席に座り、計器盤を細かく調べた。さらに、操縦桿の表面を手のひらで探る。だが、特に異常は見られない。

タッカーは途方に暮れた。

こうなると、残る可能性は一つだけだ。何者かが潜水艇の無線を使って位置を伝え、待ち伏せを仕掛けさせたとしか考えられない。そうでもしなければ、情報が漏れることはありえない。アストラハンに向かって再出発する前、ミーシャに指示して無線を使えないようにした判断は正しかった。無線が使用できなければ、ここから先の針路が追っ手に漏れることはないはずだ。

タッカーは腕時計を確認した。そろそろ時間切れだ。調査を終えると、タッカーは再び艦橋から外に出て、川岸に戻った。タッカーが口笛を吹くと、木に止まったカラスの群れが再び抗議の鳴き声をあげる。タッカーは手を振って三人に戻るよう知らせた。三人が艇内に入る横で、ミーシャは集電用の機器を分解して片付け始めた。

タッカーはケインを艇内に下ろしてから、再び外に戻り、ミーシャに声をかけた。

「一分間だけ待っていてくれ」そう告げると、潜水艇から数メートルの距離を置く。衛星電話を取り出すと、タッカーはシグマに連絡を入れた。

すぐにハーパーの声が聞こえた。「さっきは謎のメッセージを残してくれたものね。心配したのよ」

「右も左もわからない状況にあるんでね。言いたいことはわかってくれると思うが」

「ええ、私にも経験があるから。つまり、予定の合流地点に真っ直ぐ向かうつもりはないということでしょ？」

タッカーはヘリコプターによる襲撃の件を伝えた。「これは断定できないが、フェリスは潜水艇を狙っていたわけではないと思う。攻撃目標は俺とケインだけだったんだ」

「あなたたちを排除できれば、あとは楽勝でしょうね。それにブコロフの存在がある。彼を殺してしまう危険は冒せないもの」

「潜水艇の無線を取り外して以降は静かだが、この状態がいつまでも続くことは当てにできない。アストラハンの街に着いたら、できるだけ早く潜水艇を離れた方がよさそうだ」

「確かにそうね。私たちの希望にぴったりの飛行機を見つけたわ」ハーパーは座標を伝えた。

「漁船をチャーターしている会社。顧客を飛行機でヴォルガ川のデルタ地帯の南部に運ぶサービスも提供している。少しお金をはずんだら、操縦士はあなたたちを新しい合流地点まで運ぶことに同意してくれたわ」

「その場所は？」

「島よ。ロシアの領海から少し外れた場所。カスピ海の中を横切る国境線を越えた地点、と言った方がいいかも」

「そこで落ち合う相手は？」

「信頼できる人物。私自身、過去に何度か一緒に仕事をした経験がある。そこまでたどり着けば、もう心配はいらないわ」

「今回の仕事は『出国を手引きするだけ』と説明した相手から、そんなことを言われてもな」

25

三月十七日午後三時三十三分
ロシア　アストラハン

ミーシャが約束した通り、潜水艇は午後の早いうちにアストラハンの郊外に到着した。潜行したままの艇内でミーシャからそのことを小声で伝えられたタッカーは、操縦席に入り込み、二人で地図を調べた。

座標を確認してから、タッカーはヴォルガ川と支流の合流地点を指差した。支流はアストラハンの街中を抜けている。

「ここで停まるのか？」ミーシャが訊ねた。

「ここから支流に入ってくれ」タッカーは指示した。「そのまま五キロほど進んだら、もう一度知らせてくれないか」

支流に入るまでに四十分ほどかかった。

ミーシャに呼ばれて再び操縦席に戻ったタッカーは、そこからさらに一・五キロほど西の地点を指差した。

「ずいぶんと用心深いんだな」ミーシャはつぶやいた。「小さな入り江があるようだが、そこが目的地なのか？」

「いいや。そこに着いたら、また声をかけてくれ」

二十分ほどたった後、ミーシャが再びタッカーを呼んだ。

タッカーは笑みを浮かべながら、さっきミーシャが指摘した小さな入り江を指差した。「ここが目的地だ」

「しかし、さっきあんたは――ああ、そうか。誰も信用していないんだっけな」

「いろいろと状況が変わっただけだ。悪く思わないでくれ。日没まであとどのくらいだ？」

「そうだな、あと二時間といったところかな。この岸沿いの藪の下に入るとしよう。待っている間、この船体を隠してくれるだろうから」

待ち時間はタッカーの人生で最も長い二時間となった。三人からいったい何がどうなっているのかという質問攻めに遭いながらも、タッカーは何も問題ないとはぐらかし、潜水艇はヴォルゴグラードにほど近い水中に停止していると信じさせた。

時間になると、タッカーは三人に対して荷物をまとめ、潜水艇を降りるように伝えた。タッカーの指示のもと、全員が入り江の岸辺に広がった茂みの中に集まる。

頭上の夜空には低い雲が垂れ込め、欠け始めた月がぼんやりとかすんで円盤状の光を発している。聞こえるのは甲高い虫の音と鳥の鳴き声だけだ。

入り江を挟んで二百メートルほど向こう側に目を向けると、川にへばりつくような格好で三軒の小屋が立っていた。そのうちの一軒の扉の隣に明かりがついている。桟橋には二機の小型水上飛行機がつながれていた。

あれがここからの脱出手段だ。

「ここはヴォルゴグラードじゃないよ」ウトキンが顔をしかめながらつぶやいた。「空気がこんなにきれいなわけない」

タッカーはウトキンを無視して、潜水艇の隣にいるミーシャに歩み寄り、握手をした。

「ここでお別れというわけか」そう言うと、ミーシャはタッカーの手を離したが、手のひらを上に向けて差し出したままだ。

タッカーはその意図を理解して笑みを浮かべた。ポケットからルーブル紙幣の束を取り出し、約束の金額を手のひらに乗せる――その上にもう一万ルーブルを追加した。「危険手当だ」

「最初からわかっていたよ、あんたはいいやつだって」

「ヴォルゴグラードまで無事に戻れるか？」

「ああ、大丈夫だ。あんたたちの無事も祈っているよ――どこへ行くのか知らないが」

「こっちも大丈夫だといいんだが」

「上乗せ分をもらったから、あんたたちが離陸するまでここで待っているよ。また俺の助けが必要になるといけないからな」

「ありがとう、ミーシャ。一人で戻るのならば、安全運転しろよ」

タッカーが先頭に立ち、ケインが最後尾について、一行は木々や丈の高い茂みを選びつつ、入り江を回り込んで進んだ。

建物の近くに達すると、タッカーは全員に止まるよう呼びかけた。ケインの脇にひざまずき、前方を指差す。「偵察して戻ってこい」

ケインは音もなく動き、暗闇の中に姿を消した。

数分後、背後から呼びかけるささやき声が聞こえた。

「タッカー！」

ミーシャの声だ。

心臓の鼓動が速まるのを意識しながら、タッカーは三人に向かって隠れているように指示した。元来た道を引き返すと、ミーシャが川岸でしゃがんでいた。

「どうしたんだ？」

「これを」

ミーシャは黒いプラスチック製の物体を手渡した。大きさと形は石鹸に似ていて、両側から垂れ下がる二本の絶縁線の先端にはワニ口クリップがついている。

ミーシャが説明した。「あんたたちが立ち去ってから、約束通り待ちながら、後片付けをしたり潜水艇のシステムをチェックしたりしていたんだ。そうしたら、こいつが操縦席の下に挟まっているのを見つけた。クリップは潜水艇のアンテナ給電装置に接続されていた」

「信号発生器だ」タッカーの口から言葉が漏れると当時に、胃の奥深くに冷たい感覚が広がる。

「一定間隔で固有の周波数を発信する装置だ」

「何者かがその信号を受信していたということなのか？」

「そうだ」絶望感が冷たい指のようにタッカーの心臓をつかみ、締め上げていく。「敵はこれを使って俺たちを追跡していたんだ」

タッカーはミーシャの話を思い出した。居場所を確認するため一定の間隔で、特に休憩地点に近づいた時には、アンテナが水面から出る程度まで浮上してGPS信号を受信すると言っていた。そのたびに、信号発生器が潜水艇の現在地を知らせていたのだ。ミーシャの操縦パターンをつかみさえすれば、敵は休憩地点を先読みして待ち伏せを仕掛けることができる。

「いったい誰がこれを？」ミーシャが訊ねた。

タッカーは小屋の陰に隠れている三人の方に視線を向けた。

〈いったい誰が？〉

タッカーは頭の中でこれまでに得た知識を総動員した――その時、あることに思い当たり、全身に電気が走ったような衝撃を受ける。

〈そんな馬鹿な……〉

ミーシャはタッカーの動揺に気づいたようだ。「裏切り者が誰なのか、わかったんだな?」

「ああ、たぶんな」タッカーは信号発生器をポケットの中に突っ込んだ。「君はすぐにここを離れた方がいい。俺たちとできるだけ距離を置くんだ」

「わかった。幸運を祈っているぞ、我が友よ」

タッカーは暗闇の中でうずくまっている三人のもとに戻った。ケインも偵察を終え、タッカーの帰りを待っていた。シェパードの姿勢、耳の傾き、穏やかな目つきは、この先に危険がないことをタッカーに伝えている。

だが、本当の危険はすぐそばにある。

タッカーもしゃがんでケインの首に腕を回しながら、冷静さを取り戻そうとした。

〈さて、どうしたものかな?〉

これまでにどれだけの情報が、ハルジン将軍のもとに伝わってしまっているのか?

この入り江に浮上した時点で、敵はこちらの居場所を把握したという前提のもとに行動しなければならない。フェリスはすでにここへ向かっているはずだ。

裏切り者を尋問し、正体を白状させている時間はない。それは後回しだ。正体に気づいた事実を隠すことで、相手よりもわずかだが優位に立つこともできる。

タッカーは水上飛行機に目を向けた。敵はブコロフを殺したいと思っているわけではないし、自分たちの工作員が同じ飛行機に乗っているならば、なおさら撃ち落としたりはしないだろう。

つまり、二人が意図せず人間の盾になってくれるおかげで、タッカーたちが合流地点まで無事にたどり着ける可能性が高くなるわけだ。だが、そのためには全員を飛行機に乗せ、離陸しなければならない。

同時に、裏切り者に対して監視の目を光らせておかなければならない。その仕事に適任なのは、自分よりも鋭い目の持ち主だ。タッカーはケインに腕を回したまま、相手から見えないように隠しながら指差し、続いて自分の目尻に触れた。

〈ターゲットを監視せよ〉

タッカーが命令を解除するまで、ケインはターゲットの監視を続ける。不意の動きや敵対的な行動を見逃さず、声の調子の変化を聞き取り、撃鉄を起こす音や鞘からナイフを抜く音も聞き漏らさない。そこまで細かい指示は与えていないものの、タッカーはケインの直感を信じていた。ターゲットが少しでも不審な動きを見せれば、ケインはすぐに攻撃を仕掛ける。

「ミーシャは何の用だったの?」アーニャのささやき声でタッカーは我に返った。

「もっと金を要求してきた。金をくれれば黙っていてやると言って」

「それで、要求通り払ったのかね?」ブコロフは唖然とした表情を浮かべながら訊ねた。

「殺すよりもその方が簡単ですから。それにどうせあと少しで出国できるし」

タッカーは立ち上がり、ほかの三人にはそのまま隠れているように合図した。明かりのついた小屋に近づき、扉をノックする。

少し間を置いて、扉が開いた。建物内から漏れる黄色い光を背にして、作業着姿の若い女性が立っている。小柄な女性で、身長は一メートル五十センチあるかどうかだ。黒い髪をピクシーカットにしている。

タッカーはポケットの中のマグナムを握り締め、どんな攻撃にも対処できるように身構えた。

「あんたがバルトーク？」女性は小柄な体格とは不釣り合いな堂々とした声で訊ねた。

〈バルトーク？〉

一瞬まごついたタッカーだったが、ハーパーから聞かされていた暗号名を思い出した。

「ああ、バルトークだ」

「私はエレナ。飛行機に乗るのは何人？　乗客一人当たり三千ルーブルいただくわ」

女性はいきなり金額の交渉に入った。

「四人と、犬が一頭」

「犬の方が料金は高いわよ」

「なぜ？」

「うんちをするでしょ……掃除が大変なのよ。わかる？」

タッカーは反論しようとしなかった――この女性は小柄ながら相当気が強そうだ。簡単にやり込められてしまうかもしれない。「わかったよ」

「ほかの人たちを連れてきて」エレナはタッカーに命令した。「飛行機の準備はできているから。いつでも離陸できる」

そう言い残すと、エレナは桟橋に向かって大股で歩き始めた。

タッカーは三人に対して隠れている場所から出てくるように合図し、急ぎ足でエレナの後を追った。エレナは一機の飛行機の脇で立ち止まると、片足をフロートの上に乗せ、機体横の扉の掛け金を外した。扉の上部を引っ張りながら桟橋側に倒すと、扉が機内への通路代わりになる。

空色をした双発の水上飛行機は、全長約二十メートル。ガル翼機で、機体後部には楕円(だえん)形の垂直安定板がある。機内は十分な広さがあり、操縦室は丸みを帯びた形状をしている。

「この機種はあまり見た覚えがないな」エレナに追いつくと、タッカーはつぶやいた。

エレナは両手を腰に当て、誇らしげに答えた。「ベリエフBe‐6。あんたのお仲間のNATOは『マッジ』と呼んでいたわね。スターリンが死んだのと同じ年に造られたもの」

「それって六十五年くらい前じゃないの」アーニャが不安そうに言った。

「六十三年よ」エレナは声を荒らげて言い返した。「年代物だけど、まだまだ丈夫よ。整備も行き届いているし。さあ、乗って」

反発の声は誰からも聞こえない。

全員が機内に乗り込むと、エレナは機体からロープを外し、身軽に飛び乗った。勢いよく引き上げた扉が閉まり、機内に大きな音が響き渡る。エレナは操縦室に向かった。

「座って！」エレナが大声で叫んだ。「シートベルト！」

離陸前の安全説明はそれで終わりだった。

ブコロフとアーニャは機体右側の座席でシートベルトを締め、ウトキンとタッカーは左側に座った。ケインはタッカーの足もとで体を丸めながらも、監視の目を緩めようとしない。

機体が桟橋から離れ、横に動き始めた。

ブコロフが声をかけた。「タッカー、君には変わった乗り物で旅行をする趣味があるみたいだな」

「悪い習慣の一つにすぎませんけどね」

「まさかアメリカへの移動には飛行船を使うつもりじゃないだろうな」

「驚きが薄れるから内緒にしておきますよ」

操縦室で警告音のようなブザーが何度か鳴り、エレナの短く毒づく声が続く——次の瞬間、拳で何かを殴りつけたかのような音が聞こえた。突然、エンジン音が響き渡り、機体が振動した。

「行くわよ！」エレナが叫んだ。

水上飛行機が加速しながら入り江の外に出る。次の瞬間、機体が宙に浮いた。

午後七時四十四分

「バルトーク！」巡航高度に達すると、すぐにエレナが叫んだ。「ちょっと、こっちに来てくれない？」

タッカーはシートベルトを外し、ケインを踏まないように気をつけながら立ち上がると、首をすくめて操縦室に入った。エレナの座席の横で片膝を突く。副操縦士席は空いている。ガラスの向こうに見えるのは漆黒の闇だけだ。

「目的地を教えて。電話をかけてきた人は『南東方向』と言っただけ。離陸後にあんたから目的地を聞けという話だったけど」

タッカーが座標を伝えると、エレナはニーボードに数字を書き留めた。

素早く計算した後、エレナが知らせた。「所要時間は五十分。何を探したらいいかわかる？信号みたいなものがあるわけ？　カスピ海は広いし、しかも夜だから」

「そこに着いたら教えるよ」

タッカーは客室に戻った。エンジンの音は静かになり、低い単調な響きが聞こえるだけだ。小さな乱気流の影響で、機体が時折揺れることはあるものの、順調な飛行が続いている。

〈今しかないな〉

タッカーは左右の座席の間に立った。「話しておかなければならないことがある」

「何だね？」ブコロフが訊ねた。

タッカーはいきなり本題に入った。「これまで何度も、俺たちはハルジン将軍に待ち伏せされた。だが、今までは彼がどんな手段を用いていたのかわからなかった」

タッカーはそこで言葉を切り、三人の顔を見回した。

タッカーの視線を浴びて、アーニャが身じろぎした。「それで？　何が言いたいの、タッカー？」

タッカーはポケットから信号発生器を取り出し、全員に見えるように差し出した。

「それは何かね？」そう訊ねながら、ブコロフがもっとよく見ようと身を乗り出した。

タッカーはウトキンの方を見た。「説明してくれるかな？」

ウトキンは肩をすくめ、首を横に振った。

「これは信号発生器だ。オルガのアンテナ給電装置に接続されていた。ヴォルゴグラードを出発して以降、定期的に信号を送っていたが、数分前に取り外した。こいつが発する信号を、ハルジンが受信していたのさ」

「僕たちの誰かがそれを設置したと思っているのかい？」ウトキンが訊ねた。

「そうだ」

「ミーシャかもしれないわ」アーニャが意見を述べた。「彼なら装置の取り付け方を知っているはずでしょ。自分の潜水艇なんだから」

「違うな。ミーシャが装置を外して持ってきてくれたんだ」

アーニャは目を大きく見開いた。「タッカー、何だか怖いわ。いったい何がわかったというの？」

タッカーは再びウトキンの方を向いた。「座席に下にあるのは君のバッグか？」

「うん」

「出してくれ」

「いいけど……どうして？」

「早く出せ」

ウトキンは従った。

「トランプを見せてくれ」

「何だって？　どうしてそんなものを――」

タッカーの口調の険しさを感じ取ったのか、ケインが立ち上がり、ウトキンをにらみつけた。

「いいから見せろ」

「タッカー、何がどうなっているんだい？　僕たちは友達だろう？　何が何だかわからないけど、いいよ、見せてあげるよ」

ウトキンはダッフルバッグのジッパーを開き、中に手を突っ込んだ。だが、数秒もしないうちに、ウトキンが驚いた様子で動きを止めた。タッカーの顔を見上げながら、トランプのケースをバッグから取り出す。二つのケースのうち、一つは空っぽで、もう一つにはカードが入っている。ウトキンは空っぽのケースを差し出した。

タッカーはウトキンがすべてを理解していることに気づいた。彼の目を見ればわかる。

「でも、これは……これは僕のじゃない」ウトキンは言葉に詰まりながら訴えた。

タッカーは空のケースを奪い取り、信号発生器を中に入れ、ふたを閉じた。サイズはぴったり合う。午前中に三人の私物を捜索した際、ウトキンのバッグの中に発見したのがこのトランプケースだ。

ウトキンは首を左右に振るばかりだった。「違う、違うってば。これは僕のじゃない」

アーニャが手で口を覆った。

「本当なのか？」ブコロフが訊ねた。「タッカー、これは本当なのかね？」

「本人に聞いてください」

あまりのショックに、ブコロフは顔面が蒼白（そうはく）になっている。「ウトキン――これまでずっと研究を共にしてきたのに、こんな仕打ちをするというのか？　なぜだ？　過去のギャンブル癖と関係があるのか？　賭け事はやめたはずだと思っていたのに」

恥ずかしさのあまり、ウトキンの顔が紅潮する。「違います！　これは何かの間違いですよ！」ウトキンはタッカーに向き直った。その目に浮かぶのは絶望の色だけだ。「僕をどうするつもりなの？」

その質問にタッカーが答えるよりも早く、アーニャが割り込んできた。「タッカー、彼を殺さないで。お願い。確かに、彼は間違いを犯した。でも、たぶん誰かに強制されていたのよ。あの手の人間のことならよくわかるもの。脅迫されていたに違いないわ。そうなんでしょう、ウトキン？　あなたには選択の余地がなかった。そうよ、タッカー、彼には選択の余地がなかったのよ」

タッカーはブコロフの方を見た。「ドクター、あなたの意見は」

ブコロフはかぶりを振った。助手の方を見向きもせずに、これ以上は聞きたくないとでも言うかのように手を振る。「知らん。この男が死のうが死ぬまいが、私には関係ない」

その言葉を聞き、ウトキンは泣き崩れた。体を折り曲げ、頭が膝にくっつかんばかりの姿勢で、しゃくりあげるばかりだ。

そんなウトキンを見て、タッカーは気の毒に思った。だが、その気持ちを表情には出さない。この助手のせいで全員の命が危険にさらされたのだ――しかも、危険は去ったわけではない。フェリスはすでにこちらへ向かっているかもしれない。

その危険に対処するため、タッカーはウトキンの監視をケインに任せて操縦室に戻った。

「旋回できるか？」タッカーはエレナに訊ねた。「後方を確認したい」

エレナは顔をしかめた。「尾行されているかもしれないというわけ？」

「できるか？」

エレナはため息をついた。「燃料が余計にかかるから二百ルーブル追加」

「それで頼む」

「わかったわよ。つかまっていて」

エレナはベリエフの機体を緩やかに旋回させた。

約十分間かけてヴォルガ川河口のデルタ地帯上空を一周した後、エレナは言った。「誰もいないみたいね。暗いからほかの飛行機がいればすぐにわかるはず。でも、気をつけて見張るようにするわ」

「俺もそうするかな」タッカーは副操縦士席に座った。

計器盤から発する緑色の光に照らされて、座席の間のコンソールに立てかけた細長い物体が見える。機関銃だ。コンソールにマジックテープで固定されている。銃床は木製で、銃身は短くて太い。トリガーガードの先には、大きな円筒形の弾倉が取り付けられている。

「こいつは古いトミーガンか？」タッカーは訊ねた。

「シュパーギンの短機関銃。大祖国戦争時代のもの。父からもらったの。アメリカがこのデザインを盗んだのよ」

「君はなかなか面白い女性だな、エレナ」

「ええ、自分（ダー）でもそう思うわ」エレナは自信に満ちた笑みを浮かべた。「でも、変な気を起こさないでね。ボーイフレンドならいるから。しかも、三人。でも、三股をかけられているとは誰も気づいていないから、大丈夫」

目的の座標が近づいてきたが、周囲の空は依然として暗く静かなままだ。

「ここからどうするの、バルトーク？」

「教えた座標のすぐ先に島がある。島の東側の狭い砂浜で仲間と落ち合う予定だ。着水したら、可能な限りその砂浜まで近づいてほしい。あとは歩いて島まで渡る。君の仕事はそこまでだ」

「仰せの通りに。早くシートベルトを締めて。二分後には着水するから」

タッカーは客室内の三人に指示を伝えてから、自分も副操縦士席でシートベルトを締めた。

「降下開始」エレナが告げた。

ベリエフは機首を下げ、眼下の暗い水面に向かっていく。

機体が降下を続ける中、エレナはスイッチを切り替え、高度を調整し、スロットルを巧みに操りながら、着水に備えた。ようやく機体が水平になり、水上を滑空したかと思うと、フロートが水面に接触する。機体が軽く振動し、一度浮き上がった後、ベリエフは無事に着水した。

飛行機は急激に速度を落とし、やがてゆっくりと水面を漂い始めた。

タッカーは時間を確認した。順調な飛行のおかげで、予定よりも二十分早く到着できた。

「このあたりはかなり浅いわ」そう言いながら、エレナは機首を島の方角に向け、砂浜に向かって進み始めた。

「さっきも言ったが、できるだけ砂浜に近づいてくれ」タッカーはシートベルトを外し、立ち上がった。「乗せてくれてありがとう。これから――」

運転席の横の窓の外、ちょうどエレナの肩の先のあたりに、どこからともなく黒い影が現れた。一瞬、タッカーは岩かと思った。水面から突き出た砂州の脇を通過しているところだったからだ。

次の瞬間、航空灯のまばゆい光に照らされて、空中に静止したその影の正体が明らかになる。ヘリコプターだ。

タッカーは叫んだ。「エレナ……伏せろ！」

「何――？」

タッカーの方を向きかけたエレナの額から、真っ赤な血しぶきが飛び散った。

26

三月十七日午後八時四十七分
カスピ海

タッカーは両膝を突き、次いで腹這いになった。温かい液体が顔面から滴り落ちている。手のひらで液体をぬぐう。

血だ。

タッカーは操縦室の扉の方を向いて叫んだ。「みんな、床に伏せろ！」

ケインが操縦室に近づいてきたが、タッカーが手のひらを向けると、シェパードは立ち止まった。

「何がどうなっているの？」アーニャの声は怯えている。

「操縦士が死んだ。追っ手のお出ましだ」

タッカーは床を転がり、操縦士席の後ろで両膝を突いた姿勢になった。座席に突っ伏したエレナの死体の上に首を伸ばし、横の窓から外の様子をうかがう。

ヘリコプターの姿はない。

〈なかなか賢いな、フェリス……操縦士を殺せば、飛行機は離陸できない〉

あとは好きなだけ時間をかけて、獲物を捕獲するか、あるいは殺すかすればいい。

タッカーは正面の窓の先に目を凝らした。百メートルほど前方には、星空を背景に黒いシルエットとして浮かび上がった島影が見える。波打ち際では、三日月形の白い砂浜が手招きをしている。

その時ようやく、タッカーはベリエフがまだ島に向かって前進を続けていることに気づいた。コントロールパネルを探す――回転するプロペラを表す絵文字が光っていて、＋と－の符号に挟まれている。

これなら誰にでもわかる。

タッカーは座席の脇から手を伸ばし、二本のスロットルを前に倒した。エンジンがうなりをあげ、機首がかすかに上を向いた後、ベリエフの速度が上昇した。機体は水面を滑走しながら島に向かって進み、見る見るうちに距離を詰めていく。だが、再び浮上することができたとしても、機動性に勝るヘリコプターが相手では勝負にならない。

タッカーには別の考えがあった。

操縦桿を微調整し、機首が砂浜に向いた姿勢を維持する。

「衝撃に備えろ！」タッカーは叫んだ。「ケイン、来い！」

ケインが操縦室に向かって突進する。タッカーは左腕でケインの胸を抱え込み、操縦室の壁に自分の背中を押し当てた。両脚を操縦士席に突っ張って体を固定し、目を閉じる。

タッカーの尻の下で、ベリエフの機体が浅瀬に接触し、機内が激しく揺れた。甲高い金属音が聞こえたかと思うと、今度は機体と砂のこすれる音が響く。

機体が激しく左に傾いた。フロートが何かに——岩か砂州に乗り上げたのだろう。機首を下にして機体が浮き上がり、砂浜の上で一回転する。

ガラスが砕け散る。

客室から悲鳴と叫び声が聞こえる。

副操縦士席が引きちぎられ、宙を舞った後、タッカーの頭のすぐ上の窓ガラスに激突する。

機体が木々に突っ込み、片側の翼がもぎ取られる。その衝撃でベリエフは急停止した。木々の間に挟まった機体は横倒しになり、残った翼が夜空の方を向いている。

タッカーは周囲を見回した。頭上では非常用の照明が点灯し、操縦室内を鈍い光で照らしている。横の窓が割れ、折れた木の枝が操縦室内に突き出ていた。上に目を向けると、左肩の先には正面の窓の向こうに木々の隙間から暗い夜空が見える。

タッカーは自分の体の状態を確認してから、ケインの体と手足をさすった。「大丈夫」と安心させるかのように、ケインの舌がタッカーの顔をなめる。

〈考えろ〉タッカーは意識を集中させた。

フェリスはまだこの近くにいる。だが、あのヘリコプターにはフロートが付いていなかった。つまり、水面に降下することはできない。タッカーは海岸線近くにまで木々の生い茂る砂浜を思い浮かべた。ローターを木に引っかけることなく、ヘリコプターが砂浜に着陸できるような広さはない。

〈まだ時間がある――少しだけだが〉

ハーパーがこの島に派遣した飛行機が到着するまで、何とかして生き延びなければならない。

タッカーは呼びかけた。「後ろのみんなは無事か？」

返事がない。

「答えろ！」

ブコロフの弱々しい声が聞こえた。「私は……我々は宙吊りになっている。アーニャと私だ。アーニャは手に怪我をしているようだ」

「ウトキン！」

「僕はここだ。座席の下敷きになっている」

「誰も動くんじゃないぞ。これから助けにいく」

タッカーはケインに対してその場を動かないように指示してから、操縦室の扉をつかんで体を引き上げた。続いて両脚を持ち上げ、扉の枠に腰掛けた姿勢になる。横倒しになった機内では、左側の壁が下になっている。タッカーは壁に固定された非常用の懐中電灯を見つけると、それを取り外し、スイッチを入れた。傾いた状態の機内で位置を確認する。

ウトキンはシートベルトを締めたまま、引きちぎられた座席もろとも飛ばされていた。その上では、同じくシートベルトをしたままの状態のブコロフとアーニャが、宙吊りになっている。

ウトキンとブコロフに大きな怪我はなさそうだが、アーニャは片手を胸に押し当て、痛みをこらえるような表情を浮かべている。けれども、今のタッカーにはアーニャを治療する術がない。

「ウトキン、シートベルトを外してこっちに来い」

ウトキンが座席から逃れようともがいている間に、タッカーはそのすぐ隣に飛び下り、体をかがめながらブコロフとアーニャの真下に移動した。懐中電灯の光を上に向ける。

「アーニャ、君からだ。怪我をしていない方の手でシートベルトを外せ。俺がここで受け止める。安心しろ、見た目ほど高いわけじゃないから」

一瞬のためらいを見せた後、アーニャはボタンを押してシートベルトを外した。タッカーは落ちてくる彼女の体を受け止め、そっと足もとに下ろした。

ブコロフにも同じ指示を出し、同じように受け止めた。

下ろしてもらうとすぐ、ブコロフはウトキンの顔を指差しながらわめき始めた。「おまえのせいだ！　おまえのせいで、みんな殺されるところだった。またしてもな」

「アブラム、僕はそんな――」

「静かにしろ！」タッカーは怒鳴った。「数分もしないうちに、敵はこの飛行機を捜索しにくるはずだ。その前に見られることなく、ここから脱出する必要がある」

「どうやって？」アーニャが顔をしかめながら訊ねた。手首を捻挫したか、あるいは骨が折れているかもしれない。

「操縦室の窓ガラスが割れている。そこから外に出るしかない」

タッカーは操縦室の扉によじ登った。再び扉の枠に腰掛ける。

「まずは荷物をこっちに渡してくれ」タッカーは指示した。「その次はアーニャだ」

手際良く行動しながら、タッカーは全員を客室から操縦室に移し、さらに割れた窓から外に出してやった。折れた枝と窓の間の狭い隙間を抜けるのには少し手こずったものの、開けた砂浜を通ることなく深い森の中に出ることができた。

三人の中で最後に操縦室から出たのはウトキンだった。若者はタッカーの顔を見た。「さっきの話は何かの間違いだ。そのことは信じてもらいたいんだよ」

「ああ、そう信じたいものだな」

ウトキンが隙間から外に出ると、タッカーはケインの方を向いた。「準備はいいかい、相棒？」

ケインはしっぽを振りながら、低い姿勢で三人の後を追った。

タッカーは操縦席にあったエレナのシュパーギン短機関銃を手に取った。銃を肩に掛けながら、息絶えた若い女性の姿に目を落とす。

「許してくれ、君を……」

ほかにかける言葉のない自分が嫌になる。

〈許してくれ、君を死なせることになってしまって。許してくれ、君をこんなことに巻き込んでしまって〉

タッカーの心の中で、熱い怒りの炎が燃え上がる。その怒りが、取り乱しそうになる気持ちをかろうじて抑える。怒りの奥にある強い思いはただ一つ。

〈フェリス、おまえを殺してやる〉

タッカーは無言の誓いを立てた。

エレナのために。

タッカーは死んだ操縦士に背を向けると、窓から外に這い出て、真っ暗な森の中に立つ三人と合流した。隣の砂浜は雲間から差し込む月明かりに照らされて、まるできれいに磨き上げられた銀のように輝いている。

「これからどうするのかね?」ブコロフが訊ねた。「ヘリコプターの姿は見えない。我々が死んだと思っているのではないか?」

「そうかもしれませんが、やつらの狙いはあなたですよ、ドクター。あなたの運命を確認するまで、ここから立ち去ることはないはずです」

「あなたの仲間の人は？」アーニャが訊ねた。

タッカーは腕時計を確認した。到着予定時刻まで、まだ数分ある。

タッカーはダッフルバッグを探った。衛星電話に指が触れたが、取り出して目で確認するまでもない。電話は壊れている。本体がぱっくりと割れ、中の部品がバッグの底に散乱していた。

「ここから動くな」そう言い残すと、タッカーは砂浜との境目まで這って移動した。空に目を凝らしながら、聞き耳を立てる。彼方にヘリコプターのローターの回転音が聞こえたような気がしたが、頭の向きを変えると音は聞こえなくなった。

〈考えろ〉タッカーは自分に言い聞かせた。〈どうすればいい？〉

フェリスのせいで当分は身動きが取れない。

再び、タッカーの耳はローターの回転音をとらえた。

ヘリコプターはまだ上空のどこかにいる。さっきと同じようにライトを消して飛行しながら、待ち構えている。

〈やつらが待っているのは俺たちだけじゃない〉タッカーは不意に悟った。

道理ですぐに俺たちを始末しようとしなかったわけだ。

タッカーは三人のもとに戻った。「ハルジンはここが待ち合わせ場所だと知っている。ほかにもここに来る人間がいることを知っているんだ。あのヘリはそれを待っている。俺たちの時と同じように、助けにきた人間の不意を突いて片付けてしまえば、あとは心置きなく俺たちの相手ができるというわけだ」

「じゃあ、どうしたらいいの？」アーニャが訊ねた。

「わからない――」

突然、ウトキンが走り出した。タッカーの脇を駆け抜けると、砂を蹴散らしながら森の中から砂浜に飛び出した。

タッカーはとっさにシュパーギンを構えようとしたが、思いとどまった。武装していない相手の背中を撃つことはできない。

「止まれ！」タッカーはウトキンに向かって叫んだ。「逃げられる場所などないぞ！」

島の北端の梢の上空で、航空灯が明るく輝いた。サーチライトが点灯し、砂浜を照らし出す。その光を追うかのように、ヘリコプターが機首を下に向けて急降下する。

サーチライトの光を浴びたウトキンが立ち止まった。片手でまばゆい光を遮りながら、もう片方の腕を振り回している。

「あの馬鹿は何をしているのだ？」ブコロフがつぶやいた。「ヘリコプターに乗せてもらうつもりか？」

「このままじゃ逃げられてしまうわ」アーニャが悲鳴に近い声をあげた。

木々をかすめながらほんの数秒で砂浜まで飛来したヘリコプターは、墜落したベリエフの上空を旋回した。その間ずっと、サーチライトの光はウトキンの姿に向けられている。

突然、ヘリコプターの機体の開いた扉のあたりに閃光が走った。

砂が舞い上がり、一発の銃弾がウトキンの脚を貫通する。前のめりに倒れたウトキンは、ほんの一瞬、状況がのみ込めない様子だったが、すぐに森を目指して砂浜の上を這い始めた。苦悶（くもん）の表情を浮かべながら、痛めていない方の足で必死に砂を押している。

再びヘリコプターの扉付近で閃光がきらめいた。

二発目の銃弾がウトキンのもう一方の脚に命中した。ウトキンは砂浜に突っ伏した。両腕を必死に動かしながら、何とか体を起こそうとしている。

正確な射撃の腕前から推測するに、撃ったのはフェリスだろう。

タッカーはフェリスの意図を読み取ることができた。ウトキンを痛めつけることで、自分をおびき出そうとしているのだ。裏切り者の正体が露呈したことを、フェリスはまだ知らない――たとえ知っていたとしても、あの女は意に介さないだろう。

苦しむウトキンを目にして、タッカーの心の中には自業自得だとの思いがある。

その一方で、このような残酷な行為に激しい怒りを覚える。

タッカーは耳の中で気圧が変化したように感じた。熱い空気が吹きつける。仲間のレンジャー部隊の隊員の悲鳴が、頭の中によみがえる。足を吹き飛ばされた犬の幻が浮かぶ。血を流して苦しんでいる――

〈二度とあんな思いは……絶対に……〉

タッカーは走り出した。ベリエフの残骸の脇を抜け、砂浜に躍り出る。そのまま突進し、距離を二十メートルにまで詰める。タッカーは片膝を突き、シュパーギンを肩に乗せ、狙いを定めた。

引き金を引くと、三発の銃弾が飛び出す。手の中のシュパーギンが反動で大きく揺れる。銃弾は三発とも外れた。今度は武器をしっかりと肩に固定させてから、タッカーは再び引き金を引いた。銃弾がヘリコプターの尾翼に食い込む。

尾翼から煙が噴き上がる。

ヘリコプターの機体が回転し、開いた扉のある側がタッカーの方を向いた。扉のところに立つ人影が見える。顔の下半分はスカーフで覆われているものの、タッカーにはフェリスだとすぐにわかった。

タッカーは引き金を引いた。機体後部から機首に向かって、銃弾の跡が刻まれていく。

フェリスは飛びのいて機内に姿を消した。

ヘリコプターが左に急旋回し、水面に向かって降下した。低空飛行のまま次第に速度を上げ、オイルの煙を残して島から離れていく。

怒りの治まらないタッカーは、なおも発砲を続け、ヘリコプターの機体が夜の闇に包まれて見えなくなるまで引き金を引き続けた。機体にあれだけの損傷を受けたヘリコプターが、再びここに戻ってくることはないだろう。

タッカーはウトキンのもとに駆け寄り、倒れた体の脇に両膝を突いた。

銃撃戦の間に、ウトキンは仰向けの姿勢になっていた。左の太腿はどす黒い血で染まっている。右脚から噴き出す血が、砂浜の上に真っ赤な血だまりを作っていた。鮮やかな赤い色は、動脈血に間違いない。

タッカーは傷口に手のひらを押し当て、体重をかけた。

ウトキンが大きなうめき声をあげた。片手を持ち上げ、火を噴いたばかりの短機関銃の銃口に触れる。「君ならきっとやってくれると思って……」

「黙ってじっとしていろ」

「誰かが……誰かがやらないといけなかった。君の仲間が待ち伏せされる前に、あの悪者をおびき出さないといけなかった……」

タッカーの指の隙間から、熱い血がとめどなくあふれる。

タッカーの胸にも熱いものがこみ上げてきた。声の震えを抑えることができない。「頑張れ……もう少しだ……」

ウトキンの瞳がタッカーの顔をとらえた。「タッカー……だって……友達……」

ウトキンは息を引き取った。

午後九時二分

タッカーは両膝を抱えたまま、砂の上に座り込んでいた。悲しみを察したケインが、ぴったりと寄り添っていてくれる。流木と墜落した機体から漏れた燃料を利用して、砂浜には小さなかがり火がたかれていた。間もなく来るはずの迎えのための目印代わりだ。

どうやら気づいてくれたらしい。

水面を伝って低いエンジン音が聞こえてきた。その直後、砂浜の上空に水上飛行機が姿を現した。アーニャが負傷していない方の腕を振る。飛行機の側面の窓から、懐中電灯の光が彼女に向けられ、一回点滅した。タッカーたちの救出のためにやってきた飛行機だということを示す合図だ。

着水に備えて飛行機が旋回している間に、ブコロフが近づいてきた。「彼がなぜあんなことをしたのか、どうにも解せない」

砂浜の上のウトキンの遺体には、防水シートがかぶせられている。

「罪滅ぼしのためですよ」タッカーは答えた。「彼は姿を隠しているヘリコプターをおびき出してくれた。そのおかげで、俺は救援が到着する前にヘリコプターを始末できたんです」

「しかし、なぜだ？　罪悪感からそんな行動に出たのかね？」

タッカーはウトキンの最後の言葉を思い出した。

〈……友達……〉

タッカーはケインの脇腹をさすった。「友達のためを思ってのことです」

（下巻に続く）

シグマフォース外伝
タッカー&ケイン シリーズ①
黙示録の種子　上
The Kill Switch

２０１６年７月７日　初版第一刷発行

著……………………………………… ジェームズ・ロリンズ
グラント・ブラックウッド
訳……………………………………………………桑田 健
編集協力……………………………… 株式会社オフィス宮崎
ブックデザイン…………………………橋元浩明（sowhat.Inc.）
本文組版…………………………………………………… ＩＤＲ

発行人……………………………………………………… 後藤明信
発行所…………………………………………… 株式会社竹書房
〒102-0072　東京都千代田区飯田橋２－７－３
電話　03-3264-1576（代表）
03-3234-6208（編集）
http://www.takeshobo.co.jp
印刷・製本…………………………………… 凸版印刷株式会社

ISBN978-4-8019-0757-7　C0197
Printed in JAPAN